梦生地

沉积，塬

赵剑颖 著

黄河出版传媒集团
阳光出版社

图书在版编目（CIP）数据

梦生地. 沉积，塬 / 赵剑颖著. -- 银川：阳光出版社, 2022.3
ISBN 978-7-5525-6258-3

Ⅰ. ①梦… Ⅱ. ①赵… Ⅲ. ①诗集－中国－当代
Ⅳ. ①I227

中国版本图书馆CIP数据核字(2022)第055425号

梦生地　沉积，塬　　赵剑颖 著

责任编辑　陈建琼
封面设计　张　宁
责任印制　岳建宁

黄河出版传媒集团
阳光出版社 出版发行

出 版 人　薛文斌
地　　址　宁夏银川市北京东路139号出版大厦（750001）
网　　址　http：//www.ygchbs.com
网上书店　http：//shop129132959.taobao.com
电子信箱　yangguangchubanshe@163.com
邮购电话　0951-5047283
经　　销　全国新华书店
印刷装订　宁夏凤鸣彩印广告有限公司
印刷委托书号　（宁）0023583

开　　本　880 mm × 1230 mm　1/32
印　　张　8.5
字　　数　150千字
版　　次　2022年7月第1版
印　　次　2022年7月第1次印刷
书　　号　ISBN 978-7-5525-6258-3
定　　价　78.00元（全二册）

文学原乡与诗人的诗性初心

——序赵剑颖诗集《沉积，塬》

杨焕亭

读罢赵剑颖的诗集《沉积，塬》，夕阳临窗，余晖灿烂。投射在额头的橘红色，温柔而又宁静，我倏然意识到，离开那方曾经留下我青春印记的土地已经三十多年了。然而，那沟壑纵横的高原，那蜿蜒云端的山道，那饱经沧桑的父老，那质朴的民风，都让我魂牵梦萦，难以忘怀。感谢剑颖，使我得以跟随她“应物斯感”地吟咏，再度亲近那山、那水、那人。她的作品，凝结着“独自与天地对话”的思想结晶，携带着浓郁的“原乡”气息，贯注着对人的诗意栖居、人的生命价值的审美自觉，跃动着一颗晶莹剔透的诗性初心，是写给曾经朝夕相处的“血脉至亲”的“真切热爱”，是奉献给大山让“心里的那盏灯保持光明，保持最初的向往”的烛火，是展现在新时代诗歌长廊里一道“拥有锦绣云霞”的风景，从而引发我们对诗歌的诗人与时代、题材与选择、审美与表达这样一些基本理论的思考。

二

有人说，所谓“原乡”，就是故乡最本色的生活，它是文学的根，也是文学的魂。文学作品如果拥有一种“原乡精神”，便不仅具有地域的独特性，而且更有“根性”和普遍性。这只是一个具有抽象意义的命题，它折射在每一个创作主体上的光，必然涂上个性的色彩。回顾赵剑颖的人生旅程，她是以一个平原女儿的身份投身到高原的怀抱的，她可贵的艺术精神从走进大山的那一刻，就从起伏迤逦的大地皱褶读出“你我之间无法割舍的因缘，像麦穗由热烈而含蓄，烙印血脉”的文化血缘；从“一生的轨迹，都是在土地上往复”的生命群体身上感知“一些人和事一旦种进脑际，就落地生根”的文化情愫；从风雨斑驳的历史雨痕中咀嚼“先祖渗出的血液在脚下层叠堆积 / 同信念一样，肥沃了土壤”的文化分量。这样，她的作品就突破了传统意义上的“原乡”概念，而积淀成一种工业时代人的大乡愁情结，其核心价值是对人的生存生态和生存价值的人文关注。

“故乡不是时空距离，是心里的惆怅”在《原乡》这一辑中，从诗人笔下流出老村子的“柴火味袅袅浮升”，站立着刺槐林“在瘠薄土层之下探求水意”，弥散着杏花“一夜之间，摇曳生姿”的婀娜、老院子“经冬老桐树，开出垂坠紫烟”的绰约……然而，这一切，都被一种“逃离与回归”的生命态所纠结、所炙烤，所撕磨。

它烙下诗人反思的目光。当工业文明不断改变着人的生存环境，城市文明日益居于主导地位的时候，它是那样有力地打破了“暧暧远人村，依依墟里烟”“狗吠深巷中，鸡鸣桑树颠”的乡村宁静。于是，“逃离束缚，是多少游子青翠的飞翔”。尽管城市并不如想象的那样，只是“霓虹炫彩”“车水马龙”，“被污染的都市生活，日复一日，我们乐此不疲”。当有一天走在回乡路的时候，才发现“最终根在心底烂掉”，当故乡的牛羊伴随着走进城市的脚步而易为潜入血液的文化符号的时候，对于“在青山绿水之地放牧”的向往与时间一维所带来的“往昔不能复制，现实无法分身”，被置于冲突的时空，交织成“就这样悬浮天地间”的流浪感。诗人这种深夜躺在土炕上“抚摸遍体鳞伤”的痛思，正是马克思和海德格尔以不同的话语范式所定义的工业时代或后工业时代生命主体“无家可归”的精神漂泊。

它回荡着诗人“寻根”的足音。诗人以一种怀旧的虔诚投入土地的怀抱，咀嚼桃花是怎样“敲开春天的门”，寻找遗落在“叶片遮蔽小院”的痕迹，以一丛丛烙下“原乡”印记的意象，讴歌在这方土地上生存的生命主体“沉默，比宣言更灿烂”的品格，“与岩石一样顽强”的生命韧度，“没有多余的思虑，只是执着向上”的初心坚毅，读来令人思绪联翩，凝重而又温暖。

它刻镂着诗人“诗思”的印记。当诗人满怀激情地写道：

“我们都是种植光芒的人”时，灵魂之旅终于抵达“那个叫作故乡的地方”，它是交织着传统与现代的“精神家园”，是生命绽放，蕴含着“曾在”和“未来”的灵魂栖息地。人在城市，然而，乡愁植根心底，“远离的时候，它耸立心头”，长成一种挥之不去的信仰，“我知道只有故乡高过头顶/我才能把她真正放下”，才能找到精神的皈依地。诗人的“原乡”情怀至此获得了诗意的升华，“一生怎么走，都绕不开修正之路/一步步靠近回归/开始便注定了灵魂的结局”，既是一种情感的濯洗，更是一种灵魂的涅槃，一种精神的放飞，一种对人的存在价值和本质力量的美学礼赞。这就是海德格尔所说的“去蔽”之后的那一方“澄明”，也是诗人“蓄满余晖光芒”的“林中空地”。正如海德格尔所说：“作为存在者之澄明和遮蔽，真理乃是通过诗意创造而发生的。一切艺术本质上都是诗。”

二

对文学“原乡”的坚守，赋予赵剑颖诗歌以强烈的新写实主义的特征。

叙利亚著名诗人阿多尼斯说：“故乡不仅是地理意义上的故乡，故乡在另一个层面是人，我更看重这个层面上的故乡。”我以为，赵剑颖笔下的“原乡”早已超越了生命根植地或者生命栖居地的狭义，在美学视域内，它是一种文化符号，它“是和诗歌、爱情一样不断创作出来的”，“永远在前方”。

故乡之所以让远行的人萦绕于怀，乡愁之所以穿越季节帘幕而挥之不去，在本质上是因为人的存在，是人与人结成的物质、精神和社会关系的存在。因此，对人的关注，“是一个关乎‘人、存在，人道与文明’的问题”（阿多尼斯）。《咀嚼日子》表现出赵剑颖贴近生活的价值向度，开掘生活的艺术维度和审视生活的美学维度。

这是一种植根土地的生命写作。与传统现实主义追求宏大叙事不同，与现代主义热衷于主体地呈现人的情感碎片相异，与那些以“前卫”和“先锋”的自诩，喜欢以批判的视角关注现实，以逆反的心理碰触现实，从而扮演“怨妇”角色的艺术风格相抵牾，诗人将艺术的笔触伸向最普通的人群，以新写实主义的姿态走进高原深处，全景式地勾勒它“苍穹之下，一切全都敞开”的宏阔迤逦，和“时而陡立绝壁，站成苍凉的孤独 / 时而陷落成谷，持续空虚的纵深切割”的纵横起伏，释读它在“天地间”“放大的胸襟和收窄的狂妄”的性格，感知它“种一棵诚净 / 收获众多康宁”的浩荡恩泽。这种强烈的浮雕感，使得诗人的作品无论与当下生活的黏结度还是对主体世界的观照，都表现出对传统现实主义和新时期以来“朦胧诗”的超越。

这是一种伏身底层的灵魂写作。当诗人满腔热情地关注从这方土地上长出的生命群体时，其作品的写实性风格把读者引进一个充满着人性温暖的乡村。一是意象的“真实感”。作者笔下的“老张”“老魏”“淑珍”“空巢老人”“扶贫女干部”“疯娘”，每一个人都是有着不同人生经历，鲜明性格特征的人物，都是从“塬上春”背景下走来的艺术形象，或者在“我”的帮助下“当生态护林员，每个月拿上工资”；或者“眼里只有果树庄稼 / 一生从未离开泥土”，甚至“生而是粒土”一样平凡。然而，他们却有着质朴的感恩，专门跑到县城“给我送20个白皮土鸡蛋”。这种近乎白描的刻画，却从字里行间散发着生活的“质感”，这正是新写实主义诗歌的魅力所在。二是铺叙的“情节性、故事性”，诗人十分注重在环境氛围强化“形象”的诗感，每一个人物都有从贫困走向富裕的相对完整的故事，震颤着生活的旋律，形成一种内在的韵律。诸如“扶贫女干部”“一次次走访开导，一遍遍碰上软钉子 / 在安子洼周山村，县里的最西北 / 善解人意的柔弱也有眼硬心横的爆发”；“村委会”“彻夜灯光点亮祖国万分之一的一角 / 撑起一片明媚星空”；“屋檐下挂了一串葫芦”的贫困户“抖动的右手在上面刻下箴言 / “耕读传家”“家和万事兴” / 想一想，又刻下“阿宁” / 再刻下远山，云纹和菊花 / 把阿宁环绕托举 / 专注让卑微到极致的空虚，走向高尚”，在一笑一颦中外化出人物细腻的心理。三是注重通过细节强化诗歌意象，从《老张》“几次走访，他修葺了倒灌风灶台 / 归置了散漫堆放的柴薪 / 把鸡圈进栅栏”，到“好几次，我见到弟媳妇给他 / 盛好饭，端到桌上 / 也看见侄子侄女跟他亲热说话 / 这是他这个贫困户，唯一富足的地方 / 也是黯淡一生闪亮的光点的《老魏》”；从“村里农业合作社建成日光大棚 / 免费给她家经营，她种蔬菜瓜果的《淑珍》”到“指着不远的仲山说 / 春三月，满坡满眼都是金黄的太阳的”的《连翘》中的那位大叔，一丝一缕地塑造高原人的精神品格。这种审美生活的姿态，正是新写实诗人使命感和责任感的生动体现。

这是一种走进文化的风情写作。诗人以诗性话语，描写渭北高原民俗风情。读《痕迹》“那年，你离开家 / 我在窗外种下一棵楸树苗，孱弱叶片 / 贴紧树干，失水的胆怯刺痛我手臂”的殷殷牵挂；“伸出叶片遮蔽小院，我捡拾漏下的光斑 / 遥想你的一日三餐”的满怀思念。诗中意象“楸树苗”，被拟人化为一位诉说者，“它独立了”，既是自我坚韧的象征，又是对远行者的抚慰，那流淌在日子碎片中的爱，缠绵悱恻，余音袅袅。而《过事》则如一幅色彩斑斓的风情画卷，把乡村“全村男女聚在一起 / 来自三省十八县的分散住户 / 紧凑成一个大家庭”的融融暖意，“一个人悲恸，全村人抹眼泪 / 一家人的吉庆，是全村人的荣耀”的群体文化心理跃然纸上。

这是一种形而上的思想写作。从对人的关注进入对时间与生命、人的思想存在与诗意存在的诗性穿越，使得赵剑颖的作品在风格上与现代主义保持了思维层面的粘连。

海德格尔说：“‘思’与‘诗’是生成此在（现实存在——存在者）的一种积极方式。”人的本性之一，就是给无限的时间划分刻度，从而在刻镂时光中昭示“此在、曾在和未来”起伏跌宕、回环曲折、摇曳多彩的“诗意栖居”，使得时间成为生命存在的基本形式。清人袁枚认为，有这种感悟，也可以称为“真诗人”。对于“时光”与“人生”关系的审美，构成剑颖诗歌的重要组成部分。无论是“挂在墙上的农具”，印着民俗风情的“重阳花糕”，还是站在众多秦汉文化遗址上的吊古思今，在诗人的审美视域中，流逝与静止、瞬间与永恒、峥嵘与衰落、绚烂与平淡，从来就是时间流程的外化和呈现。在诗人看来，从宫廷的血雨腥风，到“谁都可以登顶，把帝王的尊严踩踏”，时光刻镂的是“高岸为谷，深谷为陵”的变迁纹路。岁月让一切“如风中衰草，还归尘土”，而只有精神永恒，思想永恒，“因为精神永生”。然而，一代一代的生命，在时光的湍流中，“不做无用的叹气，无益的抱怨”，让“梦在希望的土地上延续”，唯其如此，“流逝并不感伤”，“可以追溯的历史，寸土必争 / 可以遥想的未来，寸土寸金”，一切历史才被克罗齐诠释为“当代史”，历史的分量正在于对象式地昭示人的历史存在、思想存在、诗意的栖居。“诗人最后的地位必须由他诗中所表现的哲学以及表现的程度来决定。”（艾略特）

三

《沉积，塬》在艺术上表现出赵剑颖多元的探索精神。既有着对传统的自觉继承，又有着探索与创新。

在所有的文学体裁中，诗歌是最能体现人的审美对象化的文本。对象征体的设定，为诗人联类无穷，沉吟于视听之区，流连于万象之际提供了广阔的境域。在《高天厚土》一辑中，诗人从对自然史和社会史的阅读中撷取了众多的意象。从“本来本色”的塬面到风尘沧桑的“窑洞”；从记录着人类文化足迹的“耕作层”，到载着岁月记忆的“河床”；从“收进好奇，欲望和雄心”的“险峻谷口”，到“呼吸沉重，回音凝滞”的“深谷纵横”；从曾经演绎过爱情悲欢的“甘泉宫”到葬埋着一位皇妃的“云陵”，诗人从这些多彩的意象中读出黄土地的恩泽与灼痛、“不屈的意志陡立成峰，也可以柔软至极”；读权力“高岸为谷，深谷为陵”的浮云苍狗；读人间的悲欢离合。这些色彩斑斓的意象群，赋予赵剑颖作品以意象的丰富性。“诗通意象，以令人惊异的崭新方式来表达我们的生活和世界。”(赛琪·科恩)然而，在我看来，其核心的意象就是“淳化周鼎”，成为精神、信念、灵魂、永恒的象征体，“立鼎定天下”，“时光穿梭，荣耀、权力、征服/随肉身祭奠了天上流云/地下的暗河,让人心生敬畏的力量/从泥土中诞生的，还隐在泥土中”，这是一条文明之河，精神之河，承载着一个民族走过沧桑，走到今天，走向未来的生命韧度，精神伟岸、文明绚烂。因为它，诗人的咏史怀古，始终矗立着民族的“灵魂”。

想象是诗歌的翅膀。这种被哲学大师张世英称作“飞离在场”的艺术思维，直接连接感性直观和知性概念，从而将自在的形象转化为打上诗人主体印记，富于美学价值的意象。读赵剑颖的作品，会发现诗人的想象有着鲜明的特点：一是时间上的“第四维”特点，当诗人走近谷口，沿着蜿蜒曲折的山峰，思绪瞬间回到了古战场，想象“进攻者高架云梯，手持长矛斧钺/厮杀的声浪震彻空谷，守卫着滚木礌石还击”，惊叹“一个人，扼住其咽喉就掌控了/多半身体，抢占了自主权”，在这里，人的“此在、曾在、未来”借助于“第四维”而统一在“当下”而具有了艺术的生命力。二是主客体的“互入”（斯塔格尔）。诗人通过想象，在本体和喻体之间营构一种“人的自然化”和“自然的人化”的互换，从而赋予客观自在的物象以人的精神和品格。诗人以“芦苇”“辣椒”“核桃”等物象观照人的生命和品格。站在这些对象后面的是人、人的生命。“正是想象使对象得以显示。当一个侧面出场后，人可以由出场的侧面想象另一个未出场的侧面。这样，整体便成了想象的产物。”（胡塞尔）

“语言是存在的家”，与诗歌表现手法的多元探索相一致，剑颖诗歌的语言也呈现出多样化的特点，既有着新写实主义的明白晓畅，又流露出现代主义的曲折隐喻；既有着对生活精华的汲取，又透着知识女性的细腻和婉转，字里行间透着“母语”的美感。

祝愿《沉积，塬》早日出版，以飨读者！

2021年3月12日于咸阳

杨焕亭，中国作家协会会员，咸阳师范学院兼职教授，原咸阳市作家协会主席。

目 录

第四辑　爱在大地深处

第五辑　阳光分解的色彩

第一辑　高天厚土

怀念乡村（组诗）

四　月

如此静谧，只是簌簌雨声
窗外一片桃树，在最红艳的时候飞落
一半苍白完成，一半粉嫩初绽

又一次确认，枝头花
风中的香，共同构成了一树一树满足
并不完满的过程，不会影响结果
零落姿态是种盛大表白
不要过度喜欢，这将要燃尽的火焰
是至高至真至纯的热烈
在雨带来的清冷中，点燃

如此彻底的静谧，经历过的心
才懂得它所具备的非凡意义，深爱过的人
知道，那种铭刻记忆的惊喜与痛楚
不离不弃，无法割舍

乡村念

房子垒如积木，越高空气越稀薄
我们并没有因接近天空，精神松弛
反而因缺氧窒息，生出纵深一跃的迫切逃离

想念一座古老院子
门前栽花，屋后种树，掘井而饮
简单饭食来自土地新鲜的赐予
荠菜，刺芽，香椿，苜蓿和经冬雪蒿
舌尖上的味蕾，沉睡许久
被一盘凉拌野菜微苦深处的甜香，瞬间唤醒

蓝鹊在树丫筑巢，斑鸠在门前散步
安静，悠闲，不会因为我们的企图靠近而惊恐
每天叫醒耳朵的是它们聒噪的争吵
每夜中断的梦，是雨打瓦屋顶
淅淅沥沥的软语情话

通向外界的路，是泥土的部分表层
像藤蔓越爬越远，我们栖身的繁华楼宇
是那藤蔓结出的果
即便瓜熟，根蒂总有些许微苦

提示潜进记忆深处的乡愁

村 居

已决定，从最深的红尘转身
借一块土地，盖一间小屋
用脚下的土和成的黄泥巴，掺进盐与麦秸
抹墙皮，让砖块修砌的屋子
像土坯堆垒而成，多好啊
小屋与大地同脉动，共呼吸

离群索居，看日月朴素
雨水与阳光一样珍贵，生命与泥土一样
平凡。体验原始耕种方式
用简单工具在并不平整的地上，点瓜种菜
养一棚西红柿，与它们一起生长
破土，出叶，舒展
把藤蔓绑在绳线上，让枝茎攀高向上
看叶腋暴出细碎的小黄花，结成鲜红浆果

仿佛获取了养分
我对生命，有了深层的理解与专注

谁不是在流年里稀释仇怨
在疤痕上种植下一季开端
没有无法原谅的罪愆，没有不能热爱的阴霾
与它们握手言欢，顶起同一片蓝天
与万物和睦相处，包容季节后
长出的掉队植株，以及有豁口的果实

土

沉寂着，除非风再带来一层轻尘
覆盖之前那层，而后继续沉寂

经水浸润，就有灵性
你想象不出这片寂寞的土，会长出什么
你也不知道，风带什么来
播进土里，长出姿态万千的惊喜

沉寂着，也在等待着
等雨水唤醒深处的骚动，长出生命的形状
不需要膜拜，不需要你做任何事
只要给它水，给它时间
天地自会结出心爱的果实

沉 溺

我当然能分清甘草与紫穗槐
柴胡与滨草幼苗之间的细微差别
哪怕它们极其相似，也能找到不同之处
外形接近的，以气味区分
气味雷同的，掐断，从汁液判断
汁液或者其他无法证明的，等开花印证

植物们显著的差异
在最灿烂的时候暴露无遗：爱情的想象
让它们忘记设防，失去敏感
陷入自我展现的欲望涡流，难以自拔
多么美的春天，多么温暖的日子
这样想时，它们沉进自己制造的暧昧
被挖药材的小孩
远远看见，轻松捕获

桐花落满一地的甜

时常怀念暮春的小院子
淡紫云烟，絮着阳光味道

回家的人吸吮清甜，久坐的人忘记
时间流动，皱纹在静坐中
爬满额头，青丝变成无奈的银线
抽走生命里鲜活的成分

总是陷于对失去之物的追悔
当它真的回头时，早已冷却了向往的冲动
就这样边记忆，边遗忘
边开始，边结束
像无限循环的数序，简单却没有出路
我们都在其中沉浮

黄泥巴

掺进麦草和食盐的黄泥巴
非常筋韧，古老的土
一经水滋润，立即活泛起来
放下绷紧的责任，唤醒前世记忆
在心里，塑造着流动姿态

抹上砖墙，装饰一个土屋
仿佛复原，如同再造

泥瓦匠早就不用土坯垒墙
我们总是反复清洗的泥，淡出眼睛很久了
厌弃的土色，掸出洁净屋子灰尘
现在又被聚拢在一起
建构安放身心的怀抱
我们始终摆脱不了泥土，终究要
融化成它的一部分，就像
从未产生过厌弃的隔膜

本来，本色（组诗）

本 色

黄土地诞生的生命，注定遗传褐色基因
一生底色，在血管涌动
在骨骼紧致地茁壮
身体里悬崖陡峭，沟谷深沉
梦中流水，与风一样奔腾着沟壑的走向

风阅过塬面，时间从田亩流到田亩
犁铧把广大分割成垄畦，撒下的麦子
点种的玉米豆子，丰满了岁月
时而安宁成宽广寂静
时而翻涌为喧嚣律动
在此之前，土地是多么空泛的黄色

雨水给旷野种下绿荫、野花
谁真正读懂了黄土高原的前程与命运
现实主义触须，缠绕视野
没有人知道的远古秘密，由浅及深堆叠

越埋越深，仿佛悄无声息的地下水
风继续翻阅，峭壁突然开花
虫子看见了它前世储蓄的水
一个人触到了另一个人身体里的黄金
碰撞出扎实的幸福和爱
这是一种俯身姿势，那么多影子
像无数闪亮的河流，说出想说的话

安身于草木之间的浮尘
在生活里静默，铺陈一生的给予
一种力量时时牵动泪点
驻守时溢满痛感，远离时怀念泛滥
你我之间无法割舍的因缘
像麦穗由热烈而含蓄，烙印血脉

窑 洞

裸露土塬的一页页肌理，层次分明的厚实
这片生土，从来没有人耕种
风从更远的北方一粒粒吹来
沉积百万年的历史硬度，瞬间瓦解
没有腐朽草根，也许会留存一丝鸟兽足迹

取土过程，艰辛裹着幸福的雏形
我看见爷爷褪皮的双肩，扛起全家期盼
沉重的喘息，变形内弯的腿骨
同冬日一样凝滞，凿空累积的压抑
一车车填进沟谷，倒掉如同遗忘苦楚

时间在外呼啸而过
岁月在灯下，缓慢流泻
在黄土塬上操劳觅食
在黄土的怀抱里睡觉，生儿育女
冬暖夏凉的日子，是土地给予的现实满足
同粮食一样踏实，与雨水一样珍贵
你滴下的泪里，也有尘土的混浊

小胡同，地坑院；坳上坳下，沟畔
都是黄土地的创造，从穴居开始
生死都离不开泥土的托举
黎明从东边窑脑升起，落日跌进炊烟青雾
一生轨迹，都是在土地上往复

站上崖头，风吹动眼底宽阔冷意
回到窑洞，柔情在嘴边旋转

关闭一扇木板门
世界被隔绝成简单的一日两餐
简单重复着快乐，把生活的庞杂丢上树梢
它们拍打着月光入夜

耕作层

一粒粒尘土飘落地上，抬高了土地视野
灰烬一样，滋生腾跃凝望
风吹来的种子，鸟遗落的果核
反复播撒，深土层持续孕育向上的生长
一双眼睛长久注视，种植的形状

天突然就热了，还没有做足准备的新芽
被推出地面，一起跟着绿
雨酝酿许久，纷纷洒洒
你来不及思考，柔风就覆盖了赫赭骨骼
木讷巨人的肌理，浮泛着水意色泽

深处的红还在燃烧，这堆叠挤压的温度
是几万年前的雷火，浮动今世
让寒凉土地结出焦躁果实

如麦子的筋韧，谷子的黏腻
血里不可缺少的铁硬

不断风化，一直堆积
释放了众多色彩，凝滞继续加深
压抑从未完全解除，沉重的思虑
被迁徙的风从沟谷，吹向四面八荒
一些人和事一旦种进脑际，就落地生根

连根拔起时，身体千疮百孔
处处漏风，如树叶飘在城市高楼间隙
思绪如黄土沉积，不由自主落进
生命基质，如宿命无法割舍
如暗物质的引力场
无法甩脱，不能出离

故 土

抖落裤管，故土就被遗弃
城市的森林车流，喧嚷浮华
四周都是新鲜神秘
诱人花香自带蛊惑，好奇试探迷醉不醒

豪情而无望的脚印，徘徊在路灯下

离别为重逢的泪水，做着准备
从未远离的人，体会不到蚀骨的酸痛
安静地问自己，究竟要什么
翅膀可以飞出很远，梦总在远方
没有边界和具体形状，你要怎样让它固化

越飞越高，越自由越沉重
忘不了心里的那群牛羊，渴饮泉水
饥食白云，蓦然回首
川塬依旧，物是人非
多想成为一个无忧的羊倌
在青山绿水放牧心情
往昔不能复制，现实无法分身
就这样悬浮天地之间

诞生地日渐荒芜，魂魄无处置放
回想人间第一口甘甜乳汁
第一眼所见，温暖无法替代
精神永恒的原乡，有一扇命门

河 床

面对你的沉默，我小心走进
在一壁陡立的层次中，探索曾经
徒手不能剖开深潜的激荡，想象雷电
架起大火焚烧了万古森林里
新鲜的果实和茫然无助的小兽
你瞪视阴云，呼唤河水
嘶哑嗓音在旷野久久咆哮

没有回音。你一次次冲走入侵者
战马的黑紫血迹，混合植物的绿色汁液
夹杂黄土的混浊，一起涌出峪口
淡为薄白的月光，一批又一批盛大的淋浴者
追溯而来，他们洗净赭红的肌肤
用尘沙塑造的喉音宣布
一切都不会消亡，因为精神永生

脚下的河床，甚至升到半空的远古河床
铺陈鹅卵石，里面有生命流动
每一处绿树蔽日的地方
都是慷慨滋养，每一处感动的风景
都是温暖赐予，听一朵花开的爆裂

是母语湿润的倾诉，心尖有露珠滚动

深谷纵横

纵深的痛感，直抵骨骼
风刀剑雨雕琢的时光
是一层覆压一层的干涩
呼吸沉重，回音凝滞

土层与土层之间，有可以触及的循环
阳光宁静，青雾氤氲
坠入有窒息的开裂伤痛
时间被滑翔的鸟鸣，偶尔惊醒
纵横深谷指向同一个出口
无从合拢的欲念，以水的姿态时时流淌

塬顶绽开，诞生沟谷的脐带粘连血污
取不出啼哭，黄土是生命的依托
流水是茁壮的乳汁，缺一不可
绵延的高原是河床陡立的高山
没有一条明确的流水，是血液里不竭的甘泉

天空之瞳打量塬上的人，在坡头种植
在细绳的河水中沐浴，结婚生子
不弃鄙陋，它把慈祥和悲伤
攥成清明的泪，谷雨的水
让他们在苦焦的仰望中，依然被希望淋漓

壁立的岩石层有缝隙，渗出白水
汩汩从地心向外输送，生命无声延伸

时光叹

清晨到黄昏，种植到收获
生活反复被手指揉碎，再次塑造
饥饿的羽衣落在很久之前，如同梦语
隐伤似乎刻进骨髓，夜静时分
突然蹿出火苗，灼烧眼睛

繁盛掩映的荒芜，在阔步行走中落伍
我们被时代洪流裹挟着加速
享受衣食无忧的饱满
俯视土地，山野沉重的呼吸
河水在断流前无力挣扎

寂然的黄土塬，咬紧牙关的父兄
沉默劳作的母亲，熬干了流水朽根
枯槁了青春润泽，他们开裂的嘴唇
如同被蒸腾的灵魂，阳光无遮无拦地照耀
以纯粹的火与热，带走流水的清白身世
再也榨不出水分，成捆的麦秸垛
倒伏的秋草茎，已经筋疲力尽
它们所依附的大地，转动鲜活的明朝

选择一种，就放弃了千万种可能
一粒远道而来的种子，落地扎根
苦难在贫瘠岁月盛大绽放
生生不息的缘，是大地结出的丰腴果实
被流水一代代复述

鼎立厚土（组诗）

险峻峪口

从南向北行，跨过谷口
就贴近了淳化的胸腹
从单调的平川，走进了耸立的土石连山
风滑过山脊，清凉了眼睛
长青的柏树，粉白的杏花
猛然牵住视线，叫醒分散全身的触点

虚构一场冷兵器时代的战役
进攻者高架云梯，手持长矛斧钺
厮杀的声浪震彻空谷，守卫者滚木礌石还击
飞箭如注，咬紧战局不松口
双方长久僵持，突然山雨奔涌
不动一兵一卒，熄灭战事之火

一个人，扼住其咽喉就掌控了
多半身体，抢占了自主权
仰首极目远眺，努力捕捉过往的痕迹

自投罗网者的身体全部暴露在垛口
一排排冷箭肃立待命
草兔茫然闯入猎人领地，无路可逃
一小段土墙上，残留洞穿弹片的锈迹

譬如瘦长的袋子，敞开一个窄口
收进好奇，欲望和雄心
对峙冲撞后，激烈趋于平静
走过四十里黑松林，站上塬面
收缩的心豁然开张放低，汗身瞬息干爽
脚下大片平展的土地证实
最初的坎坷只是个善意的玩笑

黄土塬

破碎的躯体被风磨蚀，任水冲刷
瘦成干瘪的骨骼，覆盖黄绵土、黄鳝土
带着有机质的富矿水，汇聚冶峪
融进泾河，滋润下游的沉积平原

深浅沟壑，带着远古的隆起和沉降
露出中生代风化的岩层，记载晚生代的更迭

耕作层堆叠一层深红，一层赫赭
看得见纵裂断崖的变化，读不懂
厚重的演替细节

煤炭层、页岩层藏在土层下
地下河在更深处静流，打一眼深井
带出千万年的积淀，清白水流有远古的恒温
不屈的意志陡立成峰，也可以柔软至极

比如开在绝壁的雏菊，鲜艳似血的石竹
排除人间干扰，慢度安闲时光
这沉默土地，哺育了多少不语的生灵
周而复始的星月轨迹，在高原上立体呈现

关中大峡谷

一片和缓水域，裹挟黄土味道
匍匐曲折百十里，压抑内心的激情
等待一个节点，释放无法遏制的咆哮

猛然窄缩，纵身跃下
从漏斗的脖颈倾泻长久积蓄的势能

爆发惊世骇俗的怒吼，喷溅雨雾
映射一挂通天虹彩，把广阔拉高成辽远

未见之前，心里的蛟龙吞吐云天
这狂野放纵让郁结彻底释放
短暂的空虚如强光下瞬时的失明
走出这片土地，重回平静
还有什么能激起波澜

甘泉宫

通天台徒有尽收天下的虚名
可以傲视的，仅剩高出耕地的土墩

雕梁画栋留在纸上的辞赋稍显夸张
绝非年代讽喻，石础依然红艳
石熊滚圆，近乎柔善
石鼓带着宋人题记，像背负远隔千年的嘱托
真切而渺小，历史的回音几经转折
传递到此刻，单薄如鸟羽
萧瑟秋风带来的浮尘
绝望地想夯实空阔旷野

庞大地基无法承受星空之重
随水流逝，沟壑卧在帝宫旁侧
加深着荒凉额头的皱纹
羊群啃食的禾草，没有气吞山河的野心
却有比版图牢固的自然生成
枯黄将死之草，呼喊扑面而来的军团
滚滚铁蹄，等待复活

云 陵

千百年来，它在这里
让风磨平陡峭，变得圆融
午后升起的积云，穿过英烈山
化成疾雨，轰隆隆奔向低处
天蓝得纯粹，我看见汉朝美人
黑发如瀑，艳若樱桃
在铜镜前，点唇描眉，敷胭脂
在舞池变化莲步，甩袖，飞快旋转
在高楼临风感慨青春几何

她握在手心不肯示人的玉在哪里

她钓起帝王情欲的钩在哪里
斜阳依旧，江山日日簇新
或许，我不该惦记与生活不相关的人
她是图画，附在栋梁撑起的殿堂
岁月生成的血，渗进黄土冢
像某个轻飘飘的黄昏，孤独地投进夜的黑洞
无美可言，无爱可牵挂

秦直道

甘泉宫瓦砾废墟旁
被雨水冲刷的堑沟一侧
已经看不到一丝道路的痕迹
孟家湾后山密林深处，一段夯土路基
依山蜿蜒，仍存着昔日气势

秦直道，向北方劈开土岭石山
横扫一切阻碍，打通秦帝国周身脉络
输送物资，人员，意识和视野
昭告天下宏大的征服欲，直达僻远荒漠

设计师绫裹回还，缔造者自刎谢天

继承者蒙冤引鸩，远行者迎着西风残阳
决然走出，唯有后世的文姬
悲喜交集，回到新起点

五百年帝国颓然倒下
碎落成硕大的瓦砾丘冢
战马尸骸放逐弯曲的山脊线下
百万军团淹没民间
散落于青冈与栎类的杂木丛林

地下泥塑，从死亡深渊
摆渡到生的彼岸，站在荒芜地平线
被西北风抽笞，凝固成穿越时空的兵俑
棱角分明的眉骨，讷于言辞的厚唇方口
直视远方，两千年来守护不归的人
捍卫浮华尊严，守护融进泥土的隐私

慢 城

微雨，暮春，黄昏
白雾沟壑濡湿山头树影
搅匀的桃杏香，夹杂野花草的青涩

西山若隐若现，悬垂半空

偶尔的叫卖梆子
是沽酒卖油老翁担子的脚步
在人迹稀少的石板上，碰出清越脆响
不时从眼前掠过的水气
是包子铺烟火逃亡的喘息

灯影明灭，啄食的雀鸟毫不畏生
在瓜子花生壳的货架间碎步
店小二懒得轰赶

茶炉里的水略显疲累
渴睡的城门不再等候晚归人
今夜谢绝访客，小城要做回梨园镇

泾河之侧有仲山

岸边冷峻的土石幽山
被土塬三面围拥，自有远古的潜伏
而那敞开的一面单纯，留给泾河水腾跃

不见源头，隐藏归宿
下切河床是水夺路而逃的通道
流经的混浊，与风雕刻的塬面一样
留不住水分，野兽逃离
飞鸟落于高枝，审视干涸的流速

河流打量岸上的人，看他们结婚生子
在水中沐浴，谈论化雨的云图腾
设想那些衣食无忧的日子
他们的悲哀与欢乐一样
随河水流走，再不回头

季节倒转，鸟兽归来
遗落人间的翡翠，擦拭灰尘
再现温润的青春，弥漫着松香气息
唤醒悠长的沉寂，时间由花开花谢更替
藏身经年的暖温带墨绿，长满高大的榔榆树
鹅耳枥绽放红萼片，艳过连山的花

一场透雨后，植物胸内的水意
浸润天空，春天从潮湿的叶片舒展而出
古老的热土，翻滚着绿浪花
渭北干旱的土地

拥有水源就占有了一切可能
先祖渗出的血液在脚下层叠堆积
同信念一样，肥沃了土壤

鼎立淳化

被岁月遗忘的无主无名孤儿
在宗庙被供奉，在战火中颠沛流离
在土里得以保全
一梦三千年，换了人间
它以雄阔惊动世界
它在述说祭天封诰的往事
我读到绿锈里，盛大以极的苍凉

立鼎，定天下
立鼎，撑起周王朝荣耀的高光时刻
青铜铸造成器，具备法力
具备可以世袭传递的隐喻
却无法预测自身命运
权力与征服随统御者肉身寂灭而消亡
从泥土中提炼的金属
还归泥土，从柴薪里获取的火

还给灰烬，从深井攫取的水，归于暗河

可以追溯的历史，寸土必争

能够遥想的未来，寸土寸金

原乡（组诗）

散步路过老村子

风吹过正灌浆的麦穗，骚动孕育丰满
空气中弥漫着暧昧气息，一对环颈雉在埂边
伸长脖子张望闯入温柔乡的黑客

暮晚，柴火味袅袅浮升
带着熟悉的记忆，倒回童年
肩背百纳布手缝的书包，在炊烟指引下
雀跃着回到温暖所在，身心安居的地方

从地坑院搬上塬面
从窑洞走进红铁皮大门内的平房
从曲折的羊道踏上水泥街道
没有浮躁的喧嚣，依然是原生态般的宁静

寂静的夜晚，除了星星
几盏灯火照耀自己的孤独
空心梧桐树，进入生命倒计时

几片硬皮连着根与梢，淡紫花枝堆叠垂坠
甜香缠绕冲撞，一滴泪空悬眼睑

村旁刺槐林

如此旺盛的活力，让目睹者的眼光
瞬间燃烧，荒凉里的生命
有与众不同的韧度

表象和内在真实，是一对矛盾
铁青冷硬里流淌着不为人知的深情
你发散的甜香，让陡峭柔软
你的天真和成熟，都包容在
未绽开的蝶形花朵与辐射张开的叶脉中
你抵御暴晒、干旱
把肢体缩成锐刺，铮骨让寒流绕道而行

也许，人类太过复杂
你没有多余的思虑，只是执着向上
让智慧落实到生长的每个细节
你纵向深入，在瘠薄土层下探求水意
横向蔓延，拓展空间

我不再质疑，初春时干枯的沉睡

时间给万物以经验与教训
岁月的禁区，有冰舌咬噬的齿痕
年轮纹理记载所有事件：水火灾变
风霜侵蚀，尺蠖虫无声的蚕食
月全食之夜突然消失的方向

不说历史，不谈未来
只在宁静的天幕下仰望星空
与岩石一样顽强，与风一样生生不息
熟悉到被注目者忽略，悄然植入生命

最多的是杏树

深入冬日腹地，自带一种独行的勇气
突破尘俗的触觉，目光平淡
身躯里有原生的尖刺，铁硬的骨骼
搁置魅力，仿佛萧条的废弃

地心的热气，渐行流动
捕捉毫微的脉动，从根底上升

在展开的叶脉间反复输送，体外寒霜结晶
体内热血奔涌，不是一时冲动
一层皮质的距离，分立两个世界
裁剪冰绡也罢，薄敷脂粉也罢
一夜之间，摇曳生姿
张开心旌，妖娆不能镇定
红里剥出的白，让眼前有玉体横卧的震撼
暗香无力穿越，呼吸止步于暮色边缘

此时，沉默比宣言更灿烂
很多心事，交织生长
我期待的酸甜，在青涩下结缘
你承诺的未来之光
在六月的枝顶披垂累累

废弃院子开满杏花

路上有湿滑的青苔，才起身的嫩芽
木门不朽，铁锁蚕食了固守
一盘石磨脚下，是生疏环道
一圈又一圈的吱呀声
垂挂树梢，被豢养的昨日已经黯淡

美不可遏制，就这样润了眼眸
一树洁白，撕碎枯萎
让生机茁壮盛放，鸟鸣虚构着色彩
一切都沦为陪衬，这沉默比呼喊更加锐利

岁月忽略的事物，会不经意降临
邂逅者的心上，微微熏香
恍若云端的慈祥，在触不到的地方注目
在落瓣留下的伤口，抚慰花的空虚

成为一枚青涩的果子，体验膨胀过程中
甜软流露的金黄成熟
在乡下，生长朴素有用
风影摇晃，有亲人从远方归来

点 瓜

暴晒冷冻，激出泥土深潜的慵懒
让一地板结，成为绵软的细粒
积攒的雨水霜雪，需要一个通道
释放阴郁，结出成串的期待

翻土，捡拾陈旧的草根
细耙起垄，掺进熟化的农家肥
覆膜点种，像侍弄刚出生的婴儿
在卑微的大地刺绣饱满
蔓循着光亮白地，弯曲舒展
根简陋，楔进每一条裂纹
生长简单从容，生命的韧度和倔强
排斥强硬的无知，汲取柔软需求

不急不躁，守望日月挪移
并非虚度，因为至死不悔的出生
忍住了怅然若失的平凡
从土里获取的一切，全都反哺泥土
大地收下了沉甸甸的甜蜜

逃离，又回归

马铃薯的块茎，落地生根
每个芽眼都滋生旺盛的秧苗
每根秧子，都倾向自己主张的方向
母体无力哺育，长成空蔓

农民下种时，会切片切块
让生长集中，让思绪简单明确

像我们，对故土从熟悉到厌倦
衍生虚妄，最终根在心底烂掉
逃离束缚，是多少游子青翠的飞翔
肉体的牢狱禁锢灵性，旅行是一场集体逃遁
被污染的都市生活，日复一日
我们乐此不疲

你在作用时间，也被时间反作用
深刻的道理直白地表达
身旁遍野的植物就是真理
我们借助身体转移，梳理不时错乱的逻辑
它们凭着长久驻守，抵达灵魂的通透

今夜睡在老家土炕上，不思考人类
只想抚摸遍体鳞伤的自己

回到老家院子

小路，盘旋向上

抵达开阔的塬面，野花们摇曳斑斓
蒲公英怀抱无数小太阳，开始飞翔的梦
春将尽，美铺展一帧一帧画卷

经冬的老桐树，开出垂坠紫烟
唤醒口唇的遥远记忆，嘬响花梗里的甜
清苦岁月的安慰，消失在光影时间
烙印血脉，蛰伏的泪瞬间复活

丢掉精致雕琢的浅层笑容
回归赤裸，逃离构筑多年的围城
穿过某种默契的裂隙，渗出粗糙的本质
真实生活，给了我不设防的胆量

树离开原生地，也能茁壮成长
适应是艰辛的历程，也是遗忘的繁荣
回首时，消失的足迹攀缘裤管
逆行之路更加曲折
很多东西丢了，就不再回来

木板门

门缝渐宽，西北风长驱直入
丧失了阻隔的本意，一如指缝
一如，与某种不能直视的话题间的默契
允许裂隙存在，渗出无奈

伐倒的树会被重新命名
鲜活生长的希望，预想的变数远比确实的
结果，更具想象
木头无法让灵魂安居
门以物的理性思索，抱紧自己
不再开口讨要雨水阳光关照

必然变形，介入人世的恩怨情仇
是对立之间的缓冲，也是
攻击中的夹层，身不由己
曾经的抱怨与自由一样，黯然丢失

被推开，被锁闭
与窑洞一起受潮，再暴晒，一同老去
腐朽之前的过程，日渐寒冷
温暖的暮春，会突然想起初次的花蕾

被蜜蜂撩动的香气，洇湿一双眼睛

冷 夜

太阳落下后，村庄跌进黑洞
迷惘了感官和意志，在光影
正反转换的两面，摇摆如白发老人
退出时代，丢失了表演欲

熟睡的是眼睛，生长从来清醒
拔节的力量让一切思考，变得沉默
麦子早过了分蘖期，向上是唯一目的
成熟的渴望，让心在夜里时时战栗

毫不怀疑初心的方向，麦芒知道
夜很轻很薄，经不起穿刺
凝滞一旦突破，就溢出耀眼的亮
天空压低，生长一直持续

走出黑夜，穿上风斗篷
我们都是种植光芒的人
自觉或是被动，与生俱来的命运

桃花敲开了春天的门

满坡桃色从枯干的枝头飞出
没有水给这燃烧降温，灿烂口无遮拦
在高处招一招手，野花草紧紧追随
仿佛受惊的是人类，植株们早就在准备

植根血脉的期待，敲响春天的屋门
释放长久蓄积的预想，让花开的形状
沿梦想边缘绕行，勾勒清晰脉络
粉瓣旋成一颗跳动的心，在你掌中呼吸

万物苏醒，空气迷醉
碧翠的大胆招摇，妖娆的更加妖娆
完全开放，在依然寒凉的云天敞亮
没有什么比赤裸的生命姿态，更美好

颜色向上伸张，香味向低流动
借着盛开的花蕊，透视起伏的丘陵沟谷
飞翔，让我们俯视黄土地的纵裂伤
回归使我们更贴近，母亲的体温乳香

幸福的降临，如一滴雨启示永恒

打开通往世界核心的密径
这曲折隐喻过程，这过程是必须的经历
这经历必然雕琢在时光梁柱
支撑一个圣洁殿堂

痕 迹

那年，你离开家
我在窗外种下一棵楸树苗，孱弱叶片
贴紧树干，失水的胆怯刺痛我手臂
以后的日子，它习惯了孤独
伸出叶片遮蔽小院，我捡拾漏下的光斑
遥想你的一日三餐

现在这棵树丑陋，空虚
在一天天长高的村庄，佝偻着衰老
人人过而不见，它立定原来位置
眺望通往远方的路，新楼房
不需要木门窗，它旋转无用的年轮

不会被砍伐，更加悲哀
阴凉下缺少稚嫩的呼唤，从苍老到

彻底苍老，不可避免地走向消亡
这样的思维，解锯了矗立的群山
流水绕不过时间，它留下斑斑铁锈的痕迹

怀 旧

看见一截土墙，构筑了一座城堡
很难复原当初的坚固防御
如今苍凉破败，遮盖不了曾经
遮风挡雨的安稳，流浪的人需要一孔
干燥的土窑，一方泥砌的火炕

也许真的老了，在落叶中数着
过往脉络，那些日子中的丰腴与瘦缩
时光叠加的揉碎时光
我一直在路上奔忙，你固执地守候在原地
影子晕开人间寒凉，稀释哀伤

我在渊底仰望，举手间
你沧桑的声音混浊了谷涧
祈祷一场倾注，裹挟积雨云
把不温不火的眼下，点燃或者焚毁

我们都需要一个重新开始的契机

散落的惆怅，犹在心尖
我弯腰捡拾青涩的文字，收藏骨骼
在下一站，那个叫故乡的地方
采摘你种植的桃子，它们毛茸茸
蓄满春晖，生命中最温暖的酸楚

黄刺玫

在无人注目的隐秘之境
刺破凝滞，撑起金黄天空
流淌的香是甬道，那现存于世的原生物
浩浩荡荡拥挤而来，带着喧嚣
暮晚顿时明亮起来
松树的绿在旁边晃动
矮灌木荒凉的枝丫也在摇曳
埋在黑暗处的微小之物获取了某种启示
从生命核心，铺开更宽的通道

什么都能实现
这仅仅是开头，残留的浆果渴望遁地

抛弃荣誉，下沉最低处

在松软腐殖土的缝隙，安放梦想

它们年年如新的渴望，重叠不雷同

它们在等，从远方跋涉而来的你

开启另一个世界

第二辑　咀嚼日子

咀嚼日子（组诗）

塬上春

一路向北，天净得只有蓝
太阳无遮拦地照耀，明亮里
伸手就能捉到四散的光
苍穹之下，一切全都敞开

迟钝之物也沾染了青绿草汁
鸟声啄开的槐花，露出纯洁的底色
空气里充斥着甜蜜，植物们尽情释放
无数来不及命名的香，盛大张扬

我们却在用力活着，努力藏着
像流水冲蚀的黄土高原
有时陡立绝壁，站成苍凉的孤独
有时陷落成谷，持续空虚的纵深切割

星看见星，是一双眼睛看见
另外一双，是低伏泥土的枝条

找到了本原之根，某些特别时候
呼唤，就是种植

老 张

1

他其实不老，也不残疾
多年前老婆死后，留下一个女儿远嫁他乡
他开始一个人生活
中间村民撮合过好几个女人
她们无法忍耐漏雨的屋顶、他的懒散
她们一个个离开，他的院子乱草没过腰身

几次走访，他修葺了倒灌风的灶台
归置了散漫堆放的柴薪，把鸡圈进栅栏
说不影响卫生了，拔净了院里的草
晾晒蒲公英，他发散的眼神
有了专注的区域，不再融进虚空
他的签名越来越规范

一粒被抛弃的尘，以为这就是命

我们终将全都做回土，但过程不应
由风掌控，他只是孤独
迷失在自我的无助
习惯了沿着别人手指的方向行走

一个人的日子，缺少棱角磨砺
缺少温情滋润，咀嚼清苦，吐出孤僻
自觉远离人群，隔离在生活之外
时间久了，忘记门窗的功能
这漏风四壁，吸纳了反复折叠的回声

2

熟悉以后，他存了我的电话
一天快下班时，他打电话确认我在单位
说你到大门口，我有话问你
他专门来县城，送给我二十个白皮土鸡蛋
说是自家鸡产的，黄亮，好吃

其实，我对他没有什么实质性帮扶
只是实话实说，给他算可以申请的救济、补助
明细
在职责之内，争取多一点关照

比如栽花椒时，给他多领几百棵苗子
树长势好管护好了，多奖励几袋化肥
比如，推荐让他当生态护林员
每个月拿上工资
他很认真，像工作人员一样
按时巡山，宣传防火
一天结束后念叨又一天来临，有了时间概念
有了多活几年的盼头

3

跟他谈过多次
希望从根本上提升生活质量，有所依靠
比如，以宅基地置换镇上的安居房
住进社区，做保洁工作
比如，出让宅基地
带着养老钱投靠女儿，隔膜多年
亲情需要时间缓慢浸润，真诚沟通
他只想待在村里，离不开熟悉的老伙计
放心不下坡上的刺槐白，连翘黄

他有砌墙盖房子的手艺
家里厦屋厨房，灶台，烟囱

都是一砖一瓦一木挣来，亲自动手建起
我理解他留恋里的失落，骤然改变时的慌张
黄昏，他独坐门口
呼吸之间，烟头点燃火光
温热扩散，露水沾湿指节

老 魏

他无儿无女
把苹果树养得比女儿还水灵
比儿子还结实，每次入户走访
他都在地里劳作
才露头的草被一遍遍锄掉
将开的花蕾疏密有致
均分头顶流泻的阳光、雨水和鸟鸣

他是患有智力障碍，没有成过家
与弟弟一起生活，会给自己煮面条
去的次数多了，他从一字不说
开始简单对话，比如“会，烧煤炉子”
“跟集去了，石桥”等

他眼里只有果树庄稼
一生从未离开泥土，生是粒土
死后归于一抔土，他与土地互不嫌弃
互相温暖，简单重复的每一天
以低头劳作不息给寡淡的生活，加进一点盐

好几次，我见到弟媳妇给他
盛好饭，端到桌上
也看见侄子侄女亲热地跟他说话
这是他这个贫困户，唯一富足的地方
也是他黯淡一生闪亮的光点

淑 珍

她是个心强命不强的人
娘胎里种下的毒，让她只长到桌子的高度
嫁给了同样单薄的男人
他老实本分，对她很好
一根蔓上结出的两颗苦瓜
生养出一对茁壮的孩子
那是一生的希望，延续了老秧子的青翠
她说，为他们，怎么苦都要好好活

村里农业合作社建成日光大棚
免费给她家经营，她种蔬菜瓜果
每次上门走访，都在棚里
她扎进湿热，属于她的一片明媚领地
骨节凸出，并不灵活
每个动作都像机械臂，受人驱使
几乎双膝跪地，费力拔出露头的草
她日夜操劳，并不避讳身体的残疾
说，在大棚里出出进进，不弯腰

她教会我拉蔓，摘芽，给花授粉
西红柿开绽的细碎，是新生儿的柔嫩
垂吊的鲜艳，是一个个笑脸
给窒息的穹拱一丝喘息
她说话时，荡开的笑抚平了岁月的细纹

连 翘

贺大叔拒绝被纳入贫困户
私下说，孩子打工每月有4000多元工资
又没分家，算家庭收入

我们不属于贫困户

大叔身体硬朗，很健谈
六十九岁了还跟年轻人一起上山采药
每次去他家，我们坐在窑门口闲聊
大婶不说话，端来核桃花生
坐在一边做针线活

大叔指着不远的仲山说
春三月，满坡满眼都是金黄的太阳
三点起身，太阳出来前到山上
那里的连翘长得最好
不要采得太狠，要给来年留些余头

他说，大田里种的药材
哪里比得上野生的药性足，药效好
你不要看我们这里穷点
吃的喝的用的，都是最好的东西
我跟你婶子不害热病，采了一辈子连翘
自己没有用过

空巢老人

他们袖着手，蹲在土埂上
像一株株空树，经见了太多落日
眼睛酸软，心肠再也硬不起来

他们嘟囔，近乎自说自话
看着年轻人风速驶过
追随尘土升起，又缓慢落下
目光集中的区域越来越少
他们可以追忆的清晨，眨眼跌进黄昏
没有饥饿，不再劳累
受过苦的肠胃骨骼，不适应安逸
卸下负累，衰变更快

他们怀揣小收音机，除了秦腔
每天都要听天气预报
陌生城市的雨会淋湿小外孙
心分成两半，一半扎进故土守护祖脉
一半在遥远的他乡，枝繁叶茂

驻 守

离新村五里远，叫七亩台的地方
像独自漂泊的一片叶，住了一户人家
老两口作务五亩麦地，三亩核桃园

儿子没了多年，孙子打工去了
再无音信，有人说在广东见过
给一家饭馆当学徒
隔代的感情比管好一片果木林
更需小心翼翼

他们给老树嫁接新品种
改良后，长出纸皮样薄脆的核桃
如沧桑的脸，褶皱里是岁月的沟沟坎坎
他们育成的苗子，敦厚笃实
适应旱地生长，挂果早，结实多

集中安置后，老村逐渐荒废
村民收种两季来去匆匆，不做停留
几天喧闹，再次被寂静抹平
只有鸟语风鸣，花开花落的时间滴答
老井旁那株二百年的古槐树

年年享用香火供奉，与他们一同守候
远方传回的乡音

屋檐下挂了一串葫芦

把许多缄默一字排列
他抖动的右手在上面刻下箴言
“耕读传家”“家和万事兴”
想一想，又刻下“阿宁”
再刻下远山，云纹和菊花
把阿宁环绕托举

就算秋露一直睁着眼
也看不见心窗如何打开
阿宁在河边“遗”了，阿宁的妈疯了
她们带走了他苦涩皱纹里仅存的表情
掏空了屋里微弱的亮
三十五年来他不种庄稼，只种葫芦

专注让卑微到极致的空虚，走向高尚
葫芦有嘴无语，盛满忧伤
背着他，游历了山外众多繁华

但从不带他去河边洗脸
他的沉重，让它们轻飘飘的身体
尽失水性

花椒的刺，是种痛

富德村在石桥塬上
要绕四个急转弯，一路向上攀爬
才能抵达，仲山的水色青翠在眼前
手边攥住的仍是一把干枯

日子的味道，充满辛辣
麻木的舌尖，稀释浓烈
鸡犬声审视靠近的陌生人
正午村庄昏然欲睡，已习惯了贫穷的宁静
耐旱的花椒树，每一枝都带有鲜艳的刺
贫瘠地的锋芒，剪除一茬
簇生萌发，它们高举瘦小的红灯笼
照亮脚底仅有的一条窄路
前行是山，后退是陡崖

站满阳坡的花椒树，有火红的热烈

尖锐力量，最先刺伤的
都是自己的肉，热辣辣的痛
湿润语言，读不出干渴已久的心情

扶贫女干部

她是土生土长的农村孩子
考学离开土地，扶贫又回到土地

她懂得生活的艰辛
深谙贫穷的深度，忍不住眼酸心痛
一次次走访开导，一遍遍碰上软钉子
在安子洼周山村，县里的最西北
善解人意的柔弱也有眼硬心横的爆发

“有嘴，张口只要吃饭
有手，袖在怀里晒太阳
有脊梁立不起来
有脚窝在炕头，走不出烂窑里的湿柴烟
老爹病在炕上，你还指望啥”

他先是吃惊，后来恼羞成怒

"是死是活，还轮不上你个女娃娃管！"
她从生气，转而安静
"是好是坏，我管定了"

他修补豁口山墙，把老爹搀到院子晒太阳
每天往返十几里路，到养猪场厂上班
他从豪横，转而胆怯
丢失多年的笑容，挂上皴黑的脸
她的柔弱有让风直立的力量

疯娘

"坐在阳台上吸烟
从凌晨1点28分到5点40分
防护网像牢笼
老娘一个人在吵骂

给老娘下了一碗面条，泡了一杯茶
不敢说话，怕话一出口
点燃老娘更猛烈的吵骂
小区也会跟着震颤"

“过日子，就是忍着
随时准备接住，防不胜防的意外和暴躁”

一想起这样的日子也不多了
烟头喘了口气
陡地，落下一大截火烬

桃树没有大小年

姚云的桃园在巴村是网红打卡地
她只留下三亩口粮田
其余十五亩全都种上桃树
春天花骨朵诱人地绽放
浓红粉白锦绣，扮靓了半个塬坡

丈夫多年前死于肝癌
留下还不清的债和三个孱弱女儿
地里活计全靠她一人硬抗苦撑
她从不向人诉苦，在产业政策扶持下
在院校专家指导下
她建成了村里最早的桃园

姚云渡过一个个难关
孩子们的节假日是园子里的功课
日常活动是疏花，疏果，套袋和采摘
她们与桃树更像家人
相依相靠，相映添彩

姚云是个苦命的人
她却说自己赶上了最好的时候
从前只是低头耕锄，现在她挺起腰杆
把自家地里桃花味的抖音
水色蜜果，源源向外输送

李文绣

名字让我惊奇
签名让我倍感意外
果然，她高中毕业
在那一代人中，是个知识分子

多年不生育，她被婆家的冷语赶出家门
改嫁到齐子塬
书上知识拯救不了底层烟火

日复一日的劳作，让她丢掉想象
低头走路，低头缝补生活
四处风化的漏洞

二婚男人暴躁简单
她隐忍，留下无数暗伤
她拉扯他幼小的孩子，把仅有的书香
一再深埋，不被认可的孤傲
比不过泼辣的实用手段
她的沉默，被认作柔善可欺
她的脱俗，被当成不合群的宣言

她瘦弱身体里的韧劲
时时刺痛我的泪点
她却说，孙子们读书经见世面
懂事了，孝顺了
她种了二亩水萝卜，霜降之后
褪尽呛辣，甘甜脆爽

固有的甲壳

到处漏风的三间厦屋

要修补的地方太多
我跟王永志老人建议，搬到集中安置点
两室一厅，够你们老两口住了

他不走，哪里也不去
房子垮了，就死在里面
祖宗传下来的产业，咋能说丢就丢
他赌气说，我去找村上要钱
不信他们看着有人死在家里头，不管
其实，老人在等儿子主动开口
给他们盖几间新房

儿子在城里打工，攒钱买了小居室
房子太小，装不下老两口
他的伞护住了孩子，遮不住父母
一根顶梁柱，一手撑着
随时都可能坍塌的房子
一手扶住风，心里涌出的只是冷泪

傻女人

傻傻的女人，有时沉默寡言

每天被风拖着埋头走路
捡拾一些无用的线头废纸
更多时候喋喋不休，与高处远处对话
视而不见身旁走过的人
自己身上的病，地里黄连的苦

“要结婚了”
“要在大城市买房”
这些顽固的石块压在心上
让她的诉说僵硬而清醒
平静时，她把体内疼痛击碎的石块
一口口吐出，身体轻飘飘
仿佛陡然卸下了五十多年的沉重

贫困户

村子并不闭塞
水电路畅通，只是安静得让人心慌
日子凝成不变的节奏，农事时劳作
农闲了，整日坐在门口沉默
贫困程度，比想的浅
口粮不愁，零花钱也有

深层的隐忧，比如生病、养老
不是没想过，只是无力解决
脸上木讷的表情，比峭壁冷峻
习惯了集体的生活节奏
他们缺乏的是扔掉拐棍直立的勇气

一百二十户的村庄，六十多户贫困户
多是留守的孤老与幼童
走出窑洞的眼界，是否可以看见高远
春种秋收，自给自足
简单重复耕作，不能根除思想的贫瘠
面对帮扶干部，他们只想听听
他们带来的新鲜事物，和软和的语气

村委会

风里有草木花香的气味
田野围拥，虫鸣柔和
斑斑点点的亮描摹村落轮廓
一片通明聚光，在大槐树村委会院子铺展
聚积了众多飞蛾
繁复每天，从寒风中的躬耕开始

点种，拉蔓，摘心，授粉
成熟的脚步从未停息
展叶，绽蕾，坐果，酝酿
信任的力量结出收获的给予
樱桃，甜瓜，乳瓜，西红柿
工作从夜晚开始
分拣，装盒，装箱，装车

土地无言，村庄有性格
祖辈的棱角，在日复一日的劳作中
磨成木讷，留守的孤老孩童
读不出月光的乡愁
远离与回归，都是割肉的疼
不再宁静，依然纯真
彻夜的灯光点亮祖国万分之一的一角
撑起一片明媚星空

把沟底的水引上塬

靠天吃饭的日子，渗进身体
每一步挪移都为接近水源，而努力前倾
渴望一眼深井

让白水的凛冽洗净千百年的混浊
我们土色的皮肤

疼痛在表面，向下楔进
有难抑的感动，眼角一颗滚热
滴落众多流淌，这渗进血水
厮杀和呐喊的土地
这遍体鳞伤的古老身躯
这拥有一切却如此苍白干渴的骨头

拥有水，就拥有了春天
占领水，就占据了制高点
自上而下浇灌的信念，让古老的褶皱
不断向外拓展，把抗争和牺牲溶成底色
滋养后继者年轻的眼瞳

插上翅膀

搭一架天梯，让土地的梦想扶摇云上
飞越天堑丘壑，把时差一再压缩
让新鲜戴露抵达，青山白水滋养的问候
带着赤诚，在千家万户散发醇香

站高一点，离阳光就近了许多
甜蜜的心愿被土地合成，源源输送
链接所有特产：生鲜瓜果，四季菜蔬
干果零食，山货副食
还有阳光在脸上留下的敦厚色泽

乡村振兴的生力军，从零起步
一盏灯，点亮欲燃的渴望
乡村的夜晚，从瞌睡的虚弱中挣脱
先辈们匍匐千百年讨食的土地
依旧是热土，今天仲夏的热
不再焦躁，有富足后恬淡的骄傲

在土地留下专属印记

衣食无忧的经历，如水般和缓
怎知祖辈流血挣扎的无助
跪地祈雨的绝望
生而难活，生而瘠薄
要怎样跳出怪圈
漂白贫穷底色，给它添彩

要有一支剑，突围而出
第一书记责无旁贷
仍需众多信任追随其后，一路相伴
大学生村干部挑起沉甸甸的热望
返乡创业的青春脸庞，有了成熟思考
整合供应，组织协调
让接地气的产品
把关于贫穷的困惑连根拔起

以践行，承诺奋斗誓词
为了担当的责任，不负时光
不负希冀，在大地雕刻专属的印记
大槐树，不是背井离乡的无奈
大槐树，不是一圈圈生长的年轮
大槐树见证了缄默往昔，崭新的开启

书　屋

建一个书屋，供每双眼睛翻阅
写一本关于村史，关于艰辛的书
不要你品尝粗糙野菜

不奢望你记住每段苦涩的窖井水
只愿飞远的翅膀，想到故乡时
记忆折叠的路径瞬间开通
要怎样在幼小的心灵
种植诉说，点拨好奇的灯盏
你们印在白纸上的斑斓
不应有锈迹苦难，灰色暗伤
那些负重的犁耙镳铲
碾过祖辈的脊梁，为你们的飞翔助跑

年年辞旧，日日如新
喝过的水带着盐
在血液里循环流淌，一代代坚持
那些匆匆走过的光影
渗进的热望，以另一种方式向下传递
成为永恒信念

代 言

与奥运冠军连线，直播带货
让消费者的身份具有可靠的注目
让生长的鲜嫩，采摘的亲近

具有直观的视觉共鸣
让产业链条，具有延伸的效果

你的言辞，是一种大众信托
你的品鉴，唤醒关于故乡的味蕾感动
你的推广，自证了消费时代
固有的良心奉献
反驳了虚假与浮华的包装炒作

代言具备放大的光晕
梦中明星踏上这块红色热土
是吸引而非选择
谁说服了谁，谁感动了谁
谁又真正成全了谁
确认了心灵与土地一样质朴纯净

认 养

认养一块地，回溯日益淡化的根源
领养一棵果树，敬畏植物的思想
孩子与她一样共同成长，说些腻歪的话
哼着没有词的调子，数着星星入睡

关心天气，关注味道的深度甘苦
消除直达结果的浮躁
尊重时间，尊重日月轮回的过程
眼睛与土地平视，磅礴情感
以细水长流的姿态浇灌，吸收，转换
与季节携手，缓慢走向成熟
关心一朵花的情意，一个果子的信仰

留下文字，保存来过的白纸黑字
灵魂枯瘦单薄，不借助身外之物无法独立自证
这痛彻的领悟代代传承
多少人走进迷雾浓烈的沟谷，而不自知
要回头，等一等众多的兄弟姐妹

盘 活

鲜活的面孔，放弃生养的故乡
踌躇满志，或是被逼无奈
托举的力量在某个节点，成为枷锁
钳住飞翔梦，生长原始味道的泥土
成为驻守、承接，以及退路

可以盘活的土地
复活母体记忆，让沉埋的深渊再起波澜
纯净空气，洁净水，干净的生活真谛
这理想并不遥远
仔细观察一棵野草，这些苦难多刺的枝头
盛开芬芳，结满土色籽种

植物们反复实践生命的真理
生长直接，情意炽热
大地沉默，泥土从不索取
有天霖献出爱的衍生品

扶 持

朴素的生长包含哀伤灾难
纯净自然，隐喻难以救助的命运
游走时间的夹缝，不断创造
修正，是个漫长过程

有些人要一直扶着，走到终点
有些事要延伸到目标之外

第一书记对自己说，尽力无悔
时间从未放弃每粒误了节气的草
咬紧一河之源的水
直到每个雨滴，都落进干渴的根茎
抓住阳光照耀的间隙
让每缕光都留下来过的斑驳
我愿意看见你混浊的眼瞳
越过皱纹，透着光亮

救 赎

贫是自生自灭的孤独
穷是意识的荒芜
在时间之中，被日出月落遗忘
远方是清澈见底的一无所有
失去站立超越的勇气

一个村庄的梦，一代人的梦
需要时间消化
宿世遗憾需要鲜活的力量
不断更新的年轻血液，带动周身运动

不要让落伍的他们，成为不被需要的多余

衣食无忧年代
贫瘠以另一种姿态丛生
浮躁遍野蔓延
给失水灵魂倾注细雨
激活干瘦心田深处的水源
是引导，也是自我救赎

青苹果

红苹果地里的授粉树
结出不成熟的青果，表里如一的青

只为一种颜色成瘾
只爱这种口感，脆爽的青
香气络绎不绝的青
牙齿被酸倒，舌头被娇惯得酸软无力
敏感穿过身体密不透风的训诫
严谨的壁垒和无形的围墙
甜蜜肆意流淌

青春的青，胜于蓝的青
打败了时间的青
摧毁了固执的青

野菊花的幸福

没有迷迭香，没有勿忘我
朴素的黄与白
结出带翅、带刺、带粘钩的细瘦

不设防，谁都能随时靠近它们
我通常怀着欣赏的心
蹲下身子，屏住呼吸
聆听花们窃窃私语
或是大声谈论昨夜的梦
闻到细碎唇齿间溢出的香
一朵孤傲，两朵相亲
更多簇拥一起，在晨光里闪亮

一点略带清苦的香
直白地重复热烈的爱
年年岁岁，出口成真

草木心

不应因静止嘲笑它们狭隘
不应因沉默，看轻它们内心的箴言

种子开出花朵
结出更多种子，随风，随水
落地生根，它们以慈爱之心
原谅了世间的荒谬

多少事能够界限分明
对与错，被时间稀释冲淡
身体里盘踞的刀伤，渐渐愈合
我们接受了身体有伤痕的人
学着爱残缺的爱

一瞥，驻足
这是它们所能给予的全部
青天下，自有绿树白水
路过的人嗅到花香
放下了无解的提问

小香瓜

喧哗退去，星色寂静
昼夜循环相继，寒暖交织生长
月光照耀的苍穹下
余热冲击狭窄的棚架
透明如虚，是枷锁，是支撑

小黄花在叶腋卑微，你一朵一朵
给它成长的抚慰，让封闭空间
蓬勃向光希望，一根一根扶直柔蔓
让果实悬挂成熟的绿白，垂坠徒劳狂长

青翠弹指可破，甜香浸润鼻息
蜜汁在温差交替中积淀结晶
果心里的小白牙，说着我说不出口的话
根蒂一点微苦，是磨不去的曾经

青绿色

小满是种悸动
麦子灌浆，瓜蔓舒展

到处都是错落有致的绿，植物的境界
超越人类的逻辑，它们以各种姿态
构筑自我边界，天空包容所有
卑微，盛大，寂寂无闻

昨夜雨坠叶间，此刻风也入怀
风雨交织，不能从叶下剥落茎的碎片
也无法从茎中割出叶的轮廓
花开为了花谢，花谢为了结籽
初遇的欢喜，如何转成持久爱恋

时光踏上渐热的台阶
晚霜留下的隐患，化成灰烬
想要的金黄色执念持续成长
面对一切真正的开始，心慌意乱
暗自祈祷，成熟会长久且和睦

杏 未

雨如流星，在泡软的泥地
砸下坑洼，我捡起一枚青杏
大姐说“有毒，不敢吃”

我抚摸它毛茸茸的碧翠
可以想见，稚嫩里夭折的苍白肤色
像用力升起拥抱的愿望，而无法靠近的决心
天赐我多情，让我遇到你
天负我，让多情绊着我的脚踝行走

雨水充沛，绿色丰满成泛滥
色如罂粟，让我的骨随风摇曳
一些遥远的事情，在梦里棱角清晰
时常突然惊悸，仿佛生活的真实后续
有时也庆幸，那些只是举着实名的幻影

街上车水马龙，人声熙攘
就算抱住了全人类，又怎样
依旧两手空空，唇齿间一点回味
酸覆盖了甜，就算回到花蕊
那点幸运，也被挥霍殆尽

一院翠竹

有进入幽林的凉，有退回初春的斑驳

光影，先来者被后到者覆盖
成长的在长高，新生的在破土
没有什么比得上竹子，更沉默的教义
漫长一生在这方小院，集中呈现

浅根贴着地面横走
有裂隙就陡然直立，有人不吃笋
说那是生命，我理解亲眼所见的摧残是种罪过
我吞咽的脆嫩，咀嚼的清香
更像治愈时光虚火的竹沥
熨帖了青翠欲滴的隐痛

等不及苞叶自行剥落
挺起虚拟勇气，扶摇云天
心意终究刻不上竹简
没有拧紧一条棕绳，让脚步留在典籍
到手的眼下，只是
一纸薄白洇出的丝缕墨迹

心 核

他们说，幼树新挂的樱桃最好吃

漫长蓄积的想象，突然绽放
田头窄路，被挤成集市

花是我家花，一朵一朵被春风消融
果是我家果，一口口蚕食夏天
红色无言，泛着欲望的光泽
空气温润甜蜜，五月是容易失身的季节
谁能从林间穿行，不沾染一身沉醉

把目光长久地送给
天空伸出的触手，任它缠握
在天地的缝隙摇曳、摆动
身体像一团云，布满鲜艳的水滴
被风移植到雨雾，一面生长，一面漂泊

与风对视，那些微尘
仿佛前世小红灯照耀的经历：
季节深处，酸楚的部位
耗尽汁水，留下无法破土的种子
不能抵达的流浪

温 良

荞麦，是小麦间的接力者
这季收割后生发，赶在下一季播种前归仓
把这茬的余温攒起，输送给下一茬
不让疯长的野草扰乱田垄的思维

细密的花朵，在骄阳下宣言
灿烂了七月天，瞬间点燃靠近者的眼光
坚韧灵魂寄居柔弱身体
温良秉性无须附着冷硬铁骨

黄土塬太孤寂，需要一些鲜活滋润
放逐之心，被轻盈之物牵引
委屈的孩子扑进母亲怀抱
剥落沉重，暂坐柴烟
熟悉的气息熔化硬壳，我们都是软体的虫

果实的意义

根到梢，花到果
怎样交流，隐秘通道架构神圣内心

抵达语言不能表白的细微

水色豢养亲情，延续血脉
一棵树在年轮的增长中，奉献全部
生而死，死而复生
灵魂游离树体之外，不会远离
如此强大的吸引力，掏空了腾跃的律动

叶漂泊，根驻守
把土地的心意集中展现
站立阳光下，任何一处远离心脏的跳动
都是同频奏鸣，默认也罢
反驳也罢，出发就是走向回归

一定有一个共同的根本
山外涌动的云，是所有通道中的畅通
乡村与城市相爱相斥
梦想与书本相悖相佐
每一次穿越记忆，都是痛苦的剥离
热泪与疼痛，交替演绎

立体星空

夏夜，可以听见
思绪流淌的轨迹
起伏的群山，总有一峰突起
让平淡的情景，具备立体想象

我们从悲凉的昨天走过
光明将心灵点亮
沉默，具有厚重箴言
除了大地，还有什么值得屈膝低眉

也曾大声呐喊
灵魂在现实与过去的壁垒间，不断冲撞
一粒泥土，过于卑微
种花种草种出五谷丰登
种爱种情种出人间烟火
不能把自已深深埋藏
让泥土只是松散的悬垂颗粒

卑微到底，隐含辉煌潜质
一代人倒下，一代人从腐朽上站直
激活蛰伏不变的自尊

把黑夜用力压缩
让光亮始终在高处照耀
仰头，是嵌满感叹的立体星空

向日葵

孤独不可示人，欢愉也一样
夏天，把身体交给河流
让水把它揉搓，捶打
透明破碎，捞不起一丝皮肤

岸边的向日葵谦卑地低头
她追随光的样子，像丢了方向的我
阴霾聚拢，找不到出路
出窍的灵魂把头垂向大地
寻求斑驳的映射
接纳了阳光的土地，温暖而踏实

与风为伴，以风为网
捕捉一方天空，供养卑微的自我
仰望滋润，承接暴晒
播出的春，在一瓣馨香绽放

阳光不会辜负，寂静不争的事物

黄熟的光

星空下流动的风向
承载了具象时间
让隐匿的我们成为万穗中的一支麦稃
倔强地刺穿给予饱胀浆液的晴空
与光对峙

像此刻的浮云，和正在摆动的麦秆
像你经历过的众多生长
那些因暴晒而褪色的锐利个性
被一遍遍漂白，淡化为失水柔软

切碎的疼痛正鲜血淋漓
天空与大地彼此拥有，相互融合
又心存禁忌，收割后的田野无比荒凉
而我眼里依然是滚热的构想

星云旋转涡流，有吞没一切的包容
远方倒映我们走过的轨迹

直线的片段，归于往复盘旋
一圈又一圈，围绕一点同心的静止

成熟的你我，自有风的情怀
落在身上的注目，允许手指点石成金
允许你纵深挖掘我，富矿的内心
夜教会我过滤阳光背后的阴影

夜 灯

大地羽翼，带着柴火的呛味
向天空飞去，这是阳光最后的顾念
略微嘶哑的声音，比梦落地轻
比花谢的叹息更柔软

日芒与月影交织
残缺的心，往复穿梭
依恋编结经纬，一方蓝丝绒笼盖苍穹
被收拢的鸟，忘记了挣脱

一些爱的片断，连缀成线
随风摇摆，一个个人影再现生活细节

被楼群压低的炊烟里
总有橘黄灯盏，静默凝注

闰 月

如果时间是一捧水
太阳的温度，风的搅动
内心奔涌的暗火，足以让它沸腾
一滴滴顺指缝流进大地的干渴

不时被虚构的空白噬咬
冬的余威暗露狰狞
身体似乎悬在树上，又浸在冰河
思绪轻飘无法落地，不能靠岸

冷暖交织，悲欢交替
等夜降临星语心愿，等月光晒干
枕上痕迹，一片黎明轻轻叩窗
葱茏覆盖了灰黑沙哑呼救

漂泊是煎熬，置放是慌乱
没有固有轨道，给脚步以成熟经验

我供奉圣洁月光，祈愿它能读出
你的无语馨香，我的坚贞持守

走过许多弯路，回首
你在不远处等候，前生积攒的壁垒
被此刻的小幸运击穿，多像倒流的河水
激活昨日落花

过 事

冷峻的陡峭里，有柔弱温和的光点
荞麦是黄土高原的晚霞
让焦躁，一次次沉浸安静
它们灰白的质地，贯穿一桩桩盛大事件
盖房，婚嫁，生子
贵客到家，以及孩子考上大学

全村男女聚在一起
来自三省十八县的分散住户
凑成一个大家庭
一个人悲恸全村人抹眼泪
一家人的祥和，是全村人的荣耀

不再磨麦面，馒头由店家直接送达
荞麦面，要自家人亲自碾磨
饸饹床子要熟练手，亲手挤压
豆芽，红白萝卜丝，油炸豆腐丝，土豆丝
佐餐小菜是五颜六色的陪衬
满满端上桌，空碗空碟子撤下去
流水席面，稳坐不动的桌凳

老韩笨手笨脚给客人敬烟添茶
小韩考上了南京大学
这条塬有多久没有这么欢喜了
卸下重负的身体突然挺直
眩晕得立不住
阳光落在核桃树上，伸出窑脑的枝头
捧出一双双相互倚靠的青果

大地之爱

你辽阔无边的田野，长出粮食水体
制造爱情，风奔涌在坦荡如砥的青苗上
扑面的热浪，触发欲哭的感动

我是睡在你胸膛的孩子

以新生姿态，开启光彩事业
我汲取深井白泉，沉默耕锄
不浪费每滴渗透的源流
我剪下月光的棉纱，给大地盖一床温暖

我以蝶形花瓣翩然于飞
让青豆荚弹跳的籽粒，跳荡起舞
我不会为虫子啃噬的锯齿哀伤
挖空心思，要成全粒粒褐色的成熟

低头聆听，等灵魂回归身体
在浮光掠影的世界，持守初心
安静守望一种，低于万物的永恒拥有

聆听土地

闭紧心跳，聆听那些土
怎样把低下的卑微，汇集成一种震撼
让思想沉迷于无际

镰刀收割过的田地
麦茬收割日光，夏天赤膊而来
被遗忘的未成年穗子，等不及来年
她们背上的孩子，已经发芽
那一小片绿，没有结果的青春
与野草一起走向荒芜

故乡很疲乏，纸上天涯
没有熟悉的温情，黄土垄上
先祖父辈端坐，我们怎样能把他们
唤回人世，在烈日下挥汗成雨
一些记忆，在弯曲的片段闪光
更多泪水析出盐粒

身体沉眠之所，灵魂归属处
只有落地，才算安宁
才是圆满的瞑目，你看低垂的果子
飘零的叶掌，鸟语凝结的晶亮
谁不是在叩响自家门环

废墟上开满野花，蚂蚁在筑巢
人间从来不缺烟火，哪怕被踩在脚下
也有白云升上头顶，构成海水

那些游鱼软体无脊椎动物
都是我们雏形的渴求

品味粮食

暑热渐退，白露正凝
此刻的关中平原、黄土高原
青翠直立的旗帜，都低下了头
除了土地，还有什么让万物如此顺从
除了粮食，什么能让心情富足

年复一年的赐予
构筑我们生命的全部
古铜色皮肤，陡峭而筋韧的骨骼眉峰
永不屈从的血液，在脉管腾跃
源出共同祖先，浩荡而热烈
我们都是这片土地的血亲至爱

逆行北风，逆行河水
与自然搏杀，逃离战火纷乱
在黄土地的褶皱独自疗伤，建造家园
种桑种麻，种黍种豆

种植稼穑的忧患与箴言
在泥浪冲击的大平原，铺展一望无际的粮仓

饥馑时期，不知道丰满的表达
我们有捡拾麦穗、豌豆的枯瘦经验
温饱年代，淡化了粮食本意
我们把苗草不辨的警告，当作饭后甜点
从来没有真正读懂泥土蛰伏深层
储备天地精华，从未泯灭的向光梦想

绿树白水的风景，恢复了澄澈
秋色以慈爱俯视无遮无拦的坦荡
那些端坐聆听的鸟翎，懒散睡眠的小野兽
倾斜酒坛，溢出温暖
润泽冷意面孔，流淌母乳的亲切

生长时，尽情张扬
死亡时，毫不置疑地奔赴
籽种让新希望在古老耕作层，绵延不绝
我们与土地互诉衷肠，心流交融
我们与土地互不抛弃，相依相靠

第三辑　流逝并不伤感

挂到墙上的农具（组诗）

木勺脸谱

戴上面具，是驱鬼降魔的法师
摘掉面具，真容抖落黄尘
骨头自然跪拜，处处被奴役
揪起耳朵，脸皮跟着提升
嘴角张扬，人格分裂多重形象
应对各种场面

夸张表情，逼退靠近的凶神恶兽
头脑种进虔诚，给予超越力量
空心的身体除了饥饿，还有希望
坚守一份不能变现的虚言
至少，有未来可以期待

飘忽如萤，脆弱如风灯
套上枷锁穿越1500年的黑暗隧洞
泥手抹不净前额冷汗
脊梁撑不起踉跄挪移

一刀切开生死间的模糊界限
卑贱与尊严是相扣的两半
相同木质

祈祷铸成庞然大物，不堪现实一击
安稳本在自己心底
天空在上，日月在上
神圣在上，高于其上的还有骨骼里的底气
寄托祈愿的俗艳狰狞，时过境迁
现在，它们在墙上
慈祥应对观摩者的疑问

重阳花糕

什么比粮食金贵
泥土里长出青苗，麦穗磨出筋道
雪一样纯净洁白，盐一样值得品咂
月光一样滋养脾性，夏天一样奔涌澎湃
吃饱饭的满足，生出酣畅秦腔

胭脂点上发糕眉心
红线缠绕囫囵面圈的小蛮腰

三层五层堆叠花面馍馍
簪戴满头寓意：牡丹缠枝，鲤鱼跃龙门
大红浓绿庸俗，生出十分敬仰

祝愿不设高度，通达天庭
一担开满面花的圆竹笼
颤悠悠满目惊艳
追随舅舅脚步，一路欢唱

可见的背后有无形力量
谁能完全执掌命运，虔诚发自内心
精神随节气一再回溯，吃食饱含的祝词
庇佑了一代代生命，比神佛有用

粮 票

从老屋的骨缝翻出一沓粮票
灰头土脸如腐败的树叶
带着霉变，木讷

攒了几年，藏了几十回
藏不见了，现在出来成文物

倒值钱了

文物不是小麦玉米
不能抵达饥饿内核，味蕾钝化
尝不出蒸腾滋味，缺少饱胀的满足

拥有的欲望被时间侵占
褪掉炫彩轮晕，时间也在洗濯思考
捧在心里的宝玉石散尽光芒
若非如此，扔不掉的幻觉
自欺欺人的游戏肯定还在继续

螺旋上升，盘旋下降
视线扭曲折断，看不穿脚下的路
回望更加残忍，淡忘的旧痛撞出
饥渴肿块，随木椽小青瓦葬进深土层

这代人无暇回忆过去
他们的烦恼比上一代人多

农 具

把旧时代的灵魂埋葬，躯体挂上墙头
铁的木的石的，土里生成
水里火里锻造的形态，依季节程序
重新组合排列，看起来齐整悦目
谁能体会锈铁的孤独
孩子们追问用途，跃跃欲试手感

没有敌人的战场，武器集体自残
父辈的黄金时代，被碾成片段记忆
生而无用，如囚徒等待判决
硝烟散尽，田野长出高楼高铁
身体里无序疯长，高血压高血糖

留恋的还在留恋，遗忘的早已遗忘
鲜榨果汁取代了果实形状
碗盘里的口感，离粮食的原生地十分遥远
食物浸在冰块中，具有飞行经验
柴火的炊烟在记忆里，只剩轮廓

如果没有感动
不注视降落的雨水，那就真的病了

把自己变成耕牛在犁头铧尖爬行
用大汗淋漓治愈积攒的不适
身体会突然变得敏感柔软
仿佛一朵花重返泥土

吸吮太多人工合成元素，味蕾偷换概念
淡忘了第一口营养的来源
成熟路上越甩越干净，洗白泥土出身
如同卸掉鳞甲的爬行类
只剩不能见光、见风的一团蜷缩
被分配到时间网格

流逝的事物（组诗）

石墩

踩在脚下的，引领身体越过头顶
敬上神龛的，牵动灵魂垂直飞升
青碧顽石，无需言语
雕刻一副愤怒表情，足以喝退靠近的纠缠
怀揣疾病、祸事的诱惑表演

占据一角，对立两侧
时间从中间端直穿过
没有过去可以眺望，缺失未来值得守望
现状一成不变，如同静止
怒目圆瞪路过的虚惊，一两片枯叶
卷起垂暮的卑微，偶尔停驻

推开尘封，孩子的欢笑挤出板隙
风迎面撞来，弯曲飞离
不敢大口呼吸，母亲的叹息
父亲烟锅里火星的温度，灼痛眼睛

泪光映照柔软，洗净坚强伪装

海 兽

天空之下，烟火之上
人神间互通的使者，眼界决定位置
位置是眼界的直白陈述，长久固守的尊严
来自一生庇佑，合家平安
有用是心里安慰，无用立即铲除

像是自欺的迂腐，代代传承
谁也不能鼓起勇气，率先把脆弱击碎
把信仰安置高点，就是把眼睛放到头顶
第一时间掌控动向
把进犯消灭在企图之先
把灾祸击溃在屋檐之外
自觉规范行止

狮虎斗牛押鱼，鸽子凤凰
凝聚心力都有法力，老屋拆了鸟兽飞散
占据的空间依旧留存，挤不走的不是惯性
是根脉，是姓氏里的奥秘

是不信服的完全执行
纽带把我们拴成一体

木格窗

推开一角弧度
天空依靠半截木棒支撑
视野在眼睛之上，头顶以下
地坑院的水平面是极限
阳光照耀的时间，相对集中
旧日子的半径呈扇形，打开再放下

糊过的白纸留下层层断茬
一年覆压一年，曾经把多少整体
分割成块，又仔细补全
风洞穿时有些疑虑
窗花占据空间记忆，喜庆再次凸显

从内望外，柿子树熟透的柔软
摔落蓝鹊的鸣叫；由外向内窥视
潮湿捂紧霉变的柴草，一同腐朽
坐上炕沿，脚离开地面

身体沦陷泥土，走不出泪水的牵绊

柴 房

走进柴房，与树枝交换身体
所有砍下的吹落的，折断的四肢
或者脊柱，刚经历了一场战斗
残缺不全等待发落，最后一点剩余
交给燃烧，没有悬念的死亡

抱起自己投进炉灶，舔舐夜色
往事滋滋沸腾，纸片弯曲消薄
年轮吐出文字的残躯，把炭还给生命
把自己复原成纯白，没有丝毫沾染
把一切还给天空，死推动着生

死后有什么畏惧，雨不会浇灭热情
火星能否引燃无序失控
还有风带来的腐朽
把种种可能覆压飘摇一角
剥夺记忆权利
捆缚遗忘的自由

生无选择，死也身不由己

残 烛

房梁窗棂里填满眼睛耳朵
和口鼻忽长忽短的喘息
挪移寸步都要小心谨慎
一只突然下坠的蜘蛛，惊悚了整个午后

回忆先于她死在躺椅扶手，惯性摇晃
她不知道自己是坐着还是站立
是麻痹还是清醒
几秒时间她走完了整整一生

把一切交给时间：命运，选择和接受
把时间也交给时间，她只为日渐衰老惭愧
她躲闪的眼睛，偏爱潮湿和阴影
她感觉泥土有一种熟悉的亲切
骨骼和血液的咸腥味道

她为了释放而哭泣，而哭声
让包围更加拥挤，无处消融化解

她不时走在送葬队列
棺材里躺着平静的自己
这代人的憔悴，比上一代人更加苍白

过去是极力忘记的断片
饥饿的感受变成单纯的苦恼，微微窒息的轻松
由它而起的挣扎过程
充满引以为傲的快感
太阳落下时，空气打着寒战

时间布满齿痕（组诗）

晨 光

鸟衔来一丝天光
堆起明亮，厚帘子纹丝不动
门上风窗引进白昼，一天在这仪式里
隆重开始，醒来是工作在催促
由鸟翅膀扑闪着拽起耳朵

闭上眼睛，敞开心扉
多久没有听到自然天籁
没有陷进弹性的绵土
露水沾湿脚踝，薄雾诉说着寓言
我带着人间油烟，走进虚构的云端
等待东方白光长芒，刺穿空虚的浮沫

时光收回恩赐的纯真
干瘪的皮囊里填充了油腻的世俗
你们高喊的爱国爱家
无病呻吟的义愤声援，是多么贫瘠荒芜

远不及一穗麦子的手感，踏实安稳
在酒吧举起的骄傲，寡淡如过季的香
滴落杯中的夜色，溅不起几粒星芒
心思弯曲生长，沿五月的田埂蔓延
在父亲母亲洒下汗水的地方，种下足迹
游子的心一头沉静，一头慌张

宿 根

地上只有去冬残留的枯
被风从远处扫来，长在砖缝宿根的草
是土地真正的主人，为了风轻云淡的长久
它们以死亡固守脚下
这一寸光阴的纵深延展

为开绽而欢喜，因喜欢而凋零
星光窥破春天奥秘
每株草都有情不自禁的舞蹈
能说出的话被全世界听见
说不出的心思渗进泥土
多少温暖的构想，等在前方

流水的时间自然呈现
自有路径，它让瘦削的沉寂生长富裕
让丰腴的结论突然容颜枯槁
不必质疑存在的公理
从奢望完整的心动那一刻
就收获了满足，意料中的走向不是歧途

啄

黄土交出一片绿波涛，鸟啄开
用旧的月份，露出初夏粉红的肌体
情事正盛，花们坐上枝头
留下多少空欢喜，多少欢喜夭折在
成熟之路，清风浩荡
圆了世俗谎言，满足长存于愿景

午夜花静静开放
带泪，春天托不起花瓣的感伤
草木疯长，稍稍犹豫
一年一度的抒情，就追随河流走向寂寞
生活的峰巅站着一个全能先知
不屑谈古论今，只是凝视

太阳巨鸟一样掠过
给众多仰望以雨水的震颤
以晴朗的温柔真诚，任凭山高路远
终究放不下人间这份厚望
闭上眼睛深呼吸，万籁无声
一团桃红，正燃烧着激情岁月

点 种

春天适合点种：玉米，瓜豆，心情
一粒一粒精心挑选，随时间从指缝漏掉
悬而未定的结论，落地生根
过程在不见光的泥里生长
终要骄傲地昂扬风中

多少种子能熬过最初的孤独
等到秋天，幸运雨水一次次降临
暴虐冰雹不时光顾，时间激烈膨胀
与风相互吞噬，与云撞击
是毁灭也是塑造，是毁灭之后的再造

由此开端，在此终结
谁又会计较，诚实衍生的谎言
宁可相信那是善意愿望
如果泥土丧失了信念，所有给予
都是入侵，所有降临都是掠夺

旷 野

生长光明正大，露水与野草无视鹰眼
温柔舌吻，流泪道别
果子褪掉毛绒稚嫩，昭告成熟的激动
麦穗在受孕，花朵在诱惑
爱毫不避讳，让婉转含蓄汗颜

美好正在发生，蝴蝶不能缺席
走进田野，体内被忽略的潮气已经起立
干渴土塬滋生无边水意
空气青翠作响，碰一碰就闪爆火花
这个季节，没有哀伤的枯萎
只是勃发，只是雄壮地纵情高歌

五谷哺育的肉身，要经过

多少遍淘洗，才能褪去泥土的红褐肤色
如水般透明，如风的放松
如消失却无处不在的母乳气味
暴露深潜骨缝的本性
心落地踏实，归元的丰盈

田间草

庄稼一季不种就没有收成
草籽年年生发
在有用的植株夹缝存活无用
一些经验成为老生常谈
一些经验沿用至今
更多快捷的方法在践行中成熟
比如除草剂具体到，草与庄稼的种类

入侵者没有边界意识
犹如我们过度的主宰欲，狭隘让语言卑鄙
侮辱了众多生命，称为杂草
也侮辱了语言，使它们沦为泄愤的帮凶
哪个生命不是蓬勃着向往
哪粒籽种不渴望开花

在天地间相爱结果

谁有权力站上道德高地
污蔑这些谦卑的昂扬
生而平等的万物，相互渗透转化
你前世也可能是一茎草
后世会成为一棵树
现实的肉身暂住人间，世界的本质
无非原子的聚散组合
所谓具象都是暂且

采摘是种体验

没有风，没有雨滴
天空播撒的一切都像视频谈心
缺少现实的骨感，可是分明听到了
密集的鼓点，摸到了阳光的触动

没有长荒的藤蔓，没有狂开的花
每根攀缘滋养，都有明确目的
催开一茬一茬花，催熟一串串果实
摘了再红熟，超越生长局限

走在节气之先，挤走时间的预约

多像互联网时代，供应仅是结果
采摘成为体验，如同对种植与生长的绑架
什么都可以消费，为了体验的体验
苍白矫情，众多动词沦为名词
我们丰富得不断减肥
贫瘠得不能提供一块，种植自然的土壤

十万绽放，一朵馨香（组诗）

归 来

等黄昏太久，风送来
千篇一律的安慰，陷入太深的人
沉溺于自己的虚幻
一些情不愿被提及，缄默代替言语
熟悉沦为陌生，凝视距离产生的空白地带
那么多莫名烦恼，充斥其中

带着单薄的情绪，敏感而认真
重新认识眼前无辜的香
一些浅淡的细节，突然脉络清晰
花盛开，与体内风吹草动的声音
遥相呼应，抚摸被爱焦灼的深度痛楚
鼓不起勇气做一个决绝转身

晚风里的春光，与新鲜往事
交织不离，占据高处呼喊
回声带来久违的乡音

从未真正离你而去，这褐黄深绿的土地
种着滋养我的根，睡着长眠的故事
不时闯进贴身的梦里
放飞翅膀，飞不出聚拢的天

沁 入

人迹罕至，草木葳蕤
槐花浮香，如影随形
白落在白上，香覆盖了香
置身花丛拥抱其身，反倒淡了花香
一直纠结，要怎样攥住这无形的流逝

以黄土地无边的广阔铺垫
以阳光热烈无遮拦的专注照耀

没有确切答案，心随甜香起伏陡立
一遍遍拓印山与谷的意象
我攀不上峰巅，也无法坠到沟底
指尖触摸温良滑腻，铺展流瀑的奔涌
融进这浩大水意，失真的归宿

时光安静地穿过掌缝，单纯如从头来过
没有界限，停在远古某一刻
也停在此时此刻，进入退出没有差别
我们曾理直气壮追逐的浮华荣耀
被洗净漂白，脆硬如碱
苦涩了味蕾体验，只能默然长叹

这占有如同幻象，从空虚中来
到空虚中去，谁能真正获取
且永存于世

穿 行

十万绽放，不过一朵馨香
万紫千红的柔美，只有落上心尖的一瞥
众多过客，终究是一人独来独往
眼底泪水缓慢破碎，裂开亘古沟壑

飘扬过，飞舞过
垂挂满坡纯洁，扇动馨香
让百万年沉积的厚重，失了分寸
冷硬躯壳承载了，怎样不堪的往事

你闭口不谈燃烧的轰然，失望的理由
按住我好奇手指的翻检
伤害是种经验，如同正经历的现实
我找不到解救良方，跳出这万丈红尘

想触摸你盛大的青春
读懂残雪下冻凝的水声，让欢快的激流
引领我小心翼翼鼻息的方向
不再滑向泥淖，失足追悔
我晾晒细节，让回忆晕轮暖热
薄白荒凉的深夜

在一棵树与一棵树间绕行
滴落的一丝月尘，触动我敏感的神经
我以想你，对峙冰舌留在身上的伤口
此生只为偿还夙世恩怨
若非如此，怎会不断相欠

呼 吸

香气怎样诞生，不觉漫溢山坡
与微凉的夜风交互融合，我仿佛不速之客

闯进纯粹天国：白的柔滑质感
嫩的皎洁气息，纯银锻造的梦境
月色垂坠林间隙地，悬浮枝头
如水，收起了内心涌起的波浪
缓缓旋流，如雾
把四月五月一起打开，抚平沟壑
没有琴音和鸣，没有一阕词为你传唱
天空清澈，云朵摇荡心旌

这相遇，是春天年年固守的等待
开花的声音像流泻的秘密
借蝴蝶翅闪，层层散布
于我，却是措手不及的变化
单薄的心思，不会应对蓄谋的深意

不要这浩大盛放，怕喧嚷搅扰
独自沉思，敞开心窗
默许一朵香沁入，立即充满
我眷恋生命中某些细节，以此消磨长夜
深度中毒，不舍是会呼吸的痛
时时刻刻附生身体

采 摘

细碎堆积成海，翻卷皎洁
五月的高原，褪掉粗糙
交出一片绿风，只为迎合你盛大的浩荡
所有山脉都铺开，香气填满沟谷
拉低塬面，无处不在的浸润

蓓蕾爆裂，回声传递
褶皱的额头泛起，难得温润的柔情
新鲜血液，唤醒脉管里的青春记忆
周身骨头复活，你站成少年
锐刺冷峻后面，是你深度掩盖的柔软

风很凉，爱结晶成蜜
从一串串低垂的白里溢出，有了情色
诱惑如心瘾，等孤独的人自投罗网
没有月光的初三夜，林子是个巨大陷阱
痴心被捕获，沦为奴隶

甜是一剂慢药，亦步亦趋更加沉溺
比苦更难戒，越挣扎越深陷
没有一双手在岸上救赎，梦可以飞翔

循着一束晨光的方向，梦也能沉降

蛰伏枝头，等候下一季春风召唤

祭 词

1

入土也不安，除非化作土
把世上劫难全都收殓
月色覆盖你走后的年月
按不住狂长的迎春藤蔓
它们如此茁壮，让悲哀无从说起

没有人号啕大哭
阳光明媚的正午，不适合回溯痛苦
我让模糊呢喃尽情发酵
只想回味你的好，跟你在一起时我的好
我们在尘世急急行走
边忏悔边继续，在死亡路上
不断重蹈覆辙

你给了我生命的白纸
我努力写下歪斜的笔画
你没有给我，一口井的深度源流

我捧不起一掬潮湿，染绿眼眸
慢慢地，泪也枯瘦成线
夜夜缠住欲飞的思念，突然的惊悸

曾经是你，今后还是你
盈盈暖风送来，远方牵挂
人间到处是开裂又被抚平的遗憾
这薄薄黄土层下，流沙皎洁
瓦砾丛生，树木腐朽成冰
要怎样拾起，亲手挥霍的温情
才不负此生千年一叹的因缘

2

生前的细节在他们死后回忆
死去的人不会再死了
活生生的人也不会洄游
当然还有那些，化成灰烬的感情
朽作黑土的木材、锈色

你热爱的影子，时常
摇曳梦中，一天接着一天结束开始

结束不能证实另一天开始
没有结束，也没有开始
有的只是不同人生的区间反复

一枝蕾徐徐绽放
一颗温柔在心里的果实
无法阻止时间走向金黄成熟
我以一茎草色的名义争取，抵御
无数被推开的绿，又缓缓聚拢

我向你诉说艰辛穿行
黑暗越走越薄，就要天光透亮
我没有购买寸金容身之地
也没有火焰焚烧的五脏之痛
燃烧只是一时喷涌的感触，仅此而已

灰烬冷凝，面目全非
身体冰火共存，以生命中的清澈
诠释一段刻骨的存在，最后在火中死去
安详如遍野紫堇，从未离开土地的牵引
天空的凝视

3

浴火重生，入土为安
这耳熟能详的体会，必定经历了
肝肠寸断的炙烤，凝结成箴言

这是星的节奏
诞生与归宿，没有明确边界
相互渗透，互相成就
旋转成永恒，与是否闪亮无关

不能回避那个黑洞
吸收一切的黑洞：肉身，灵魂，光线
飞逝的时间，浅薄的悲伤
有多少葱茏回忆，深陷其中
捞起只剩枯瘦的幻影，指缝之沙

迎风行走，影子紧随身后
阳光覆盖的区域，生长着热烈感动
堵在喉管的冰凌，遇雨漂流
见泪消融，释然的模样与死亡
有相通之处，更接近幸福

4

我们都知道，河流突然收窄的疼痛
没有一滴水赶来
润泽大地干渴的纵裂伤
它被掠取了汹涌，激荡，磅礴
以及柔情，这些波光粼粼的动作
顺着合不拢的掌纹四散逃逸
它昏黄的眼瞳挤出最后一滴鲜活

像永远握不到手的光斑
在前方跳跃，指引归属地
五月晴朗天，要像孩子一样蒙上眼睛
玩捉迷藏的游戏，你躲起来
不出声，在一个隐秘安全的地方睡着了
带着骗过众人耳目的满足
无声微笑

黄熟麦子饱胀着骄傲
经见了四季轮回的无限风光
生命源泉可以来自春天融雪
也能汇集充沛夏雨
沉默归于江流，走向低于万物的壮阔

你走了，这千疮百孔的念想
依旧在风中飘摇，我们都是水滴
终将交出全部：凝结，蒸腾，升华
再生一个崭新的自我
在花朵，在青果，在籽粒
把透明洁净腾跃成宽广执着
像浅蓝融进盛大的蔚蓝

5

晴空万里，没有丝毫感伤的表情
没有一场雨，掩埋淋漓的泪水
仿佛人间的爱都飞往高处
落在低处的唯有，指甲下的血色
说不出口，揪紧心律

你安静地睡
窗帘遮蔽了阳光，风不敢撞响
透明玻璃，多么晴朗的阳光
小贩们面带笑容招呼顾客
保洁员尽职尽责，孩子们在憧憬节日

方寸之地一片肃穆

方寸之外是不可多得的喜悦

你在记忆中被记忆，在怀念中昂扬青春

越来越多的碎片，镀上光芒

让它新鲜，让它长久

让它安静地被人深爱，而不自知

秋 野

黑夜召唤白天，土地召回
出走的孩子，回到她湿漉漉的胸膛
乳房已经干瘪萎缩，松垮的皮肤
空空如也，写满哀伤

可是果实压弯了弓腰
喘息摆脱了沉重和颓废
只剩洪亮的回声，传递在毫无遮拦的粗犷
冰凉凝霜，是天空最后的馈赠

在春天做个长梦
看到了禾草归宿
珍爱眼前滴着绿色的露珠
内心转动太阳光芒
迎风蒸腾，这短暂透明的存活

成 熟

不可避免地走进死亡地带
醇香的酒味情色，只为彻底赤裸
一想到鸟锐利的长喙啄食这些
粉色肉体，就看到了它们锦绣羽衣蜕变前
丑陋的恐龙本相

这以身为饵的诱惑，结出
心甘情愿的果实，更像一个阴谋
猎手被困井底，陷阱在地上
与风握手言和，救赎者被救赎
沦陷者向往更深的沦陷

以为聪明的，拿什么阻止
自然的力量，花朵参透了全部过程
始与终背道而驰，无限接近
必将重合，它们只想获取体验
把一切繁杂的帽子手套，都扔给时间

让青涩和成熟

轮番检测季节的耐性

让出生与死亡被雨淋成糟糕天气的抱怨

绝无彻骨仇恨轮回的涟漪

圈圈扩大浅淡

而你们苍老的脸上

浮显慈祥的温和

低于枯草的故乡

母亲每个节气都会在前院种菜
采摘后，精挑细拣，转给我们
墙角枯草，像极了她垂暮的侧影
繁杂的极简，留不住一阵风声
草色一季季返青
而母亲只能一年年老去

摸不到时间的五官轮廓
天空垂下一大块帷幕
孩童，青春，中年
一幕幕上演，而我只能在自己耳朵里
听时间指针，缓慢而迅疾

五谷在大雪收藏的新酒里
继续生长，虚拟与真实不断交替
故乡不是时空距离，是心里的惆怅
童年是小镇柏油味的站台
被枕木托举，送给远方
回不去的从前是愈合的伤口

不再流血，隐隐作痛
流年的胶片，在岁月的银盐里
越洗越清晰，他乡是我种进花盆的故土
每一次游走，分别又重逢
近在眼前也遥不可及，故乡从未停止生长
河水里流淌生生不息的血脉
平坦的眼光被山脉的黛青吸收

而被反射的部分，在高楼间隙回响
城市是故乡的贝壳，安放裸露的柔软
如果放逐自我，奔跑在空旷的街道
一定被车轮飞溅的雨点，刺得伤痕累累
那些闪烁的霓虹，毫无表情
我热爱便捷与独立，也很清楚
最终安放身体的是土壤，不是木盒子

故乡，连着星空
我的世界，重金属时常轰隆隆划过
它们拖长的尾翼，在年关时节突然膨胀
瞬时激活，无法遏制的光焰
已经过了迎风流泪的年龄
心尖上的滚珠，从未停止滑落
一滴滴砸向绷紧的心鼓

敲击裂帛般的尖锐

一生怎么走，都绕不开修正之路

一步步靠近回归

开始便注定了灵魂的结局

烟火缭绕的人间（组诗）

除 夕

构筑一座城，居住一种可能
安宁的漩涡眼，任爆竹无效喧嚷

时间敲不响的门窗，全部打开
接纳远方归来的风尘，虔诚回溯

推开红绿街灯，裁一角星空
把跳荡明亮，贴上春屋的额头

守望团圆的热气里，浮升泪点
柔软从硬壳出离，压抑不住的冲动

寂静等待地平线上一缕微光
甩出弧度，划开纵深夜色

无需语言，光的献礼瞬间充满
每个角落都起身，与它会合

腐朽之物不被遗忘，它分解的颗粒
永生另类存在，攒聚又一个明天

江山为你，从纸上陡立眼前
马蹄溅起纯银的雪花，纷纷扬扬

守 岁

像天空与大地长相对望
在此刻真诚拥抱，紧紧依偎

像天涯归来的星光，与消失在
月亮背面的树影，围炉闲话

放逐感触，让时间
拉长弧度，在今夜成为昨天之前

让指针代替脚步，慢一点挪移
回味的往事无比珍贵，难以割舍众多细节

邀请生命里的贵客，坐满厅堂

他们是一盏盏灯火，在暗夜跳荡闪光

不敢回头，怕看见挽留
无法弥补的缺口，溢出牵绊的泪点

倒计时的心跳，急剧加速
守候一个节点，按捺随时发生的裂变

夜依然，这一秒与下一秒没有分别
跨过心里的风雨，人间山水春风浩荡

“愿尘世纯粹，没有一物不被善待
愿人间丰满，心泉甘洌”

交 子

不再强撑渴睡的眼睛，被喧腾
饺子热气的诱惑，一年仅此一回

味蕾深藏的记忆，浓缩精华
小心捧出易碎的美好，幸福突然降临

那时候雪花纯洁，阳光肆无忌惮
毫不伪装的笑，满足感时刻守候身旁

痛彻心扉地哭，把堆积全部释放
净空胸怀，是多么艰难的领悟

梦想突破界限，跨越时光门槛
把贫穷饥饿驱逐在外，小屋灯火温馨

占有每一朵鲜花，春风浩荡不老
轻拂发梢，感动覆盖全部世界

一只大手握住我的手，把一切交付
无言默契是厚重的责任叮嘱

压抑呼吸的平静，是另一张面孔
复活的童心，在远方吹响柳笛声声

微光初露

小心捧着一只盒子，走在时空边界
未知酣睡其中，等待唤醒

一切都是变数，无法猜测崭新
包容的内涵，是触手春风杨柳腰

还是，锦绣河山展开的天地
等候用心耕耘，专注经营

意念的力量，不是无根飘荡
它深扎虔诚的土壤，种植由自己做主

描摹千万遍的蓝图，浸透血泪
掌心反复折叠的翎翅，此刻起飞

所有腾跃的思想刹那诞生
完成一个轮回，开始又一次启程

重复从未疲累，坏情绪沉降昨夜
燃烧的今天，永远是初次好奇

一线光亮软化冻土，晨曦里走来
清澈如水的自己，透明见底

年 画

一年一轮回，用心书写最后一笔
九九归一，圆满不留缺口

心情在纸上发光，艳丽色彩
是贫瘠日常绽开的花，俗世辛酸

虔诚悬挂堂屋中央，门神财神
一家之主土地神，是堕入人间的期冀

仪式高于头顶，生活有多苦焦
虔诚就有多灵验，它们搅动漩涡

把无法面对，不能言说的诉求
不能治愈的病痛，都拍成一层单薄

把生活揉皱的身体，铺平摊开
一片麦浪起伏，丰收在望的芬芳

怀恋那些单纯的爱恨，直白渴求
虚弱注入血肉，再塑精神

迂腐欢喜，是唇舌不能吞咽的苦
交给时间水流，涤荡顽固坚守

春之触

像走过黑暗廊道，再次触摸黎明
像躺在柔善母国，悲欣交集

像穿越光年之隔的漫长，回到奇点
像褪掉甲壳的软体，接纳新雨鲜嫩的浸润

挥霍的时间纷落成灰，抛洒的焰烬
洁白地覆压废墟地，沉降到底，不必再退

迷雾上空晴朗灿烂，珍藏的种子
在谷仓，储蓄发芽的热望

告别的芽苞，转弯又遇见
旋走的风情在身侧不离不弃，一生牵连

樱花和我都想见你，在此刻
在不远的前方，一切呈现自然的过程

第四辑　爱在大地深处

年轮（组诗）

立 春

物候期：休眠

苹果树结束冬季修剪，检查剪口锯口，腐烂病疤，涂抹药剂，喷洒杀菌清水剂

以赴死的决然迎接到来
每一天都是额外馈赠
没有时间仇恨，没有言辞施舍给抱怨
掏空留在体内的破碎，一遍遍清洗
以全新的全部，接纳一切

腾出不含杂质的红，流淌单纯的血液
完整地装下去年秋天播种的籽粒
心意萌发，欲望萌发
鸟嘴破壁而出，宿根草的芽尖蠢蠢欲动
长情的事物纷纷起身

寒冷中，触到了冰下跳荡的暖流

凹凸有致的直觉，泛上袖口
漫长隐忍是另一种生长
地火舔舐变薄的冰壳，华光初绽
大地平静，预兆重大事情即将发生

走在向好的旅途，与万物携手
把自己深深楔进土层，这贫瘠干旱的肌体
流过血泪，渗出白水甘泉
确切地说，她点拨万物
成全芸芸众生，她把时间抬升为精神

匍匐博大之上，仰望苍穹
星芒距我们很遥远，却有熟识的亲切
是否有一双眼睛，也在凝视着我的凝视
如同亲人，如同身体散落在外的部分
向上生长，相互接近
终将契合一点，赤子初心

雨 水

清扫果园落叶，病果，树枝
在果园外深埋烧毁

备足肥料农药

更多时候是雨夹雪，趁夜潜入
春天的召唤隔着薄冰
可以听到突然开裂的闷声
阳坡草热血贲张
桃枝捧出红鲜爆裂，透过水衣
散发明媚光芒，衍生诱惑的想象
就算沉入渊底，也是美好

一切都在密集酝酿，疾速实施
寒风掠过头顶，爱情破壁而出
每次遇见，都有蓄意期待
没有华美言辞，植物的结合光明磊落
仅仅是开端，更多大胆的袒露次第展现
空旷的野外，一层薄绿携带体味
覆盖丑陋土块

没有闲置事物，没有靡费的光阴
不用触摸，春天从角落款款而来
柔弱的敏感，是种强大生长的力量
你毋庸置疑，它们不屑表白

我们都清楚即将发生什么
生命在哪里重塑，一想到细语浸润
就涌动诗意歌颂，我亲手给你戴上
湿漉漉的粉红花冠

惊 蛰

物候期：休眠期
对中心干和主枝需要留小枝部位
选好芽子位置，在其上方锯伤树体木质部
刻芽促之，插枝补空

一声炸雷，震颤耳边
思绪陡然清晰，我要清理果园
上一年荒芜的草木，已不再发芽
我修剪它们落寞的叹息，还给土地
让曾经开过的花瓣渗进记忆
遮蔽腐败气味
我反复擦拭果子坠落的划痕
让月光破碎的光芒，再次弥合

阴沉的云朵，悬浮的灰霾

深埋时光褶皱，那些虚张声势的呻吟
被击回原形，冰舌留在手心的疼痛和绝望
河床一样蜿蜒着哀伤
我与它们一同守望，流水漫溢两岸
新绿蔓延走向，我的脚步有青翠回声
耳垂有暖风吹拂

给一棵棵涣散陈旧
嫁接果实希望，鲜红翠绿的呼唤
在前方闪亮，根底有循环新鲜
滋养生长，新生牵引向上的眼光
铺展无边构想，这合体是我们共同的未来

是你，在阴沉谷底
给我一道闪电明亮，让偶然翻涌的退缩
再次直面现状，隐忍，等待
我虚构了一场淋漓雨水
洗濯残存的附着物
以清白的一切，给你全部信任
揉碎自己，渴望成水的迫切

春 分

树盘施肥，浇水保墒

补施铁锌肥螯合剂，喷洒杀菌水肥

刮除粗老树皮，预防树干腐烂病

把春风浩荡的日子一分为二
此时，昼夜等长
接纳和煦阳光，拒绝倒春寒
我的反思与思念一样绵长
我对未来的渴望，与对曾经的留恋一样
一往情深，没有歧路

那些光，就在前方
凿开夜的墙壁，点燃内心热望
拦住我跌落沟谷的噩梦，黑四散漫延
光筑起小小一间房，吸纳眼底血丝
接纳被露水潮湿的赤足
我忍住了霜雪冻，忍不住春风引

长进身体的柔嫩，掐掉的
芽尖心疼，残留的根蔓更疼
念及长情的事物，泪水潸然

交换过灵魂的两个人，怎能忘记
哪怕隔着山高水长的迷雾
哪怕对面不能牵手
依然是彼此身上的血肉
依然是不舍的守望

清 明

物候期：显蕾开花
树盘灌水，树干涂白，树冠喷石硫合剂
增强抗寒力，预防霜冻
早疏花蕾，悬挂诱虫灯诱杀金龟子等害虫

天清，地明
万物快速成长，春天措手不及地慌乱
桃花高举燃烧的火焰，摇曳热烈
轻轻搅动，空气溢出旺盛水色
眼睑雕刻的情节，浮显酒窝

亲手种下桃林，等春风缔结蜜果
两半合扣一枚同心，沉醉流云洗过的蓝
言语失声，表情木讷

残冬未及融化
爱在流淌的姿态里成形

身体随波起伏，灵魂欢会
欲罢不能的心瘾，等不及召唤
啄土而出，渐长的青绿包容了枯燥
淡忘了落瓣留下的疤痕
回到静默初始
展开信笺上的桃红
攥紧手心的流白，沿春风指引的方向
不断萌蘖崭新悸动，又安静地
把一切返还，枯荣轮流值守心房
交织生长，清晨总能捉住
天空投向人间的第一缕明黄

此刻，没有哀伤凭吊
只有盛放前的战栗
忍住了漫长孤独，被渐暖风捕获
我不为人间垂泪，只给自己系上绿丝带
甘愿为婢为奴，化进你的虚空

谷 雨

第一场透雨前后，在树行开沟播种绿肥

以油菜豆类浅根系植物为主。疏花

种豆时节，有灵魂绽放的快乐
沿一对子叶啄土而出，摸索弯曲路径
柔弱自有扶风的敏感，习惯了独行
习惯了自问自解，迎面飘来众多蔚蓝
视而不见，唯独爱你
皱纹里注满的灰白
渴望一场雨溢平鸿沟，洗清尘粒

绿意攀升，抽出崭新循环
年年重复，并不厌倦
它们以缠绕扼住命运走向
以成熟弹射，回应时间反诘
短暂而热烈的光芒，融入最大包容

类似我沉默的母亲
为干旱的威严，低垂眉毛
她怀抱山坡沟壑，在一畦畦坡地
春秋之间的空白，点种温良

土垄在脚底收拢后退，命运在身后蜿蜒
她给我的苦难教义，让我极力挣脱
她裤管滴落的露水，是我的痛

我常在心中山水间徘徊
有时沉溺河水，不能呼吸
有时被板结的石滩，割破脚趾
多年来走过许多泥泞，迷茫于抉择
与田野天然的喇叭花苦苣草，渐行渐远
这些豆地里的伴生物
年年清理，从未根除

立 夏

物候期：幼果发育，新梢旺长
花后留顶花果，单果，中心果
疏除腋花果，双果，小果，畸形果，背上果，梢头果

繁华落尽，月光安静
青果初成，一切都恰到好处
转身与风撞个满怀，抖落沉寂的细节
一直坚守平淡，鹅黄嫩绿悄然深沉

没有远离，潜身野草覆盖的深井
冰凉水浸入鲜活，日子因生动而可爱
因执着而纯粹，光芒一寸寸亲吻青翠家园

人间应有的美好，在高天流淌
语言和激昂，给了苍凉昨夜
今天只管孕育，抚摸偶尔的悸动
饱满茁壮，水火交织使希望循环生长

踩上大地，让麦芒刺痛手心
被冲淡的记忆瞬间复活，这炽热浓情
让浮华薄白，坐拥天下厚重
你是人间的王，时光的心核

小 满

拉枝。叶面喷肥补钙，提高坐果率
秸秆麦草灰膜覆盖树盘，蓄水保墒，提高地温
悬挂粘虫板，诱集蚜虫

不必盛装，自有落到枕上的香

彻骨怜惜，让目光久久停在萌芽
倾慕一棵树的高度，仰望伸展姿态
清扫经冬枯枝，凌霜败叶
把净空的心，留给最好的遇见

放下骄矜，归还纯粹
本香本色编织的巢屋，筑在低处
不再忧心飘摇下跌，那觊觎着的痛
不曾全部化解，时而融为柔水
时而结晶成雪，等待一个完整的释疑

不断送别，不停再见
流水推转时间，直线生命弯曲滚动
留下烟尘弥漫的新鲜痕迹

一直在黑夜摸索逐渐饱满的爱情
不必担心，抱不起过度丰腴的欲望
一种奇妙体验，沿裤管手臂攀升
趋近黎明口唇，辉光初露的一点微凉
我看见你结晶的一粒澄澈心
端坐大地之上

芒 种

物候期：幼果发育，春梢停长

结束拉枝，捋扭幼枝，缓势促花

麦穗的担当是芒种
高粱的波浪起伏是芒种
那掉落缝隙的阳光，也是芒种

六月，四处流动的光
簇拥万事，热烈与雨水
交替锻造万物形状，卑微的开始明亮
骄傲的不负厚望，肤浅体会沉着的力量
内敛蓄藏，释放壮大能级
有了阳光雨水，一切皆有可能

因缘连通百世纠葛，深情缓缓述说
梦里身不由已，我呼唤你名字
就把光芒种满心田，一茬茬眺望丰收
收割饱满，不知疲倦的我们
同天地一样，没有懈怠和绝望

地火不会真正冷却

不断酝酿下一次勃发，生命永恒循环
这世界从来就没有被用旧过
我们离别又重逢，都是初次的喜悦
这启示，是刻进骨髓的箴言

夏 至

麦收前后浅沟施钾肥
套袋，中耕保墒

夏天是场考验，满山老成的绿
自有主张，构想已经定型
失散的懈怠，追不上脚步

五分把握的收获，有一落到底的隐忧
万物执着于延续，不受歧义妄言的蛊惑
初始欲望成熟为希望的果实
走过了难熬漫长，仍然不敢纵情无羁
田野翻涌热浪，季节着色
昼夜交织冷热，合成阳光的默许和希冀
万能的造物主，以娇艳花朵的诱惑开端
走向沉着深刻，像水决定黄土塬的走向

风吹动节气起伏，外露的炫耀浓缩为
纯洁核仁，安静不争

时间骨骼，在磨砺中刚强
耐得住大悲大喜的起落，因而沉静通透

汗水洗涤泥土，一层盐味浓液
覆盖遍野庄稼和你麦子色的肌体
更加含蓄，隐藏所有情绪
在伤口上喷溅鲜花
在喜悦的眉头，结晶眼泪

更加沉默，不再沉溺于说教
放缓行进速度，看重终极结果
固守根本，让徒长的枝条
成为年轻时荒唐的教训

遍身纵裂疤、贯穿伤，凝结一起
剥落表层后的真实，支撑了铁硬站立
任时间雕刻忧郁，不再摇摆脆弱

小 暑

物候期：春梢停长春芽分化

预防落叶病，防治红蜘蛛，保叶保枝干

干渴，园子悬挂疲累的果实
一年最难熬的日子，正午过度的热
碳化皮肤，新鲜汁液需要水
完成体内的循环流动和糖分沉淀

生命交替转化的时候，星星在高天蜕皮
流萤闪烁长夜的诱惑，虫声不绝于耳

停止生长，止不住生命深度切进
塬面没有一棵树影的凉爽，荫蔽村庄
枯瘦的河水被松软如无底洞的裂口咬住
吸食它全部泪水汗液，火焰在腾跃
空气变形弯曲上升的具象

四面都是索取的手指，地心流泉只够供养
有限的几眼深度，飘荡火影驻守井口

仰望雨渗进血管，浇灭翻滚怨言

树如果能讲话，开口一定是喷热的鼻息
浮夸修饰，被层层剥离
虚设的结果，徒有不成熟的酸涩
静夜之后，跌落成泥

有风晃动远处的旗帜，投来别有深意的注目
时间需要一个结，绾住恣意旺盛

大地底蕴不变，碧绿田野
被拧成一条草绳，挤出虚妄的泡沫
留下不屈信仰，怎么蹂躏都固守本色
这绳索是束缚，也是节制

大 暑

在树干基部轻刮粗皮，涂抹菌毒清，预防腐烂病菌
松锄绿肥，预防板结，灌水

燃烧的大地，像一场热带风暴那么通红
把颓废放进去，炉子熔化它
锤击它，变成你想要的器物
接进雨水冰雹，容纳绿苔的混浊

以及提前零落的树叶、青果

从前泅渡的死水潭，走过的硌脚石子路
在淬火锻打后，尽失锐利棱角
心头不断刻画新鲜伤疤
冲淡了最初的皮外痛，迷茫过，疑惑过
忍不住冲进你心脏，问你究竟想怎样

选择忍耐，等待火焰盛放后自然冷却
把盛大的爆裂，切割成细小片段
慢慢体味成熟的琐碎过程，吸收阳光
让色素沉淀皮肤，吸吮雨水
让干渴之后的愿望，更加持久

收集酸涩体验，固化一路经历
让奔涌逐渐沉静，把酝酿当作一生主题
你看到枝头摇曳的红润
看不到她转动身体，迎合光芒的努力
循环的期待，反复敲击
捅破天地间的阻隔

立 秋

物候期：花芽分化，果实膨大

对幼树初果期树，拉枝开角，疏枝

摘除早熟果周围影响着色的树叶，转果着色，采摘

逃离昨日喧嚣浮肿
一朵清瘦走进今天，菊花的自律
不敢直视，天性无法豢养
散布山川田野，直抵雪线

左脸是夏，右脸是秋
渐凉的感受由一场雨决定
逐渐枯萎的眼泪，缩成平静
聆听汩汩回落，看到成熟凝固

趋于木讷，十分冷漠
激情不再直线冲突，一点疑惑
更多本能，躲进内核
无边寒露即将漫延，该如何保全

夜更易触摸真实，突变在梦里完成
每个黎明都是极致的艺术，飞越想象

阳光依旧灿烂，合成甜蜜结晶
每捧采摘，都是旁白

处暑

预防冰雹，行间种植绿植，培肥地力

重复的一天，熟悉的路线
我在一个长条石凳上，找到了自己丢失的灵魂
她穿着白裙子
我把她拉回身体，与黑裙子融合成
灰白底色，定格日落前的苍茫

许多蛙鸣掺进青草味道
灯影拉长缩短双腿，伸手去抓眼前
微风轻轻拂过指缝，漏掉时光
留下一点轻叹
我怨它无情，它怪我贪婪

昨天远去，梦也模糊
此时又将是昨天，流水不回头
向低只需随流，向高要奋力突破

抵达高度的层次，没有金手指指引
绕行槐树林，又回到起点

要一直重复今天的路径吗
也许该走向炙烤，感受伤痛
让暑气逼出焦灼，在烈日下释放
宁静跟在热烈之后，谁能逾越过程
我的对手是幻影，每拳出击
无声，致命

白 露

物候期：花芽分化，秋梢停长，采中熟果
中熟果采前20日摘叶，相隔10日后转果
摘除果袋，分批采摘

你带着崭新的时间降临
无意识的笑，把万物的棱角磨圆
你的哭声里有初始的甜蜜探寻
你让瘦骨开出花香
我享受泪流满面的冲击
确信自己，还有爱的能力

这世界柔滑无刺

你让风有了层次
阳光丢失了影子
因为你，我才敢于承认
现实不尽如人意的残缺，也是美
你让隐藏的复杂，变得肤浅
让许多筹谋沦为可笑，一文不名
套上身体的华服，仿佛道具

你与深刻对视，它慌乱失措
你通透的言语片段，剥离表象
潜身灵魂居所，看见窗台堆积的尘埃
在流动里起伏翻飞，谁在至真
至纯面前，没有赤裸的窘迫

星空何其灿烂，晨光中奔涌微凉的风
带着泥土的厚望，你散发乳香
比水洗的眼睛还明亮
洁白雪野，印记趾纹
肉乎乎的手掌，擎举视野天空
终将离去的，都是你汲取的营养

而即将到来的，绝不是现状的延续
你踩下脚底的尊严，是过期的腐朽
你视而不见的骄傲，是缩窄的瞳孔
黑白分明，永不越界的领土
开满繁花，一朵花与另一朵各自开放
摇曳两岸，共享一致仰望

秋 分

果子采摘后早施基肥

果实背后都是生长的预言
秋天把万千种色彩种植
烙印记忆渐深的成熟，你不是骤起的风
掠过原野泛滥吹动，我不是将开的花
受阳光诱惑，走过热烈与孤独
我们确认灵魂深度交融，忽略表面

把自己一分为二
一半色香是远在天涯的回忆
为今天的到来积累储备
一半沉着是当下饱满的酸甜

丑陋的果实也不例外
它们经历了盛开的喜悦，不舍零落
以及，多少无果空枝徒留的遗憾

这忍耐并不痛苦
时时有流血后很快弥合的希望
从每个细胞诞出
这死亡也不可怕，它催动下一季生长
从头来过像是复制
却总有不一样的东西衍生
爱的真火寄居不同躯壳
一声召唤充满心房，从未真正失散

寒 露

物候期：秋梢停长，晚果成熟
分批采收晚熟果，先采冠上外围果
分级，果实顶冷一夜入库储藏

用世间所有的路倒退
分开天地，穿凿山水
只为与你相遇，心念一动

埋藏千万年的冷兵器，从锈色里坐起

空寂，连鸟鸣也进不去
暮色翻卷风的旗帜，合围厮杀
是肉搏呐喊，蘸着鲜血的刀光剑影
洇染了半个江天，草色高举火把

人们衣不蔽体，争夺生长谷物的
秋田，割据搭建树顶的茅屋
家园隐喻付出和牺牲，灵魂的阴影
在房顶暴晒，内核柔软无骨

鸣金收兵，击鼓冲刺
国界线是晃动的波纹，随风摆动
时间吹落的沟壑，瓦解了大片完整
坠落耕种层内部，板结的心情

黄土高原，生命上岸的渡口
皮肤固有的胎记，印上岁月石头
轻轻挪移，引发泥石流的呼啸
仿佛海床突然隆升，流水肇事逃逸

在两峰之间架设一座索桥

往复摆渡，初始与终结结成
一个近乎完满的椭圆，像流星轨迹
靠近热点时，突然熔断

光芒淹没眼睛，吞咽思考
清空的世界，只允许一种生长
誓死捍卫的信仰，割舍了群山的翅膀
让壁立千仞成为永恒凝固

霜 降

全园喷一次清园药剂，消灭越冬病菌

睡着时，耳边是潺潺流水
醒来后，眼前是清脆作响的阳光
草木花香簇拥左右，一只鹿
咀嚼雪花的透明，洁净肺腑

感谢生活褪下的破碎
让完整成为可能，抛弃俗世的冗与杂
忘掉无望的幻景，把自己流放四野
在上升的星光中，瞭望旷远

一颗澄澈的黑夜之心
具有宁静天性，舒缓深情
陡立草尖，映射低垂的世界内幕
直到沉降地心，直到熔为尘粒

金黄饱满的事物，不含任何隐喻
自然生长，朴素成熟
委婉起伏不竭的源泉，而单薄的荒凉
需要盛大的释放来证明

要感谢附着的冷霜，让睫毛
模糊了棱角，让鸟鸣的圆润
蓄满情爱独白，隐秘净土
只捧出一种颜色，天空与海洋相拥而眠

立 冬

物候期：落叶

清耕园，全园深翻，耙平保墒

在梦里，在陌生的现实

与流过脚下的河水，远处黛青的群山
有似曾相识的感觉
听到藏在石头中轻微的骚动与叹息
忙碌让白天的空虚消融
夜晚降临时，它又重新结冰

初次场景发散熟悉气息
是等了许久的喷淋，与一只苍鹭对望
它在萧瑟空气里，依然保持警惕
与我的视线隔开不受伤的距离
我端详它每枝翎毛分解的光华
它慌乱躲远，又在眸子以内顾盼

靠近即远离，离开却牵引
命中注定的缠绕
是手指掠过发丝的仓促
该怎样理清这团茧丝
以遗忘，以沦陷的寂然
飘摇的心情是等待落地的雪花
越贴紧越融化

阳光冻凝，揉搓清脆作响
清澈见底的天空，虚拟一泓泉源

游于水波
探不到底的惶恐，让判断失去方向
我奋力拍打，被自己惊醒时
一滴泪风干沙滩，夜还在做梦

小 雪

清除残果残叶，检查刮治腐烂病。树盘灌水

远离的时候，它耸立心头
一种无法战胜的力量
也是攫取思考的吸引
无数次怀念一望麦田的青翠气息
合着霜花寒意，旁若无人踱步的群鸟
才是野外的主人

走进，跌落虚无之中
柴火缥缈的姿态，从指缝溜走
我们追逐的童年吵闹，残留几株杨树
任风飘摇，掏空的血肉身躯
瘦骨嶙峋是我流泪的容颜

光焰不再，燃烧渐熄
一座瓦砾的废墟，弃狗集结其中
荒芜的太阳光让平静垂降谷底
丢弃全部记忆，钝化所有感觉
僵冷在冰冻之河，雾霾如此沉重

青春欢愉竖起墓碑
雕刻无以言表的空白
灰黑底色是血脉洗不净的烙印
光鲜转身后背漏洞百出
我看到了，它无助的眼神
臃肿身材里的另类饥饿

慈祥随祖母殉葬，年轻的细腻
呈现毫无遮掩的欲望，亏欠的生活
需要释放，一夜之间
很多蜷缩的影子急剧膨大
如同被稀释的烈酒，充盈鼻腔

可我，还是一次次靠近
绞杀爱恋的憎恶，以逝去抚慰伤口
以时间独自康复，守望太阳
贴着沙土行走，把过往的灰烬彻底清除

我知道只有故乡高过头顶
我才能把她真正放下

大 雪

物候期：休眠

按照目标树形，进行规范整形修剪

没有雪，没有风，也没有晴
昨天那枚坠落夕阳
久久不能熄灭果园里，无边的伸展
一切都凝止在午后的灰白
就像行将结束的火，被抛弃黑洞近旁
死亡构筑的另类凄美
是我们对即将埋葬的陈旧
一种悲悯之情

山坡上跋涉的风，让一些轨迹
泛起沉渣，永垂不朽的挣扎在覆盖前
流露美好愿景，一年走到了尽头
大地还原本性，在寂寥中赤裸

我们收割了万物，眼睛突然空空洞洞
不时有伤感的失明，祭奠流逝的时间

需要一场盛大的白，覆盖轻浮的叹息
天地成为紧致一体，心才有一角归宿
狭小局促中的挤压
是种被周身围拥的踏实
在静默中等待裂变
虚构某种完美成长，修正从前犯下的错误
让洗浴后圣洁的雪色，照耀行程
撑开塌缩的地平线

一线辉光，在东南夹角突出
弧度把欲念收拢其中
又像要释放一切模糊的内容
融进黄土层深处的沉默
在一个节点放飞压抑，迎风站直
凝结霜花的茫然，消弭所有孤立
重建的世界在叶腋已经现出，花蕾的雏形

冬 至

解除诱虫带，离园烧毁

调查果园长势和成花情况，预算收支

总结经验教训，制订来年生产计划

我们思念，我们别离
我们相聚，像久别重逢的碰撞
像未曾谋面的天空之镜里的自己
表情在沉默的胸腔呼吸
握在掌心的气息，缓缓流淌

被庸常和偏执啃过的思想
遍体牙印，脱掉皮蜕纷纷隐进灰白
你重生之后的面容，多么安宁和善
怀揣一支燃烧的火炬，点亮眼睛
不会预设抵达的顶点

攀缘上升只是过程
无限贴近光焰中心，意味着牺牲
把无数片灰烬，飞成凤凰的舞姿
千年之后的记忆，是熟识的灵魂相互致敬
温暖潮湿的问候

一泓纯粹的泉源，游鱼投下石子
清澈涟漪，激荡不黑的夜
不白的昼，孤独驻守一个人的国度
深沉希冀与爱，在窗口隐现
会意眼神里流泻灿烂葵花的笑容

拥抱幸福，让青春也显多余
霞光蒸汽从清晨的河面浮起
要怎样捧住瞬逝，让透明高度
落在阴影之后，让陈旧日子成为钻石的
诉说，对任何人的疑惑都闪闪发光

以生长的名义，播种发芽
需要静心守望，你浇灌的祝辞
蓄满馨香，从荒凉春山深处
爆裂一朵朵鲜活，我们荣耀的旗帜
翻卷浓稠热烈，光阴也会不老

时间之内，月光之外
有形之物消失阳光之瞳
田垄覆满雪白，看不到高脚杯里的霓虹
漫溢迷醉，你是一个人

一道与时间融为一体的闪电
刺破阴霾凝滞，爆发前的静默

长青年华，不用说出情话
催动生长的力量
植根于专注向远方的凝望
你天生泥土之上
低伏的谦逊，更像一首赞歌
不远的前方，我们从四面八方汇合

小 寒

物候期：休眠，冬季修剪
制订本年度生产计划，整修农具
幼树整形：当年栽植幼树于苗干80~100厘米处定干
一年生中心干剪截，回剪强旺侧生枝
二年生中心干继续剪截，再回剪强旺侧生枝
三至五年生中心干继续剪截，回剪中心干1~2年生
强旺侧枝，从第四年开始
在主干上相隔12~25厘米选留主枝
疏除重叠枝，对生枝，密生枝，病虫枝

多情如水，坦荡似火
纯真若初，委婉胜歌

天空蓝得炫目，充满诱惑
经历过注定无法忘怀
谁知道头顶的深邃里，有多少
无名潜伏，储存心地一角的灰烬
见风鼓胀，从未有过的热流
带动天空之翼飞翔

生命缓慢行进，突然裂变
灵魂转换颜色，皮蜕里诞生全新自我

没有仇怨，踩在脚下的陈腐
只是束缚，吞进的金属
铸造了一线柔剑，挥舞指间
斩断横生惆怅，挑破羞涩遮掩物
阳光无言，什么都看透
时间无悔，一直向前走不回头

骨骼沉浸决然痛苦，肌肤完好无损
要感谢自愈力，让往事不会无限堆积
夜色越浓重，光的印痕越深刻

沉降到底，距离高点的空间更加广阔
身体生出无数翎子，尽情张扬
不必小心翼翼，毫寸挪移
翻手转换的速度，覆手迅捷修正
我们都是其中颗粒，无序跃动的微小幸福

大 寒

成龄树改形：间伐，提干，落头，疏枝，缩冠技术
每亩留枝5万~7万，长中短枝比例20∶35∶45
顶花枝率占35%以上
提高主干，加粗中心干，加大枝级差
控制树高，缩小冠幅；减少主枝，增加小枝
清理枝头，疏除害枝；保持中干直顺
主枝间距15~30厘米，插枝补空，螺旋上升
不竞争不轮生，不重叠交叉
培养中短果结果组枝
剪出病虫枝梢，较大锯口涂抹伤口保护剂

一切归于寂静：飞翔的潜进地心
飘香的垂挂树梢，含蓄的露出灵魂隐私
冰舌啃噬，失去掩体的存在

留下冷硬或真挚的骨骼，触摸时间边缘
万物形状接近真实，视线的切角
触碰地平线

冷到了顶点，热开始上升
日光下，旷野没有一丝杂质
空气夹杂乡音，触动遥远的泪滴
细微的相思蓓蕾，窃窃私语
心底无法表白的承诺，正在变现

人间烟火旺盛，万物依偎取暖
大地有信仰，托举空寂
泥土有温度，枯萎的花在另一处盛开
陨落的星云群，是光年前初生的爱
聚散光芒，没有什么会真正消失
不断转变幻化，从一种觉悟到另一种体验

年年轮回，世代传承
没有比天空更通透的领悟
没有比土地更低伏的骄傲，圆满留有缺口
慈祥包容缺憾，给一切再次开始的机会
谁的出发不是走在回归路上
初心箭矢如雨水，浸透温情

大地抬起万物，压低自己（组诗）

破　土

雾气聚合，树叶静悬枝头
它们落下来的时候，林子一动不动
天空无动于衷，色彩消失的地方
野菊花绽放，小生活的细节正在闪亮
庞杂变得简单，一切都谨言慎行

半新半旧的时间，走进光阴暮晚
基因构筑伸展姿态
打开封裹壁垒，试探着把泥土的黑凿穿
收割过庄稼的废墟地，举起柔嫩火苗
诞生由生命自由裁夺
那不只是白露节的绿色宣言

保持沉默，一切刚刚开始
力量来自根部不息的涌动，源泉是脚底土地
向上构想无限层次，向下包容交错曲折
腾跃前切进的深度，是束缚也是托举

遵循生长戒律，安然蜷缩
冰盖下仰望星空，多了几分皎洁
风过微动，都是翅膀的预演
漫长蛰伏的意义，是心里种进太阳
守望一个节点，描摹春风浩荡时的战栗
拘谨的呼吸，时刻在等明亮歌唱

休 眠

静默接近死亡，没有律动
没有流光闪烁，我看到你失水的干瘦
在暮光下伏身泥土，拜地叩首
一场雪，天地苍茫一体
你消失于无形，或者说融进其中

在狭窄领域，拓展自我
信仰的高度和厚度，让柔弱者的强大
无法忽视，你的视野延伸身体之外
现实存在，磨砺肤浅认知
你以苦难丈量生命长度，让时间无言对答

立定足下，蔓延伸展的触点

把夜的黑作为独立第一课
成长的教义，从来刻印疼痛
你想到了一切可能
承受任何结果，真正去做的时候
很多困惑逐一化解，越坚定越清澈

你抓紧阳光芒刺，吸食雨雪给予
没有人看见你潜行时，弯腰的骨骼
你的真理是粮食的真理
是先祖父辈以及后世
驻守这片土地的信条
谁能抵达思想髓心
他就是土地，真正的主人

分 蘖

把春天的赞美诗，献给简约生长
它们从毛茸茸的身体，分出盛大力量
一簇簇聚拢，抖落戴露星芒
寒风喧嚣的日子下，涌动暖流
一茎茎草色攀着光晕向上，暗吐青翠

一而三，而九
禾草让细小的事物萌动壮大的欲望
隐匿的十万亩膨胀，吹奏大地的肺腑之语
无法不热爱脚下土地
哪怕光阴流逝，雨水青黄不接
也不妨碍我们对即将到来的一切
真诚感恩

生活庞杂而虚弱，很多时候
我们走丢了路，时光摇晃
皱纹见风深刻，隔空呼唤
我时常开车回到塬上，投进无边黑夜
让身体一面消融，一面结晶
感受时间交织的冷暖酸甜

梯田慢坡地，仿佛立体思绪
让我皱纹里的怀疑，铺成白纸
洇出众多土硬骨骼
白褐深红的土层在左手，在右手
在声音消失的地方，在声音
升腾的地方，地丁花绽放
一根怀念的手指，牵着衣角暗香

拔 节

旺盛生长，漫溢情爱
撩拨沉淀许久的等待
波涛涌动，送来先祖的祝词
不用鸟叫，春天就来了
无需修正，麦子们走在一往前行的路上

可以听到簌簌的生长
可以感知，脆嫩转而成熟的谨言慎行
一种力量在根底催动
如少年向往天外星光
如少女渴望被爱的邂逅
身体立定黄土层
梦扇动羽翼，扶摇直上

它们知道目标，不再斜生蔓茎
把苍茫推进黑夜，把黎明拉近眼前
尘嚣如风过耳，如果天空可以再低一些
如果月光能够再浓一点
生长就是天地间唯一的方向
你努力的样子，必然永恒

灌 浆

从不留意垂坠的花，素如高原土色
浸满扬尘味道，无香无色也要盛大开放
风为媒，给瘪壳注入丰腴
麦子们并立田野，淹没野鸡彩羽
沟谷的风摇摆方向，把五月推进起伏绿浪
麦子迈向成熟的门槛

纸上流水，谷口风尘
春风拉开雾气帷幕，长路尽头的你
有斑驳苦涩，也有锈蚀沧桑
细微而隐秘的滋味，不足为人说道
那也是诱人的，令人甘心被焚烧的决然
让远方贴身环绕，把身旁推向无际
一个人的水深火热，散发大片醇香

心里霜雪渐行渐远，淡化了磨砺
薄白泪水，被夜色收藏
布谷鸟的翠声抚平伤口
潜伏许久，只为这一日饱满
晦暗日子轮转明媚，闪着干净的光
这是孕育的荣光，成熟的伟大

安详吞没了骚动
生命最后一刻爆发咏叹的高潮
无数道光，在芒尖跳跃

镰　刀

干热的空气里，透出兴奋躁动
不是花香鸟语，不是和风拂面
是石头击打石壁的撞击
是铁器厮杀的呐喊
木的手臂左右挥舞，击退增援力量
一场战斗在晴空打响

肉搏体现在刈割过程
收回手臂，只为更有力地出击
放大活动半径，是为扩散战场优势
直面凶险，只能前进不能退缩
进攻是最好的保全

喷溅的血液在空旷处，分外响亮
令旗挥舞，战鼓响亮
直立的敌人变成束手俘虏，跪拜臣服

征服是人间最大的满足
阳光下王冠闪烁，藐视一切
无际原野里，我是真正的王

硝烟散尽，重归平静
推车清扫狼藉战场，几棵顽固残留
无力逆转注定的结果
未及离壳的早熟，长成初春颜色
在急雨拍击下，夭折了唯一的青春

谁能理解无敌的寂寞
比死亡，更折磨鲜活的身体
辉煌走向暗淡，沉默接受或者一声叹息
就像铁来自天空，终要归于天空
木来自泥土，终要回到腐朽

收 割

燥热的气息，覆盖成熟的村庄
一望金黄的阳光，指向内心局促方位
主宰庄稼人的脚步
走进循环劳作的无边广阔

磨薄镰刃，碾实晒场
在麦粒脱落之前，黑云聚集之先
奔赴一场激烈战事，抢占晴好天气

缺水的土地，此时需要暴晒
低头的麦穗炸起昂扬的芒刺
密集刺穿溽湿的手臂

脉管里的血与热气同步奔涌
把一年的希望搂紧捆牢
谁的心里没有憋着一口气，一团火
挥汗如雨的日子，透露收获的滚烫快感

星光下干净的田野，仿佛疲累的母亲
需要长长喘息，一觉睡到天亮
我们枕上麦秆的身体回归她的宁静
堆叠麦垛拉近了天地的距离
在鸣虫唧唧叫声中，饱满梦腾跃云端

碾 麦

石磙碾过麦子身体
可以听见骨骼碎裂的声音
木杈挑起瘫软的扁平，麦子再一次
投入热情，就这样多次反复
完成最后的程序，奉献全部水分
热烈被榨干，成为枯槁

生于土，葬于火
长于雪下，死于烈日当空
空心里盛满向光的追求，不懈生长
每一穗长芒，都迎合着光线的方向
那一地的低头，是充盈后的逊让

宿命从出生就注入血液，从懵懂走到成熟
添加了无数想象，明晰后淡看结果
意念中自我完成，还有什么放不下
遗憾只是借口，心里已经结冰

麦田圈

折服于天外的神秘，哪怕这力量
是游不出去的洞，哪怕这黑
吞噬了周身骨头血滴，虔诚跪拜
匍匐低矮地下，低于生长的麦穗
低于随意说出的一句无味闲言

成功篡改了对自然的认知
判断失控，情绪倾倒一地雾水
在混乱无序中搜捡头绪，一丝微薄
怎么拖动沉重尾巴，甩不掉的影子
踩着脚步，提醒后退无路可逃
大片碧翠雕刻图腾，诅咒的密钥
祝福的庇佑，一齐在低空徘徊
每个人都伸手抓取缺失养分
千疮百孔的身体，漏掉了太多思想
恶补的企图被天眼窥破，慌张躲藏

一切都暴露在地平线
月光雨水纷纷升腾，被反射的推力
赶进狭窄甬道，它们拥挤喧嚣
拼命反抗，没有时间质问幕后策划

没有人怀疑凶手就在其中，衣着光鲜

我们深陷怪圈，是倒伏其中的一棵
膝盖生出须根，忘记向光而生的本性
随集体洪流起伏飘荡
麻木全部疼痛，被无序意识操控
天空收回孤立光束，帷幕快速遮合

亲爱的麦子

作为粮食，它们是父亲衰老的手指
祖父苍茫血管里，青翠欲滴的梦
是夜色的伺机而动
划开壁立天空
萃取火焰，铸造金属
盗取光芒，掠夺镰刀，收割人间
禾草里逼出韧性筋骨，挤出饱满乳汁
它们哺育了众多口舌

饥饿盲肠细瘦如线，拉升攀爬
刀戈分开山头，平躺河流指引的地方
都是王的国度，茁壮扎进大地之心

须根密集簇拥

我伶仃的先祖，在盔甲里翻烙
万里征程粮食的金黄两面
香气匀称，火候喧腾如光
打马驰骋的一统江山
坦荡如砥，直抵东海白滩
我触到了土粒内心，汹涌的激浪

庄 稼

必须反复咀嚼，才能铭记
麦子深层筋道里包裹的一点甜
这是饥饿的真理，粮食的真理
土地的哲学，生死轮回的课堂
楔进泥土，才有刻骨体验
匍匐大地，腰杆才能彻底休息

甩不净鞋底泥泞，也不能恣意飞翔
我们仿佛一个过渡，卡在天地之间
高楼顶层够不着星芒，脚下缺失安稳支撑
消失许久，双臂红斑的灼痛

在小满大满复活
单薄肉体一次次承受双重夹击的无助

面对庄稼，同情每双辨别不清的眼睛
分不出谷子糜子的笑话，已经普遍变现
千疮百孔的我们，剥离皮肤土色
四肢的泥味，投进黑色染缸
回首只能默然接受，故乡同身体一样
到处漏风的孔洞

籽种延续希望，细碎如土粒的梦
一季季放飞天空，一遍遍回归故土
土地孕育的秉性
是时间不能消磨的胎印，就像大地
抬高了万物，把自己压到最低

每一穗麦子都扬着骄傲

阳光盛大走过，风带来灼热的鼻息
爷爷多自豪啊，甩响鞭子
高吼秦腔，每一株麦子都扬起骄傲
豪爽回应

穿红裙子的奶奶带着童贞和嫁妆
躲在木轮车里，洁白的芦席棚顶降落一袭彩虹

与麦子有关的故事，都是滚烫的记忆
关于麦子的想象，都是难以抚平的刺痛

宿命融进血脉，主宰终生劳作
年复一年挥泪流汗的生活，被一种力量推动
家到地头，是空间存在的意义
正在灌浆的麦穗，储蓄精血和乳汁
贡献光芒，贡献粮仓
以命偿还

与麦子相关的人们，一茬茬倒下
关于麦子的文字，从竹简流淌至今

在野地，疯长激动及辛酸
在改道的河床，在白沙堆积的废墟地
淤土为田，构建家园
一镰一镰收割，一把一把播撒
在被现实围困的情歌里
我们创造彼此的道路，作为最后归宿

祭祀词

超越时空，与灵魂对话
祭台高筑，谁来朝拜一株麦子的隐喻

习惯了暴晒的生命，越灼热越洁白
宽广无边的麦田，走出竹简
被一穗穗割掉头颅，留在土地的锋芒
刺破关于荣辱的争辩，诠释生存的真相
生活的真理，世代以来
我们都臣服于衣食无忧的神圣

截取一段日柱，要刻印哪个场景
立体的存在，在昼夜的抑扬顿挫中耸立
汗滴禾下土的谦卑，让仰望深远辽阔
粒粒皆辛苦的艰辛，为悲壮击缶而歌

咀嚼一粒麦子，品味深处的微甜
丰盛到无从选择的空虚
要注入血泪教义，固本培元
拥抱麦子，如同抱紧自己的骨肉
死亡，也要葬在麦田一角
让家园上空盘旋的炊香
指引回家的方向

第五辑　阳光分解的色彩

拾起穗子落在地上的梦（组诗）

火从内部突围

风扫荡秋田
把最后的水液，从万物体内逼出来
退回地芯，到地下取暖
静。空。孤独稀释了孤独
与天空此时的心意，极为匹配

白霜收敛了喧哗
虫鸣退缩蛹壳，沙子凝固了水波的流动
直立的事物，统统跪拜脚下
它们躲避风不见镰刀的收割
它们正在蓄养，扶风而起的魂与魄

庸俗看不见
乱象深处，绿焰如墨燃起大火
颜色的火，气味的火，造物的火
收割后的空白，全都留给火

沉进生活，沉进冬天
在闭合的身体内部
聆听火焰噼啪的响声，触摸跃动的细节
丰满喧哗，沉在寂静中
时刻准备突围

豢养黑鹳

我养了一只黑鹳
比熊猫还珍稀的鸟
地球上仅剩两千只的黑色大鸟
它飞起的时候，羽毛分解的光，炫目鲜艳
它落地后，与败叶混为一谈

在疏林地救起它
它挣扎，给我手背留下一道伤
不滴血，很疼
保护站的人说，赶快去打破伤风针
和狂犬疫苗，被感染很可怕

它对任何靠近的企图，都摆出决斗姿态
我想从它眼里看到感恩的柔情

只有冷漠、躲闪
我把它从地上的陷阱，塞进心里的网罗
固执地豢养

田野菊

转瞬就是黄昏，有家的都回家了
剩下无人认领的孩子
披着露的水衣，躯体四散游荡
灵魂起身，充满夜的广阔

收藏的诺言
芳香散尽，热爱的热烈
在呼啸的风中平静地后退
依旧这么孤独
这一天，从寒霜开始
淡淡清苦是留在人世的皮蜕
被风收走

卸

掰下玉米棒的秸秆
飘扬在地里，如历史掏空往事
立在时间节点，释然，茫然
不知向哪边迈出下一步

阳光挤出水分
雨雾无边，话题噙着眼泪
砸在土地表层，鼓起如废丘
这块地还会种出青苗，捧出棒子

还会有很多故事发生
想象演变成往事
那么多刻骨铭心的雕刻
流于无所谓的污浊
在风中瑟缩

秋风过，留下什么

一夜落尽长安花
芦苇点燃的灯盏，被送到旷野之远

激情转而深沉，核心眺望
依赖一点希望的微光
在积蓄，在构想，在酝酿
在上升的星云中，抛弃尘世的冗与杂
忘掉无望的情，放逐澄澈之心
没有大悲大喜的跳荡
只是怜悯，杯盏装满慈怀溢出的暗香

越来越平静，像雨滴随每一颗种子
踩上枯叶，不留声色
万物都知道，其中无语的叙说

倒在大地上的，都会再次站直

山水俱阳，清气升腾
沿渭河奔驰而下的气势
抵达雄阔沉静

黄土地上的人，冲积平原上的人
翻犁土地，耕耘大汗淋漓的生命
在福天厚土留下黄金标志

一枚谷穗，低垂流血纷争的往事
一枚麦芒，辐射光明的幸福之门
一声呐喊，转动四季轮盘
一个支点，撬起硕大的蓝色水域
高于云天的视野，拓展了空间边界

击缶而歌的曲调，缠绕手指
青丝到白首，一代人有一代人的思考

飘扬在芦花深处的余音
风在传扬，云在诵读
一枚历经苦难不变的初心，在默念
德善温润的雨水，哺育万千苍生
倒在土地上的，都会再次起立
一脉古老的沉积塬，托举站直的悲欢
一个响亮的问候，是初阳不远光年的承诺

沉 穗

越来越沉静，接近根本
归属地近在咫尺
低头的穗子，向大地袒露胸怀

它们何曾忘记溪流的欢唱

丰盈到包容一切
丰盈到让人熟视无睹
霜白之前，它们收敛芒刺
把自己送进泥土深处，治愈伤痛

雨水淋湿的日子，风也柔软
硬不下心肠埋怨
与去年那滴雨重逢，回眸一顾的追念
抚慰了多少等待的苦楚

相约又错过，错过还要期待
秋是人间信使，回报春情
何曾忘怀，那些热烈的耳语

秋风把万物吹成远方

花序，簇生叶
蜘蛛四处垂挂的筹谋
蝴蝶褪掉鳞粉，黯淡无光
小青虫占据又不断放弃的版图

都被秋风俘获

秋风没办法对付种子
飘远的寻找湿润
追随流水的躲进河床石缝
它们只是安静，沉默是把镰刀
越磨越薄，越薄越快
每一枚金黄饱满的种子都有利刃
落地扎根，完成远方的隐喻

九 月

从城里走到野外
等在那里的阳光
把身影拉得很长
弥漫白雾，给我一个梦的注解
春天走来的扁豆荚的卷须
停止了舞蹈
妈妈摘了大捧鲜嫩
留下有虫眼的，等豆角长老
等小青虫化蝶

秋 露

以悲伤的目光审视
秋天短暂，一场又一场的雨
熄灭了等待燃烧的禾草

坐在水色日子边沿
浅愁湿滑，抓不住一片具体形状
花也罢，叶也罢
留给泥土的日子，已经不多了
再聊一会吧
在时间的正面化解沧桑
侧身，又投入更深的苍茫
酸涩的果子需要寒冷凝霜
醉心于这样的时刻
昼夜交替，幸福的暗流不动声色

捡拾月光

无法把一条河折叠起来
带着它远行
痴情的水执着地在梦里诉说

八月牵牛花
缠绕黑夜受伤的臂膀
月光从头顶流泻
在肩头留下一丝震颤
物是人非的废墟上
浪漫的裙摆燃烧成变形的火烬
此时，谁适合静默

侧影在窗前定格
尘封的痛苦内核，伸出枝蔓
软而柔脆的线条，被空空树洞操纵
提起是一条苦难绳索
绾结了众多情殇
放下，堆叠一地无序混乱
理不出头绪

满月，一种奢望和不可及的事
时间碎片，搅响野风的轰鸣
满怀善意落入秋水
一尾又一尾摇摆的青脊鱼

芦苇举起洁白的灯盏

不亵渎花冠
一切开放都是美妙的结合
不用扼杀，九月来了
在道路边、水泽旁
到处都是它们高举的白色灯盏

飘摇摆动，又坚韧不绝
距离最近的时候，感觉很远
长久不见，似乎更贴近
读不懂深度表情下的隐秘
时常窒息于黑暗
幻想一根火柴
点燃苍白，让空壳被灵魂充满
光芒用它漫长的积蓄
证明专注的力量
眼睛里，众多草木一闪而过
仍有难以割舍的神奇

拾起遗落谷穗的梦

失落在土地的谷穗
有被遗弃的恐惧
夹在人们良心褶皱的生命
奄奄一息，无力述说圆润梦想
时光如何让呼救穿过时空
穿过富氧的血液
唤醒饥馑年代金属的铿锵记忆

虚心而坚韧的谷杆
宁折不弯的秸秆，被砍掉头颅
每一根尖锐断茬，都是射向天空的箭镞
以疼痛，以难以治愈的创伤
铭记粮食的教训，警示积贫积弱的惨痛

不必怀想亘古变迁
分分合合的狼烟战火
在宫殿废墟，重建家园
只说可以触摸的祖父们的骨骼
那些红色而坚硬的生命
以雪充饥，以野菜草根延续火种
有关粮食的梦想，是暮色里明亮的坐标

指引百万雄心踩着泥泞跳荡
是游弋里的支点，撬动十万里征程
抵达最后的高地，灵魂与精神植根其中
思想与信仰荟萃升华
站立于蓝色星球，喊出骄傲

谷穗，麦穗，稻穗，甘蔗园
黄土地，红土地，黑土地和无边的水田
救活羸弱的一代，哺育鲜活的又一代
纸面教义或者融入骨血
化为自觉行动，或者淡忘耳边
让浮沫的幻彩遮蔽看见的确凿经验

不愿回首，抑或竭力遗忘
是饱满年代的深度饥饿
那些遗失田埂
那些被城市高楼挤到角落的谷穗
寂灭的希望，探出瘦骨嶙峋的触手
在梦里昭示天下
丰满年代与饥馑时代是一只手的两面
粮食的教训敲响警钟

再去看看路边，曾经倒下骨头的地方

是否还渗出金玉箴言

我们的身体，是否有一线命脉撕扯隐痛

成为举国告诫，每个人的座右铭

更多时候，你呈现紫色（组诗）

清白之躯

萝卜与白菜
从类别划分，属十字花科
从花色的角度欣赏，它们黯淡无光
以食材论，它们献出全部的根茎和身体
挖走后，曾经占据的空间
留给大地以创伤

豢养的草，没有权利自由生长
开枝四散的细碎白花
摇曳不了风情，更像一种荒芜
走过田野的人总能在被遗忘的角落
找到荚角开裂、籽粒一空的枯秧
诉说着清白之躯的真相

丝瓜络

多么怀念春末鲜嫩多汁的身体
一旦进入夏季，就疯长
失控的情绪让支撑的藤架惊愕不已
让头顶的小黄花初生
就注定饱受摧残的结局

感受于皮肉的粗糙
被一种叫作内涵的东西欺骗
给舒缓的日子，加进激流碰撞石壁的心痛
摆脱不了落上肉体言辞的指点
和眼光斜切

曾经引以为傲的光环
终将引导黑暗，覆满躯体
你还在抱怨，秋风不留情面

辣 椒

表里如一的红，毫不掩饰的红
记住就是疼，想到就是痛

不能靠近，无法远离
日子溢出的泪水，反复擦拭眼角
留下岁月热情之后突然黯淡的鱼尾纹
冷霜覆压的表象，青绿转向褐黄
内心的热辣愈加浓厚，急于突破

近距离触摸，喜悦的红霞挂满旗杆
幸福的定义在于种植希望
从子种破土而出的一刻开始
生命不完全属于自己
归属土地的抬举
归属雨水的滋养
归属阳光，在高处点燃的心灯
归属持守恒一的人
仰头就能承接的淋漓恩泽

核桃里有分心木

谁都知道青皮里裹着坚核
没有多汁的果肉，没有酸甜的口感
褪掉青皮，需要找到合适的切入点

用小刀剥出孪生的一对合扣
分心木隔开内核
沟回暴露无遗，没有隐私

你有所不知的是，抱成一团的整体
也保留了成为局外人的硬梗

桂花茶

不太滚沸的白水
冲泡几茎单薄消瘦
沉降，浮升，再一次沉降杯底
不忍这样素淡的清苦
给茶水，加进几粒桂花

浮在热气浅层
一点被怜悯的渴望表情，轻抿一口
你若还嫌不够甜，不够香
我有她起死回生的故事
漫长的苦守时光，尚有花开花落的等待
让寂寞不至于成为废墟

而绽放，一旦抵达高点
剩下的日子，拿什么诉说新鲜
香气，终究要散尽
拥有被水兼容，缓慢消失了自我
被水忽略的体验，是即刻死无葬身之泽

这是多么危险的念头
这是多么体贴的逆耳忠言

你是紫色的

掐掉正在生长的鼠尾草枝
根部不久就蹿出簇生的新枝
很快，顶上第一朵花蕾

像是接到暗语
每一个伤口上都会有新的花蕾
变化一梦初醒，从无到有
鼠尾草开放鼠尾草的花

一串一串紫色花朵，蜜蜂整个儿爬进去
再全身而退，没有风的时候

鼠尾草也会摇曳生姿

直到再次零落，一个完整的过程
是另一个循环的半径
陷落到底的悲伤
诞出初始的激动

石　榴

掌声轻鼓，超短裙
小尾巴和幸福的高跟鞋
火焰卷起的红，和空气中升腾的燃烧
交织，旋转
裙摆卷起飓风
曾有多少爱慕的眼睛
沦陷在你的红

珍珠嵌满水宫
珍珠镶满内心
如水的面容在雨天清瘦
你热烈的，快乐的夏天
你表里如一的红，被霜白捕获
看，我们也曾有过旺盛的疯狂

我们相互安慰
我们有红有白

白色百合

我的长啼，仿佛蜜蜂的一次超远飞行
要进入花蕊内心
要从这里，抵达幸福的沉沦
只是过于洁净的幕帐
让手脚颤抖，让近在眼前的夙愿
更加干渴

我的悲鸣，是水花激起的词汇
小心张望岸上
阳光照耀层叠铺展的绿，寻找狭长叶丛
而她在仰望疏漏光斑的一丝慰藉

直射光太过炽热
不适合敏感的低垂，就算暮色朦胧
她洁白的心思，也无法完全隐藏
艳丽与火热，是沾满花粉的长长卷舌
偶尔被蜜蜂捕捉

憧憬瘦成蒴果，层层包被

鸭跖草

我在观察，等待失语
在揣摩神色泄露的心机
阅读无语潜藏的暗流，考验身体
对横生枝刺的忍耐和反作用力
背起荒山，走过和风微雨
倒在第一片雪落下的轻与白

这样纯粹，这样的蓝
是星辰跌落人间的余光
皎洁，重叠了我们无邪无猜的童年
鲜衣怒马的青春火焰
何需多说，嵌入骨髓的片段
都会记载生活的心跳
且收拢且蔓延
不断制造苍茫和成熟的幻象

一生有很多等待
是旋涡，是徘徊

是明媚深渊的伸展，被月光反复映照
一些必然被偶然牵绊
躲过去是桥，迎上去是水
走在各自的脉络
最终汇聚一滴露水里的红颜与河山

风 传

风是一种古老的传递方式
口传丢的东西，风接着传
一切都靠风传播
花香，种子，尘土，闲话和神话

风从领口到脚踝
从心房到肺腑，没有不能抵达的秘境
它阅尽自然沧桑，人间悲欢
也能深入一滴水的内壁
给它刻画海的蔚蓝
让它不顾一切投进梦幻

它把陈年的东西翻出来
晒淡脱皮，也把新鲜花枝埋掉

不让一些愿望结果，丰满的绿洲
被吹成月牙，梳理渐白的发丝

谁能逃过风的眼睛
谁能假装发生的事情，透明无物
伸手揪住风
它的疼痛牵连我的耳垂

积云成雨

无根，无果
无拘无束地飘摇
其实无路可逃，除了化作水

总以为我在你阴影下仰视
从没有意识到，我是你一意降落的根本
忘记时空，开启两个人的纪年

点滴成雨的经历
温热凝析成，皎洁的诉说

听黄昏的眠歌

那些卑微的野花，开过了
终于把心散落泥土
蛰伏，等下一季春风叫醒
依然青翠的枝叶
延续着黎明前的寂静

黄昏在来的途中
是水鹬鸟俯冲的弧度，闪过一线白光
是苍鹭交替的踱步，有人局促
有人慌乱，倚靠木栏杆
指点河水涨落的变迁
旁听者无心附和

更多玫瑰瓣，熄灭火焰
开阔而平静，阳光布下大面积阴影
让等待和怀念，站成直立姿态
正午失水的心情，再一次饱满圆润
不要问，为什么不止步悬崖
渊底有明媚江山，有不竭的水泽

可以放弃所有

除了缠藤抛下的拯救
此岸彼岸之间，气息往复荡漾
牵引眼光，我是迷路的孩子
留恋山高水长，不惧蝙蝠的丑陋

比起深爱，遗忘具有艰难的反作用
一点点剔除肉里异物
剥离自体，血液之躯的痛
怎能以平淡缩结，以失色宣告
黄昏提前到来，黯淡依然可以网罗一切

春天是种死而复生的体验（组诗）

桃花开

风只是路过，而我专程赶来
看见桃红色在歧义的流传里，无辜地纯洁着

我感受初绽时，蝴蝶迷醉的扇动
我寻找春雨过后，蜜蜂吻痕留下的暗中交谈

何须刻意，它们自然朝着繁华的方向运行
像我们隔着山高水长，一次次拥抱春天

花香穿过屋檐，叩开窗户
不用木梯，气息也能抵达阁楼

早一步看见头顶天空，随时转换的星云
告诉你明天晴朗，今夜可以枕香入梦

雪 蒿

一旦目的变得复杂，方法反而简单
把物的需求降到泥土之下
黄昏以内，只想有个温暖安眠
伴着那群至少100只红嘴蓝鹊的和鸣
交叉，起伏，重叠

我有一方小天地，雨水豢养花草
蒲公英，地丁，裂叶紫堇
寻常的朴素，不变的野趣初衷
废弃老井旁，一片雪蒿吐露纯真
采几茎脆嫩蒸煮，香气在胸口流动
多少年没有看到了，依然是儿时的情景
变化在这里，悲哀、遗憾也在这里
无处不在的恩情，此时从地心缓缓涌动
潮湿的爱，从来没有停止过输送

具体工作

打开卷帘，放阳光进棚
小木屋会呼吸，秧苗也需要新鲜空气对流交换

植株高过头顶，每一步劳作必须具体到侧身，
弯腰

向泥土鞠躬，确信虔诚的力量
有向美向善向好的趋势，修正假设的偏差
给实习的我，郑重其事的禁忌条款

摘全红的：不用催熟剂的口感
是初吻的圣洁，青涩到成熟的自然选择
是心里遵从的敬重，需要一以贯之

不能装次果：五瓣伸开绿蒂
托举跳荡红心，庄重的仪式感让真诚区别于
浮上表面的赞美，流向形式的粉饰

分量要足：信任的治愈力足以修补天堑
信任本身脆弱不堪，经不起反复伤害的考验
一旦透支，无法逆转

不能喷药：傍晚点燃烟熏剂，消杀病虫
从生谎言，最怕认真的沉浸
每一次混沌后的再次清澈，都是崭新的早晨

打 开

忍冬藤打开春天，编织花环
低头，就能嗅到无处不在的清甜

雨打开晴空，让持续的热感受
阴影的千金重量，怎么覆灭扶摇而上的浮夸

木屋打开天窗，接纳日月光华
瓦苔有高于平地的视野，却并不为此欢呼

风打开书本，一根头发倏然滑落
谁读过这页文字，在段落行间留下灰白的哀愁

昼打开夜的心结，不必说教
让光明下展示的残缺，清晰地高扬头颅

打开镜子看自己，记住此刻
这从前无法接受的衰老，是往后最年轻的动容

降临的姿态

长久不见，面对荒芜
忍不住落下清泪，挚爱的叹息里
有微弱呢喃隐隐涌动

草木从原野起立，坐上石头
蜇虫从潮湿甬道突围，耐心等候
变态前最后一跃

沉浸其中，却遥不可及的爱
以淋漓，濯洗明眸
以无尘悲悯，抚慰心情伤痕

时间的沉淀物在成长
废墟地滋养的生命，挤出天空穹顶
我们都在仰望雨水降临的姿态

野　花

最终，吸引我们的是微小亮点
相对于庞大纷繁，眼睛只能握住一粒花瓣

离落时瞬间的蓝色弧度

说实话，我无法专注于每朵花开
那么多争相妩媚，让心陷于选择难题
不确定是你的选择，唯一凝视是我恒长的愿景

结 果

如果没有摇曳红颜
你怎知，草茎期待的体验与构想的姿态

简单饮食，让苍白的日子色香丰盈
三月田野热烈地颤动，幻想溢出心湖
幻想衍生的触感真切成形时，又那么平静
一切付出，是自然而然的顺延

喧嚣之内，有专注天空
轻轨呼啸而过的狂浪，落到心底涟漪微动
“连我们本身的痛苦也不以为然”

暂时休眠

休眠一年的种子，长成小片菠菜地
遗落在节奏里的发芽，不经意回眸时
格外惊喜，甚于心心念念的疲劳察看

脱离从众，它感受繁华之外
纯粹的美好，把卑微低伏
一举推送到视野之上，需要安静的定力

定义一种性格，命名一种
非自主独立创举，借集体主义声势
与上空的云私语，弥补它们孤清一生的流浪

留下话题，给我们诗意启发
属于这里的，绕山绕水定会相遇
一场雨后，春天是种死而复生的体验

留一片空地种雨

可怕的是精神死亡的地方
并没有诞生否定之外的另一种存在

就那么荒芜着，像老院子里被遗忘的童年笑声

金银花在等棚架扶持
一些油菜花还没开，一些已经结荚
它们在同一片天空下，成熟着自我经验

很多雨，落在傍晚
泥泞储蓄了土地共同的希望和悲哀
过路人不会联想劳累后，天允许的休息
只顾抱怨粘上裤脚的污浊，把它们多次提起
又放下，像日子和生活本身

安静的时刻

黄昏，坐在风里
光软软地伏上手背，明亮里的每分钟
都拉直了春天弧度，夜越来越薄
今后，我一定会记住此时此刻和此地

是高尚理想吗？憧憬的设想
与心灵碰撞、共鸣，顿悟世间万物真谛
生命的本质，生活的价值

我咀嚼你闪亮的言论，美好值得反复回味

纠结于心的缥缈，云朵一样百般变幻
天空依旧蔚蓝，不再瞩目浮华
沉淀的金属贯穿思维，仿佛忧伤
使孤独成为气质，一种与众不同的吸引

土地十二时辰

以忍冬藤，编一顶草帽
遮挡阳光在你洁白脸上，留下的炽热偏爱

秋到春，十二时辰交替
炊烟与诗意依偎，一杯白水暖热晨昏
给低伏的心甘情愿，一丝润泽感动

设想开花，理解结果
高于物质价值之上的追求，身心要加倍付出
这是生长的真理与传承的真相

这是很多人想到时止步的理由
也是坚持者领悟后的行动力，此时

悬空躯体昂扬着向往，累累硕果低垂着丰富

努力争上，接受阳光抚慰
爱恨交加的照耀，让岁月留在身体表面的痕迹
给记忆种进深刻，覆盖一个人单薄的经历

以虔诚构筑理想，让理想在土里扎根
确立一种属于自己的观念，经得起磨蚀
让青春的话题长久延续，淡忘过耳的喧嚣

设想的手臂抚过河流，近树，远山
琴弦里有潺潺水声，娓娓春风四面环绕
簌簌海棠花，落成了黄昏的备注

我们坐在那里，稀释流逝的时间
以及常规的客套话中的谎言，橙色霞光里
一头小鹿坐拥幸福，不再刻意张开拥抱的双臂

尽在其中，熟悉如血脉的人
陌生人，都见证了我们携带春天
在月下散步，一起沉进墨韵的侧影

沉积，塬（组诗）

爱的苹果

因爱而生，注定特立独行
一朵花，五片粉瓣呵护娇嫩蕊心
簇成圆满的模样，多想一直卧在其中
迎接远方雨水，耳畔鸟鸣
宁静田园，一对刚刚迎光铺开的翅膀

北山南端，沟壑环绕
一片漂浮云气的独立世界，叫九顷塬
种植千亩温情，浇灌清白根本
支撑希望的不只立桩、横拉铁丝
还有延续的执着意念，停不下来的缤纷梦

炊烟与诗意相依相偎，一杯白水
暖热暮春早晨的寒凉，给为婢为奴的卑微
点缀灿烂野花，日子反复暴晒
在我们洁白的脸上，雕琢陈旧印迹
留下阳光和阴影相互妥协的确凿证据

推着节气，翻越一页又一页时光
此刻，果园撕开荒凉
叶脉走向指引，十万只盛果的雏形
走在变红的路上，汗水混合露水
浸润飘过的风声，今天不燥不涩
而明天均衡酸甜口感，让鲜艳的成熟
搭乘展开之翼，果香勾起深层蛰伏的记忆

领养一棵树，尊重生长的自然情感
吸吮指尖如蜜的汁水，这终极意愿
抵达的瞬间，让经历的磨砺纷纷脱落盔甲
孩子的笑声，在枝头自由穿行
爸爸慈祥的脸，随阳光降临心头
诞出一个崭新明天

天之远，爱总在故土徘徊
天之高，爱落低，驻扎
天之大，爱浓缩成一枚红心
蜷缩于小小内核，我最大的快乐时光
是沐浴你的恩泽，轻盈熟睡

人间能给予的最高赞美
是血液里，你一直在循环流淌

老果园

年轻果园不必细说
蓬勃着生命热度，柔嫩的枝条
以低垂的姿态向土地致敬
向预想的成熟进一步靠拢
聆听泥土从多次失败中探索的训诫

但是，旁边沧桑的老树依然精神饱满
几枝年轻枝条，汲取大地深处的营养
给它们输送新鲜
这自我治愈，自我救赎的智慧
比拔高的指导深入人心
比空虚的抚慰有效
朴素是生长的真理，实用是便捷的经验
大地不会遗弃一物，所有生命自有归宿

箴言楔进泥土深处
多少人轻飘飘走过，只有你们执着驻守
让植物的智慧在人类的思想中扎根
把尘土的味道融进血脉
他们的肤色是黄土高原的厚重明亮
他们的语言，是成熟的脆硬

一棵平凡的树，开着美丽的花
结出好看又好吃的果子
回味悠长，平衡了天地酸甜
交织着人间的耸立与沉降
像我们，故乡赤足的孩子
逆风奔跑，被盛大的雨水一遍遍浇灌

沉积，塬

故乡，横陈祖辈悲伤的沟壑
塬面破碎了奔跑梦，他们在这里出生
在这里埋葬，一粒土回归一粒土的过程
辛酸得挤不出泪，方言充满黄土的光泽
故乡，缺少一条奔流不息的河
洗涤那些遥不可及的日子

站立陡峭就尽兴呐喊，身处谷底
一定要用力腾跃，土地是靠山
阳光是攀缘的路径，蓝天挡不住视野
二百万年耕作的教训里翠色发芽
是突破铺垫，深埋的众多叹息

给予你发酵的养料

浓稠绿意遮蔽荒芜，大地从失水的残冬
抽出丰腴，毫不张扬的粉白花朵
不动声色，自成繁盛
一种不可遏制之力，从皴裂的皮下喷薄
低调的土地，高调炫耀生长的快感

你依然辛勤劳作，从清晨到黄昏
从休眠到显蕾开花，到果子膨大着色
成熟的过程没有差别，你给树植入智慧
让果子有了飞翔的梦想
这希望被谷雨带进立秋的空蒙
田间劳作一环接着一环，环环相扣
关于泥土的设想，从虚构反复走向真实

那些流逝的苍凉时光
做出过巨大牺牲的经验之谈
那些腐朽几近泥土，丧失香味的花瓣
那些来不及采摘，被鸟雀啄食半边的甜蜜
都是亲人的笑脸
高过枝头的眼睛，是祖国热切的希冀
你走在一条光明的路上

在春色中漫行

早春，杏树还来不及生成新荫
我所漫行的春色，毫无疑问是单纯的白
穿过宁静，微光浮动

最初的几朵开放，吸引鸟翼留恋
急急如令的花信一旦拆封，那盛大的香
次第弥漫，错落铺展

你说起繁花向死而生的奉献
我感动于一枝蓓蕾率先突破的执念
沁血积累的经验，从盲目的勇气开始

我想说，干净内心无需脂粉修饰
光明下的盛放，是对春天最好的尊重与褒奖
零落带来的感伤，储满温良

几多烟雨沧变，人类与植物同命运
抵御倒春寒，把冷酷变成生长的反复试探
依然有刻骨深情，值得怀想

眼前高原、身后仲山，与远端天空相连

圆润的山脊线，融会在岚烟与青草气息中
静默月光，柔和地审视吹往人间的风

心里家园未变，满目山水依旧生光
波光粼粼的漩涡，是泉水按下的碧绿指纹
我指尖的簸箕，呼应着光阴圆满的问候

伸展美丽的想象，我知道
在蔚蓝深处，在光芒不及的远方之远
那隐约不朽的原生地，诞生与回归一定会重合

恒之源

土地里出产的作物，都有新鲜的源泉
比如小西红柿的嫩黄花蕊，让阳光水分
在体内分解转化，蓄积热量光照
亦蔬亦果，表里如一的鲜红诚实
从碧绿的原野突出，捧起高于霜期的靓色

土地的作品，也有恒久质感
比如蜂蜜，悬浮玻璃杯中
一团琥珀滑腻，触手甜蜜的回忆

更多是低调素朴
比如核桃，香菇，荞麦面粉
长成泥土色泽，陪衬明艳成熟

借直播通道，搭乘变革直梯
你扼住了跨越传统的契机
突破祖辈年复一年低头劳作的闭塞
困守一角的锁固
实现一日抵达预想边缘的夙愿
你怀揣四季芬芳，果香柔软了山脊线

一生值得拥有干净的回忆
纯粹的食物滋味，洇进晨昏的露珠汗水
气息，被植物悄悄储藏铭刻
谁在心里没有向大地低头，向劳动致敬
乡愁缠绕双膝，谁不为故土涌动热泪

梦在希望的土地延续

摊开平面的四季，给空旷生长的间隙
楔进草本韧度，让低矮光斑
成为某些植物的照耀

比如黄精，防风，远志
云在天上飘，雨终要落地
无数精华颗粒，攒聚一方乡土
苦难的旱塬，缺少水色眷顾
从沟底抽上来的每一滴水，都有血汗的味道
都掺杂了土地金黄的底色
就像咬紧牙关的父亲脸额
坚韧母亲沉默的白发，任风吹凌乱

真价值无色无香，医治重度创伤
没有天生的圆满，一线裂隙是存在的教义
在纵深的发掘中逐渐显现，需要恒心
与时间保持平衡，与大地融进理解
泥土中诞生的事物，自有立足之地

自然生长能找到最近的通道
达到生命结果，要求更多收益
需要身心加倍付出，这是公平的真理和真相
这是很多人想到时，退缩的理由
也是成功者通透的领悟，果敢的行动力

不做无用叹气，无益抱怨
在一座三面环山，一面空旷拂面而来的福地

植物们不说天气，只感念日月厚泽
长出葱茏的绿，开着低垂并不鲜艳的花
深埋泥土的肉质根茎，是彻底奉献的回报

后记：点亮心里的灯

踏上黄土地，是命运，是缘分，也是召唤，从此再没有离开。我走来的路，是许多人想要逃离的纵横沟壑，我迎接的生活，是许多人不愿回望的缺水噩梦，多么需要一根火柴，点燃心里的灯，照亮脚下的路。

工作后第一次下乡，是参与全县留床苗存量普查工作。九月，黄土地最美的时候，秋色经霜浓艳，蓝天纯净，不含一丝杂质，田野斑斓多彩，风吹过成熟庄稼，苹果沉甸甸压弯枝子，送来芬芳气息，心情从来没有如此开朗，走在小路上，心莫名悸动。我们三人一组，住卜家乡政府客房，到就近村子吃派饭，轮到郭大娘了，家里跟过事一样热闹。大娘请来好几个人帮忙，院子热气腾腾，屋里屋外都是笑声。午饭简单而隆重，红漆木盘一样样端上桌：呛白萝卜丝，凉拌小白菜，蒸蛋羹，炒土豆丝，飘着红油的羊汤饸饹，大娘招呼众人就座，我不敢进窑洞，大家都笑了，带队林业员老杨说，放心坐下，天塌不了。我只有在地面活动的经历，无法体会被黄土覆压的局促，生活教义翻开第一页，我感到了脆弱，与随时被埋没的恐惧。

黄土高原充满人力无法掌控的灾害，人们靠天吃饭，与土地相互依存。多次走村入户，我见识了传统礼仪的严谨，知道了恪守本分的价值，山村闭塞落后，却有不受物欲冲击的纯粹秉性，人们朴实无华，坚韧隐忍。干旱时，仰天祈求雨水滋润庄稼，阴雨季，夜晚不时听到沉闷的巨响，天亮消息传来：谁家窑洞塌了，谁家围墙倒了，谁家被淹了。有一年西关村一户人家，窑洞冒顶坍塌，三个孩子戛然止步花季，让人唏嘘不已，很长一段时间全城都笼罩在悲恸的阴霾中。还有人家，孩子掉落地坑院夭折，母亲疯癫，家庭几近崩溃。时间如水，岁月如尘，反复洗涤过滤，不能沉淀混浊，继承与背离相互作用，相互推动，旧躯体剥出新生命，一代又一代人的苦痛里，也诞生着新希望。眼见村子一个个搬上塬面，建成连片新居，水泥路铺到家门口，路灯照亮出行与归来，深井洁净清水引进厨房，千年以来，百年以来，温饱梦想真实地展现眼前，衣食无忧成为过去时，人们对富裕的渴慕，立即成为紧迫需要。

一些人搭上了时代快车。移民搬迁，退耕还林，种养补贴，以及深入持久的脱贫攻坚，各种惠农惠民政策出台，改善了越来越多人的生活。一部分人凭借知识，成为高端人才，走出黄土地，离开父辈流血流汗的故土，扎根异国他乡，枝繁叶茂；一部分人留守家园，流转土地，发展设施农业，让梦想在土地开花结果；更多青壮年外出打工，输送技术和劳务，靠一技之长安居城市，成为新市民，过上了祖辈只敢远眺、不能设想的精彩日子。

一些人沦为边缘人。他们引以为傲、赖以生存的农耕技能退出时代舞台，他们融不进现代，对未来没有具体设想，旧生活的疑惑还没有散尽，新迷茫扑面而来，追求的温饱目标实现后，精神更加空虚。

仍然有一些人在艰难前行。他们因病、因孤、因灾，陷入困顿，他们是贫穷的，相对或绝对，物质或精神，不能指望他们一下子改变固有生活模式、思维方式，但至少要给他们生活向往，给孩子们飞翔指引。

我包扶有两家贫困户，一家是单身汉老张。老张家的院子仿佛许久无人居住，长满齐腰高杂草，三间厦房兀立一边，屋门开着，第一次走访时，我们径直就到了老张眼前，四月天大中午，他穿着棉衣，在土炕上躺着听收音机。多年前，老婆死后留下一个女儿，老张拉扯她长大、远嫁他乡，开始独自生活。村民们给他撮合过好几个女人，她们无法忍耐四面漏风的屋子、他的懒散，一个个离开，他不再整理院子乱草，等它们冬天自动死亡，拿镰刀割了当柴火烧，那些藏在地下的根，第二年故态萌发，如同老张重复不变的寂静光阴。几次走访，他修葺了倒灌风灶台，补好屋顶漏雨处，归置了散漫堆放的柴薪，搭鸡舍，给院子装上栅栏门，这方小天地顿时有了炊烟味道。他栽了3亩花椒苗，种了2亩大田菜，到村后的仲山采野生连翘，挖柴胡、半夏，晾晒蒲公英，卖给上门收购的药商，干枯日子有了水色，艰辛还在其次，他只是孤独。一个人缺少棱角磨砺，缺少温情滋润，他远离人群，把自己隔离在生活之外，甚至很少开口说话。村里推荐他当上生态护林员，他认真而骄傲地工作，巡山护林，宣传防火，一天结束了念叨着又一天来临，有了责任感，有了时间概念，有了多活几年的盼头，他发散的眼神有了专注区域。

另一户是残疾人淑珍。淑珍是个心强命不强的人，身高不到一米二，嫁给了同样单薄的男人，两个人像一根蔓上结出的两颗苦瓜，搀扶着熬日子。他们生养出一对茁壮孩子，淑珍说，为他们，怎么都要好好活。村里农业合作社建成大棚温室，免费给淑珍家经营，她种圣女果，也种草莓。我们每次见面都在湿热的棚里，她双腿跪地，十指骨节凸出，费力拔出露头的草，让人心酸。她并不避讳身体的残疾，说在大棚里出出进进，不弯腰，方便。她说话时，荡开的笑意抚平了岁月细纹，我知道这是发自内心的满足，她的笑制止了我欲滴的泪。她教会我拉蔓、摘芽，给花授粉，圣女果细碎的黄花是新生儿的柔嫩，垂坠的果实是成串祝福，草莓跳荡着火热的心，诠释不弃的挚爱。时间不会泯灭每个生长希望，土地不会亏待善待它的人，一个苦命人，从未跨出黄土地的丘陵沟壑，却说自己赶上了最好的时代，从前只是低头耕锄，现在挺起腰杆做人。她把两个孩子全都送进大学，孩子们先后工作，节假日回家帮着干活，湿热大棚是他们一家人明媚的穹隆，化掉生活硬块，日月在画卷里舒展，仰望的心意都找到了最好归宿。

不能用一个词语表达我翻滚的思绪，欣喜与辛酸杂糅一起，不能让一粒尘埃，被时代遗忘，他们塑造了黄土地不屈的骨骼，不能让一个人游离在生活之外，他们是我们的血脉至亲。这片热土值得倾情付出，热情礼赞。

如果我有火柴，愿意把你的心点燃，让你保持最初的向往。也请你不要丢弃愿望，你的天空应该蔚蓝明亮，且拥有锦绣云霞。

真诚感谢杨焕亭老师为诗集作序，向老人致以崇高敬意，感谢家人和朋友们为《沉积，塬》成书付出的心血，感谢为诗集辛勤工作的各位编辑。

赵剑颖

2020年8月25日

梦生地

秦岭，陡立的思想

赵剑颖 著

黄河出版传媒集团
阳光出版社

图书在版编目（CIP）数据

梦生地. 秦岭，陡立的思想 / 赵剑颖著. -- 银川：阳光出版社, 2022.3
ISBN 978-7-5525-6258-3

Ⅰ. ①梦… Ⅱ. ①赵… Ⅲ. ①诗集－中国－当代 Ⅳ. ①I227

中国版本图书馆CIP数据核字(2022)第047284号

梦生地 秦岭，陡立的思想　赵剑颖 著

责任编辑　陈建琼
封面设计　张　宁
责任印制　岳建宁

黄河出版传媒集团
阳光出版社　出版发行

出 版 人　薛文斌
地　　址　宁夏银川市北京东路139号出版大厦（750001）
网　　址　http：//www.ygchbs.com
网上书店　http：//shop129132959.taobao.com
电子信箱　yangguangchubanshe@163.com
邮购电话　0951-5047283
经　　销　全国新华书店
印刷装订　宁夏凤鸣彩印广告有限公司
印刷委托书号　（宁）0023583

开　　本　880 mm × 1230 mm　1/32
印　　张　9.25
字　　数　160千字
版　　次　2022年7月第1版
印　　次　2022年7月第1次印刷
书　　号　ISBN 978-7-5525-6258-3
定　　价　78.00元（全二册）

陡立的思想
——序赵剑颖诗集《秦岭，陡立的思想》

肖云儒

《秦岭，陡立的思想》是一本耐读的诗集，是一本需要细细咀嚼,沉潜进去慢慢品味、思考的诗集。我读得很细很慢，生怕精彩被遗漏。读完，又有了一种回头诵读和摘抄的冲动，有一种想跟朋友说道说道的欲望。赵剑颖的诗“浓度”很高，有将自己漫长的人生浸泡在秦岭中酿造出来的诗境。它有一股醇香，是陈酿老酒的味道，有秦岭深处麝香的气息。

剑颖在西北农林科技大学毕业以后，在山区基层单位从事林业技术工作，几十年与山的相望相处相知，使她的生命充溢了对山的炽爱、思考和依恋。她待秦岭如父母，对父亲般的敬畏，对母亲般的爱恋，几十年不衰减、不消散，反而越来越浓郁。她的诗句无处不流淌着这种爱恋。你读那长长的后记《天空之下，泥土之上》，像是在吟诵一首炽热而又深沉的秦岭长歌。

翻山越岭来见你
未及成行，融化怀中
每处转弯都有不确定的风景等候
……
在心头，就是归宿

——《南梦溪》

化身一片云，在山顶成雨
北来的风，吹皱黄土高原完整的梦

——《南山北面》

秦岭是一座神奇的山，划分了中国的南北，又和合了中国的南北，泽被了秦巴山区，也泽被了天下。我曾说秦岭是中华四库，水库，绿库，文库，史库，并参与编写了四卷本的《秦岭四库全书》。这座山发源了长江、黄河最大的支流汉江、渭河。林子里跑着的是珍稀动物熊猫和金丝猴。孕育的纯净空气，像氧吧一样润泽着中国腹地。它还是中国的文脉、史脉之所在，是中华文化萌易、布道、立儒、融佛之地，是中国上半部历史大剧的主舞台，周秦汉唐在以秦岭为天幕的舞台上，一幕一幕壮怀激越地上演。生活在这样一座山中的诗人，怎么能不敬之、爱之、歌之、吟之呢？

不是进入，是被吸纳
丢失身体附加的一切意识
绿染湿了睫毛，云影与空气交替呼吸
滤净浮尘，天很薄很轻

——《进山》

但是，诗人并没有一味沉醉于自然生态之美，她以繁复新奇的比喻、纷至沓来的联想，用形象、情象、寓象，让秦岭的自然美渗透到社会生活之中，渗透到我们心灵、情感和思考的深处。她在诗中写出了秦岭的自然生态、社会生态、心灵生态这三重美，构建了一个立体的、辐射的、弥散着的审美境界。可不是，秦岭本是一个综合的生命体，它有姣好的容颜、铁打钢铸的骨架、温暖的怀抱，也有“陡立的思想”。由自然美升华为社会美、情感美、哲理美，就是提炼秦岭深处“陡立的思想”的过程。

诗人通过哪些渠道来展现这一过程呢？

一是时空渠道，打开并拓展时空的终极视野和终极情怀。在万古壁立、缄心默言的秦岭群峰启发下，作者总是将人们常态下观察、感知世界的视域和视觉、心域和心觉，拉成长镜头，用诗句直击终极命题，直击天长与地久，生命与死亡，搏斗与不屈，阳光与大地，默然与喧嚣，历史与未来等这些具有辐射性、渗透性、永恒性的话题，深度启迪读者的哲思品格，激发大家的哲诗感悟。

溪水与石头相互消磨
与时间长期割据
大地从倾斜的姿态转弯，折叠，断裂
没有一处平坦可以款款诉说
——《转弯或者直下》

眺望渭水分割的板块层次
满眼只是欲哭的厚重
一手握住长天，一手抓紧厚土
轻轻合掌，撞击耀眼火花
——《冲积平原》

一半的水让生命流成血液
一半的水让它烧成筋骨
——《出走半生，归宿依然半坡》

二是生命渠道，将气候、物候的天籁运行，转化为意识生命的表征。出于对万物感同身受之爱，这种转化是不由自主的、平等体贴的。它超出了一般所说的拟人化，而是人天一体的生命喷薄。

唯有一身筋韧
撑起不齿倾诉的骄傲

——《冷杉》

云走过，万物消失
……
思念，湿成一件披衣
从四面八方围拥来，让我回归

——《白云间》

这里不是拟人化，人与心、与情、与山川自然已是浑然一体的生命。

三是哲诗渠道，追寻一切自然生命背后的规律，与人的情愫、思考相互融合，构成自然的无意识生命与人类意识生命达成通感的哲诗境界。天人合一,万物有灵。一切天籁都意识化，一切自发的现象都悟觉化。一切景语皆成诗语，皆成哲语。

一页页岩石纵横的生命线
向所有的方向延伸，被地衣覆盖的期许
成卷线册堆叠，等待誓言雕刻成书
不能记录的赞美，无法命名的表达
在深层暗藏殷红

——《三生石上》

日光长久不褪的白昼，让内心不安
让疑惑沉入更深的旋流，无法化解
需要一些黄昏缓冲，一片星空思考
一抹黎明之光，燃起希望

——《第三界》

繁荣久了，站成孤独
这孤独茁壮成盛大，凝成永恒

——《槲榆古树》

四是审美渠道，不但品鉴大自然的形态之美，而且感察大自然生命内里方方面面的美，用诗句升华为艺术审美形态。

脚下是过往，头顶是未来
一剑划开清浊界限，把太阳挑上云端
光瀑一泻万年

——《华山论剑》

最打动人的是生命悲怆之美和生命乐观之美。前者如：

出离从众囚笼，命定无助
……

它站立的姿态，就是悲壮绝望

——《一石成峰》

这壮硕旺盛震撼了心灵

无从知道确切的年龄

没法还原它们稚嫩的童年，挣扎的曾经

依然繁盛的枝叶，覆盖的刀剑刺伤

雷火电击，被世界悄然治愈

……

远古的血泪，斑斑渗进岩缝

……

石头的青苔里，有猩红的隐痛

——《深入腹地》

大地胸口的隐伤，被岩浆一遍遍舔舐

让流泻汹涌虚拟波浪

让静止气势恢宏，如暂停的时间在脚边固化

给记忆錾进一个铁硬的质感

亿万年不曾钝化的棱角

让风的吞噬无从说起

石头堆起天崩地裂的痕迹

在群山环抱中独自疗伤

——《火山口》

后者如：

没有一件事物被辜负

不能补天的石头，弥补了大地的漏洞

不能成云的雨滴，浇灌四季如春

无法掠夺的风，自由摇摆

搅乱了关于寂静的沉闷

——《深不见底》

剑颖不但从外到里写出了秦岭多方面、多层次的美质，而且用自己的生命锻造诗句，用繁复迭出的联想、排山倒海的寓象，布设了一个穹庐般的诗歌语境，我们不由沉浸其中，成为秦岭山中的一棵树、一头兽、一泓溪流、一片白云。我们和它们一起，意识到了生命和诗歌的无比魅力。

2021年4月10日，于不散居

肖云儒，中国作家协会会员，原陕西省文联副主席，西安外事学院文化产业学院名誉院长。

目 录

第一辑　从远古驭风而来

第二辑　秦岭，陡立的思想

第三辑　山本色

第四辑　润 泽

第五辑　葱茏家园

第一辑　从远古驭风而来

梦生地（组诗）

蝴 蝶

仿佛有很重要的事要去做
当然很重要，我们奔赴，聚积山谷
以堆叠的姿态一个挨着一个
赶在寒意到来前，落上熟悉的光点
记忆里，上一回盛大的场面是羽化、诞生

我们不约而同：欢爱与告别
仿佛灌注了一致思想
回避片刻的独处时间，以防不测降临
我们唱着集体主义赞歌
轰轰烈烈走向死亡
为秋风殉葬，救赎茧壳里的自己

梦生地

翻山越岭来见你

未及成行，融化其中
每一处转弯，都有不确定的风景在等候
惊喜，在迷乱的搜寻中
心头有安宁归宿

悬崖下草色凄美，花香静默
把空灵水意，借给鸟语
留一丝裂缝，让阳光任意穿行
让风辗转后必将抵达
大片柔软的梦生地

溢出的细节

未免限于借口，需要沁血诚恳
才对得起内心无瑕的衬托：愿人间美好
时间空壳悬挂树顶，隔年不远
往事新鲜的屐痕，让我看见你真的来过
梦伸出触角，潜进纵深山色
很轻，可以感受绵长起伏的弧度
很亮，裸露心扉
褶皱里包藏的疼痛，见风自愈
变幻的风物，沉寂又重生

总有期待在不远处指引
群峰高举碧翠，光芒照耀空谷
回声载着幸福的念头，从黄昏溢出

葱茏不是颜色

众多水雾缭绕山腰
润泽是唯一的愉悦感受
投进你怀抱，告诉自己
这是凤凰落脚的深渊，也是它起飞的悬崖
没有什么能阻挡向往

众多鸟鸣托起云裳
天真无邪的童年，委屈的泪水在眼眶转动
美丽风景里生长着贫穷
不能开口，怕说出的话落地燃烧
远远站着，听风雨控诉
苍穹撑开绿伞
过滤污浊，稀释仇怨
一片肺叶具有起死回生的爱
我不能一再破碎

驭风而来（组诗）

薪 火

给架空的柴堆，扔进一根干柴
火种迸发，强劲明亮。无数颗流星
炫目地划过夜空，涡流盘旋转动
压缩的角落里魂魄出窍，游荡在荒蛮地

洞穴只容一人弯身出入，背靠岩壁
怀抱光芒和热量，回归母体的安静
融化无声的战栗，心在叫着不可名状的感觉
恐惧和野兽被赶到黑暗之外，不能触及的层次

有了光，黑夜不再难熬
有了火，冬天融化成短暂
等待花开的期待，无比迫切
需要以被需要的责任，叩响春天的石门

那个摘果子的女人，已经暗示过
也许应该杀死一头公牛，展示强壮无敌

想到陌生的未来，雷电也会赐予力量
远处似乎传来孩子的哭声，突然悸动

野马一样跨越障碍，毛细血管热血沸腾
微妙的自我感知，暗藏不能分享的隐秘和私心
独自完成成人礼，过程需要叠加累积
成熟只是瞬息，实现必须有一个良好契机

流星激活长久的凝滞，划过眼里的沉思
上天赋予了特别使命，从此有了悲伤表情
黑夜之外不是黑暗，种子就要萌动
须根正从开裂的坚壳腹中，剖出一半天地

心里烙印额外念想，腰杆不再盲目
直立找到了方向，双腿的肌肉收紧如铁
放弃灵巧攀援，构建秩序生活
甘愿背负这沉重枷锁，只为从万物中突破

想象所及，都是王的疆域
土地，森林，河水，天空
什么也不生长的天空，接长了手臂和十指
抓握一切机会，把它们紧紧搂在怀中

毫无厌倦的懈怠，每天在重复中度过
总能找到刷新理由，只需一粒可能
便能成就无限变数，一步一步走向期待
梦与现实结合在日出时刻，鼻尖微微寒冷

合 欢

黑暗之外还是黑暗，长夜没有方向
声音在听到里流淌，一点光从核心点亮
瞬间爆炸，膨胀穿透无力的身体
越过皮肤徒劳的阻拦，融进虚无

前方在探索的脚下被照亮
光耀里是一条结满果实的路
成熟的香味吸引所有动物，只有她提着篮子
摘走整树的红，嘴里含着甜蜜，眼里盛开芬芳

河水倒映长发，从来没有认真审视过自己
青春自然蓬勃，发现在不经意间完成
乱草高深处，出现寻找爱情的伙伴
神秘气氛笼罩一方天空，冷山多了柔和

她燃烧自己，诱惑意中人
鼓励他抓住自己的胸膛，兴奋地骑上脖子
森林一片寂静，只有两个人的喘息
在雨季来临之前，炙烤青绿色的干枯

觉醒的意识种在果荚，再次睡进黑暗
过程充满奇异，体验爬虫在心底蠕动
足迹留下交织繁杂，期待的感觉隔着一层薄膜
所有努力只为全新的开始

采集，种植，加工，是她首要的责任
不必拼死从草原狼嘴里侥幸，高居处隔开一道
深壕沟，安全包围了柴火
让她凌驾在云层，接受顶礼膜拜

成长起来的男人，伐木，狩猎，造屋
圈建自己的势力范围，防御同类和野兽觊觎
圆形穹庐下的火灶，才真正属于自己
爱从私心里溢出，遵循强者之道的生存规则

众多围观者感到了地动，山洪吐着白沫
上游滚雷夹带闪电，汹涌而泻
褪掉绒毛的雏儿，跳跃于合欢树枝头

吸干旧壳里最后的鲜红，丝蕊破壁而出

刻进石头的记忆

果子弥足珍贵，填不满的胃口撑大扩展的野心
烈日下追逐较量，夜幕里奔袭、合围
每天都在上演，看见露出骨头的异族
与折断腿骨的同伴对视，没有敌友的温情和冷漠
只有生存策略，暗喻自然法则

一只幼鹿落单了，它背负竹箭
犹疑的方向充满死亡序曲的神秘幻彩
猎手在驰骋，蛇虫在繁衍
一只孤零零的眼睛，从高处漠然注视
石壁是巨大疑问，盘旋而上的螺旋
似乎引领通天之路，太阳神在岩石里沉默

射猎圈日渐缩小，空气更加燥热
跪拜祈求上天赐福，滋养焦渴的土地与狂躁
寻求突围，未知的国度会不会鱼肥果香
泉水沉降地表，漫延之路弯转向低
孤单或是结群走出森林，走下黄土塬

尘土飞扬阻断返回的念想，只有记忆刻上石头

无数次叩问头顶，天上星象能不能倒映地层
刻一个太阳神照亮白昼
凿一个独角兽护守族群的夜空
錾一群舞蹈的青年，明天将在他们身上诞生
敲凿边界图腾，尊严不容挑战

还要刻画无言的心情，今天拾到了受伤的猎物
遇见暗恋许久的佳人，要把吼叫一一铭记
粗陋工具，把实景和色彩种进石头肌肉的纹理
童年的想象抵达内心深处，翻滚涌动

森林倾倒瀚海，石头浮上天空
扎进地平线，石头的心被风粉碎成颗粒
黄沙覆盖葱茏，沧海桑田的转变端坐对面
触手可及，无比真实

出走半生，归宿依然半坡

心鼓不息，凉风送来高天琴音
岚烟在晨雾中浮现，鸟鸣涤荡涟漪

尘粒锁不住的水分，储存在野果的心情
迈上一道黄土坡，生命之源突然出现
血在脉管奔涌回流，牵引眼光奋力向前

曾经，让心落雪无声
眼前让它，再次泪如倾注
我从一滴水里诞生，忘记身体由泥水捏抟
一半的水让生命流成血液
一半的火让它烧成筋骨
直立行走的身体装载了情感内核
从此区别于其他任何人

澄澈的水溶进粗粝的风，混合刚柔的力道
群居高坡，引水开沟，阻拦靠近的觊觎爪牙
举火跳荡，驱走寒夜毒吻
威胁无处不在，防御日臻完善
反击的号角不时吹响，盛大如死亡祭奠

多年前出走的方向，阳光蒸腾赫赭
苍老失水，老祖发髻的骨针
如部族图腾，号令天下水滴逆袭成河
召集山川迎风疾行，草木花香汇聚一堂
半鱼半人的陶盆，供养世代不息

乐曲哀婉，老腔盘旋
诗句苍白，只有矗立的呐喊歌咏抗争
远古与未来共此时，天涯与手指同此处
爱恨消散，骨上胎记无语
一粒尘土归于尘土，大地般轻盈沉寂

南山北面

化身一片云，在山顶成雨
北来风吹皱黄土高原完整的梦
波流奔涌，支离破碎的记忆干涸
日夜不止的汗水，从皮下眉头渗出

峡谷清流，推动渭河浑浊不息
以山为扇，烟火之气散布在每层皱褶
背靠亿年厚重，坦荡铺展平川

挑一担黏稠细浪，浇灌黄赭色胸膛
种下满坡饱腹的期待，借月犁耕耘万世沧桑
弯背弓腰，往复在明亮与黑暗的交界线
向苍穹行礼致敬，定格于逆光剪影

打碎魔咒，跳出混沌圈外
构筑全新开始，勇气源自厚土蓄积
甜水滋润，更是群山的赐予
骨里铸造的坚韧，血里流淌的生动
成就了难以企及的高度

以麦芒谷穗的黄熟作图腾底色
让不屈意念刺绣七彩祥云，高举旗帜
缭绕群山之上，驾着风的速度奔驰
播撒一路猎猎宏声，直抵沧海

老 腔

简陋舞台，安置几把桌椅屏风
搭白羊肚手巾的粗糙老头，半绾裤腿
沾满黄土麦糠屑，从地头走来
着红挂绿的巧媳妇，梳着油光的长辫子
系上花围裙，一身柴火味从锅灶旁登场

二胡弦板开场，铙钹鼓点紧跟
一场战事激烈开始，裂帛猛然撕开大口

尖锐刺穿耳鼓，直击心房
头顶炫舞，夹着风啸雨泄雷轰鸣
拉扯揪紧每根发丝每个毛孔，甩高甩远
反复往返云端谷底

野草在瘠薄地奋力
出头之日，源自内心不死的渴望
看透不过如此，没有愁怨
只是尽情释放，只需依照日月指引
从厚土里站立，跌倒依然回归它的怀抱
忘记身外事，时空和自身消失
穿越之旅烟气缭绕，你不是你
我不是我，都不由身份掌控
看客被余音缠绕，掌心热汗浸透纸巾
不知身在明朝，还是昨日梦中

冲积平原

背倚高山，清凉风滑行俯冲
偶尔驻足，眺望渭水分割的板块层次
满眼只是欲哭的厚重，一种声音
在南山北山之间流淌，心被它捕获

沉默，听取内心爆响

一手握住长天，一手抓紧厚土
轻轻合掌，撞击耀眼火花
阴影在燃烧中消失，灰烬诞生生命的要素
指缝生出光芒，穿透牵绊
点亮前路，从奇点走向广袤

春种秋收的时光，似乎就该如此平淡
出离的勇气，源自身后的宽广容纳
风吹来，土堆积的大平原
培植出旷远的视野，水流动的活力
催动一次又一次突破
期冀随时间长高，心恒立云天之上

太白雪（组诗）

走进太白

一入山，人就成了仙
山是人间的山，仙是天上的人

功成名就的躁动与寻仙求道的舒然
交织掌控内心，这石头与泥土的堆积物
因为持久静默，屹立不变
被植入人类思想，雕刻在悬崖上的字句
一代人抛弃，一代人传诵
一代人苦苦追寻，奉为法宝

思想孕育的文明，借自然传承
在太白山，每道梁每条褶都是传奇
典故与遥远气息，缭绕在佛寺道观
亭台驿站，奇峰险境
拔仙台上清澈的冰水，融进了沧桑春秋
见证了贤士名流的坎坷求索
隐匿者的飘逸洒脱，往事随风散去

后继者的向往，倾诉，沉淀
与悲欢离合，交替演绎
互相印证，相互成就

身影太短，脚步太浅
唯有灵魂与山同步，缘起缘落
云聚云散，思想被超越力牵引
引向深处的神秘，更高远的空旷
投进山里，如一棵草一滴水
被兼容，被消失

入山的人怀抱柔软
善待一枝一叶，以朝拜者的眼睛
与登顶的自己，紧紧拥抱

钓渭水

有时坐着一个凡人，须发落满霜雪
有时坐着一个神仙，解读前因，预知后果
更多时候，他是谜团
无人能触摸内心的气场

那只直钩，在钓上江山后遁地升天
那块石头，依旧棱角参差
这条河，他们饮过渡过
我们遥想，还原，敬畏
百思不得本意
河上的桥送往不迎来
残存的木桩，一半在泥沙里缓慢腐朽
一半在水中旋转亘古不灭的流动

在文王遇贤亭，风吹过四角的铃铛
我们都看到了故事变化着的表层
却解不开，时间隐秘而生动的真相

一块石头内心坚定的守望
一条河后浪推前浪，一路向东执着
天地之间，落木浊水萧萧秋色
反复印证江山的基础
沿着一支麦穗溯游，我们终归要回到土地
在童年的梦里规划一个人的一生
一个王朝的八百年江山

太白药

是花，是草
是治愈伤痛的苦，什么都可入药
一切洁净的根、茎、枝、叶
雪水，霜露，褪净血丝的空壳
都是生活中欠缺的部分

扶着白云，一步一阶走向深处
山色空蒙，绿锈石头发散远古气息
两峰之间横卧一根原木
它悬空的身体，每天都在承受磨练
腐朽碎片卷起时间，一同坠落深谷

药锄钩住绝壁上的不死藤、还魂果
忘情草，在飞鸟才能抵达的高度
我蹒跚归来时，高举旗帜
成为一道光，让病入骨髓的患者燃起希望
有了脱胎换骨的妄想

栢树皮揭起的粗麻纸
黄泥土窑烧的糙瓦罐
在恩赐照耀下，盛满了醴泉的幸福感

我开出的药方弥合了众多伤口
身体细如针尖的隐情
却因此漏进了越来越多风声

草木之心，有几分能扎进病痛
草木的痛，有几人能深入其中
它们苍翠的身体，时而燃烧烈焰
时而熄灭灯盏，我走在崎岖山道上
背负着枷锁，下山比上山更需小心谨慎

太白雪

堆积的还没有融化，六月的飘落
再次堆积，雪压着雪
白覆盖白，掩藏了本质

要怎样表达对太白的感触
语言浅薄，感叹轻浮
思考过于沉闷，极目雄阔的骨骼
是一节节难以言说的故事

浮于石海流淌的姿态

生在七叶一枝花向心的叶脉
陡立突兀的表面，附着柔软金黄的苔藓
众多年轻生命
在前辈腐朽的废墟上成长
衔灵芝的鹿溅起草色汁液，莫名奔跑
采花的鸟伸出长喙
种下爱，收获爱

一位长者捻须微笑
一位智者在月下颔首不语
一位行者留下远去的歌声
一位隐者从苍茫中来，到苍茫处去
灵光与迷雾情景交融

山与亿万年前无异
它远在白云间，悠然在眼前
触手可及，抬脚可登攀
伟大藏身平凡，山水依偎
漫溢云气让一切奥秘归隐长修

站立大秦之城（组诗）

凤凰台

在熙攘的人群中寻求寂静
很久之前，灵魂走失的渡口
大槐树下的阴凉里，青砖黑瓦重叠的缝隙
偶然生出蕨草，浮躁重归安宁

再无凤鸣，高台臣服于四周的大厦
庸俗的需求日渐旺盛，不时提醒，荣耀的曾经
已化作叹息，肉体在上
情感下潜，主妇们在逼仄的巷道，大声交谈

远方落地，诗歌无言
描摹无数遍的想象，丧失了实用价值
历史不必复原，圣殿构建于心底
繁华与战争随水东流，沃土依旧是根基

仿旧的寄托，要如何救赎湮灭
从河床打捞几块残骸，拼凑发黄的版图

水洗的时间更加薄透，兵俑挤不进高铁的窄门
弩弓发射的箭镞，像滑稽的叹号

守着斑驳，在车流旁暂居
夕阳衬托下，古老的腰身孤苦伶仃
一柱烟火的护身符，被夹道风吹熄
它只是比别处能多保留片刻，初雪的形状

仪凤街

阳光很淡，生命迟缓
偶尔有鸟，掠过影壁斑驳的浅表层
昨天的灰白鳞片，纷落如霜
面无血色的寂静，远未抵达满足后的恬淡
很多不得已，沉沦在生活的涟漪深处

夜的厌烦叫醒清晨
安国寺的香火，缭绕在楼群空隙
远离激流的回水湾，治愈了无数受伤的心灵
门前石板上留下的驼队蹄印、车轮
从汽车尾气的碾压里坐直，高低远近的叫卖声
在中国槐的阴凉中舒爽，与丧失的记忆连成一体

古 渡

饮血食肉的年月，冷兵器直刺人心
掠夺摧毁，生命是过客
意志随水漫溢，服从占有的总体目标
历经多少次构建与拆除，那些木头早已湮灭
时间的轮纹，检索不出树的年龄

风把一部典籍翻过无数遍
文王遇姜尚的地方，盖起没有人物的亭子
娶亲桥的热闹乐声，渡不了众生苦难，战事四起
马匹与骑士合力，以车阵杀开出路
清白水流浸染了太多血汗，和视死如归的出发

时间轴线上，宫室万间作了土
累世王朝都是暂住，孤桨腐坏
揽住木舟的绳索，系上岸边的石头
荣耀往事在纸上奔跑，朽根旁侧
无人机一飞冲天，见证了时代的滚滚风流

陵，或者坟冢

依山为陵，以山为阙
山是守陵的门，大地沦为陪衬
在黄土下造个一统的世界
永生归宿，充满了瑰丽想象

众人列队逢迎，文臣武将生死追随
翁仲垂手默立，无字碑不会评价是与非
精雕细琢的碗盏盛满浓烈
杂技俑保持娱乐姿态
胡人牵着马匹、骆驼和异域风情
沿丝绸之路往来穿梭，尘烟起起落落

残酷，挣扎，悲哀，无奈
人世间未尽的一切，全部带进地下
黑暗持续发酵，欲念经不起光阴考验走向凉薄
灵魂总能找到宿主，附身尘粒
或不知名的野花草，啄土而出

彩绘褪尽光彩，倾其所有追逐的极致
无法匹敌现代人掌心的一方屏幕
这盛大排场，更像冷笑话

时间参透了一切，无语旁观
黑夜是无影掌，收拾残局
再次布设，全新对峙的开端

汉 俑

盛而衰，衰而亡
盛大时，裂隙已存在
寒意自北方随风沙侵袭，荒芜从四面合围逼近
生前的荣光在死后继续，家是天下
天下苍生不是家人
沙土铸造的阶梯，在某个时间突然坍塌

武士们戴兜鍪，穿长袍，披铠甲，执兵器
是跪射手，立射手，驭手，长戈手
走过岐山渭水，跨过湘江汉流
如今空空躯体徒有待发的姿势，与微笑一同跪着
让意志的锋芒，沉静如梦中闪电
或是永远宁静地冷漠着，了却残生

歌舞伎风中起舞，鲜妍披垂，发髻耸立如云
沿隐约的红色，可以窥见锦绣的光彩

在虚拟的桃花溪水边浣纱，在阡陌间采摘桑麻
谁能预知自己会是被屠戮的人，被送出的礼物
公主王妃也不能摆脱的宿命，又有什么哀怨
配合钟鼎乐声，优美舞蹈是幸运

还有多少未知埋藏，失去生动
猿向文明前进一步的尾巴，不甘脱落
不确定的掘进，让墓室四处漏风
盗墓者留下的灯盏，燃尽最后一滴油
寂灭于无边的寂静，成为文物，新鲜地保持当初的
姿态
他们留下的门洞，再没有一丝光穿凿而出
奢华繁丽朽似泥炭，薄如云烟

在天水（组诗）

走麦积山栈道

平地耸立突兀表情，仿佛
无助的孤独，穿越层叠阻碍
许诺实现征服的自由，野心无处安放
驱赶山川河流，驾驭风雪雷电
还有端坐崖畔的虚构神圣
自己创造的光芒，自己熄灭

石骨泥胎，低眉顺眼
看着走过的鲜活肉身：有人战栗
有人捂眼，有人涕泪呼叫，有人折返
把命运交给上天，任由摆布，靡费对视机会
喧哗或者寂静都想尽快逃离

瞻仰，自下而上
隔开俗尘气息，给崇敬足够距离
不让私语冲撞神祇，让思绪在一定空间回旋
温和清风化雨，严厉正气扬眉

走过的每个人，都拾取所需
那一刻，死亡跌进虚弱
扎根膨胀，急迫的欲望一再收紧
蜷缩成没有棱角的石头，红沙砾
不再幻想浮升，低处没有下坠的摇摆
只有宁静舒展，沉降让心回归母体
湿润而熟悉

在天水

一路向西，逆行的时间脚步
从深绿到浅绿，到鹅黄的绒毛
是冰封的落叶松和野樱桃，撕破沉睡的黑夜后
的拂晓，是青山不老的愿望

回溯迁徙足迹，迎面遇见先祖
健壮被困死在沟壑断壁的包围之中
水色容颜，横生光影黑斑
灵活身姿裹缠厚重笨拙，艰难挪移

渭水沿脉管曲流，滋养伟岸身躯
骨骼从透明长成铁硬，血肉手掌

只能抓握瘪壳黍稷，填不满饥饿的胃囊
站立山巅，远方星光闪耀，高深吸引
要活着，要繁衍延续
要直立飞奔的速度，抵达的确切路线
需要突破，需要更直接的释放
雄心着陆的宽广，要靠近太阳和海洋

起伏跌宕，挤压脊梁胸膛
一腔勃发的声音，激荡苍茫的阔野
“风，大风”“雨，暴雨”
泥石流冲出远古的野马化石，腾空而起

乘着战鼓的翅膀，俯冲如砥川原
诗不足以言志，歌不足以抒怀
秦人以力量和坚韧，赐予一条龙脉
永久名号——
秦岭，傲视天地的响亮

踩着巨人脚印，小心行走
仿佛热血回流，听到了心脏的强音
此时夜雨笼罩一切，汇集泉流
每一声滴答，都让人暗生敬仰

微笑的沙弥

一段被佛陀耽误的青春
一段夭折的爱情，一份让神仙
甘愿坠落的温柔，低头走进凡尘
莲花宝座洒满光芒，空虚轮晕
缺失烟火气息，和苦乐年华的真实
任岁月蹉跎千年，表情斑驳脱落

未曾涉世的明净，不该流落到森严殿堂
重重宫墙消耗最后一丝抵抗，挣扎的自由
可见却难以企及，春天来了什么都藏不住
芦芽争先出头，尖角刺绣在心底呐喊
繁密的生长遮住了许多流露，深沉潜底

隔山涉水的探望，全是祝福的话语
含泪的平静里，印满无声倾诉
深夜刺痛心扉的阅读，解不透暗喻的隐情
如果还有选择，决不会懵懂应承
让灵与肉走向背离，牵动周身痛点
在某个瞬间崩塌

你一笑，世界灿烂

压抑找到释放的借口
沉重，幻化无形
我的天空，为你下着冷雨
血从泥胎里渗出，碎成桃花残瓣
不远处的山坡上，三月风和暖而体贴

泥胎佛祖

安然的身体，悬在半空
一座突兀的孤独山头，与尘间隔绝
它们千百年来很空很静的表情
微笑，慈祥，坦然
全部写在脸上，没有深度的烦恼

时间消磨彩塑，剥落装裹
露出支撑身体的木棒，混合的麦草填充物
这并不影响信任，虔诚多了悲悯理解
心底端坐的神祇，需要可触的具象
也能不借任何一物，随心意泅渡

栈道人流拥挤，过客如云匆匆
尘埃攀着光的路径，浮起又飘下

一念升天，一念落地
有多少人明白，人其实都是自己的佛祖
影子是寺院，或囚笼

若没人见过，何来山丘深谷
若没有眼睛看见，怎知花自生自开自凋零
喧嚣之中，空寂之中
烦恼之中，忘却烦恼之中
是从一间屋子到另一间屋子的搬迁
物不是，人依旧，有什么可以失落

深秋已过（组诗）

气生根

空气里存在隐秘指向
体内有明确迎合
如果垂坠散发暧昧气息
摇摆就是再明显不过的袒露
被吸引，受驱使
摆幅具备令人提心吊胆的危险
必须扎根，这是最好结论
落进泥土成为新生代植株
缠上自身，与自己的寂寞全面拥抱
抱紧，暖热流浪星辰上制造的风

局　势

仿佛我们无事可做
其实，真的无事可做
像停摆指针，固执指向失去的某个时辰

时间消失，躲避即将变现的预感

自由是沉默，静止是执行力

欲望是由来已久的罪恶

谁不仰望，墙外燃烧如火的晚霞

谁不爱慕成群麻雀落上樱花枝头的震颤

谁不心疼亲手摔碎的牛奶杯

谁不构想夜车驶过卷跑的风声

我们忍受不哀而痛的现状

像克制离别的泪水

只有感伤，巨大的感伤

体 验

闪电在脚下发出红光

很远，像天国燃起了战火

巨大颠簸掏空肺腑，仿佛一个躯壳

在浩渺宇宙漂浮，火光闪耀刹那

我看见山川铺成平面

消失了陡立，悬崖和出路

我们看似透明的距离里

潜藏着无数场夜雨

人，不过是尘世的云
储蓄着幻想，也充满盐水
只等一场闪电划开尊严与虚荣
倾倒出千年豪情，万古忧愁
行程如风，我们缺乏暂住的忍耐与淡定

残 月

当然会被歧视
那些看似善意的问候
在我看来，就是刺探
对。刺和探
刺开即将痊愈的疤痕
探看伤口深浅，触碰微末细节
一遍遍复述，直到彻底麻木
在死亡通知下达前
在痛感近乎变态的平静之后
牢记有多艰辛，遗忘就有多彻底
我们就这样从光阴的河流里
打捞滤净泥沙的水
依然混浊的接纳

孤 寂

一场晚于预期的雪
包含了太多失落，不复纯洁
从遥远天国坠落
飘向最后接住它的森林
它的诞生地，栖息地
那时还没有城市，没有热力供应
它可以长久保持花的形状
让孤寂缓慢释放

当一只驯鹿跑过时
它轻松就附上树枝样的双角
迎着太阳折射光芒
林间隙地的水塘凝成冰
鹿舔舐六棱柱边缘
从它固体的身躯取水
也取走了深处暗含的孤寂

寂 静

深夜降临的雪

包含众多喧哗隐喻
一遍遍要制造某种出离
重复的节奏中，树枝与蓝鹊放大了
雪被收缩的内心表达

听着急刹车呼啸而过
安然入睡，面对巨大寂静反而失眠
缄默是高悬于头顶的担忧
落地才能心安，天光放亮时
白覆盖一切，我们又期待
一种寂静迎面而来

深 秋

垫在脚下的黄昏
经营着一段提纯时光
翼马把落日含在口中
它在制造气吞河山的景象
站上高处号召万物，仿佛获取了敕造律令
来吧！风
来吧！夜
只有流动能稀释难以按捺的激情

只有黑，能平息色彩

呈现，涵盖春夏
新绿点燃的火把，经过时光漫长锻造
此刻开始燃烧，与夕辉相称
与群鸟盘旋的鸣音契合
要如何明亮，会如何熄灭
知道真相后的赞美，是发自肺腑的褒奖
给你，给我
给度化众生光与热的无私
给沁血叶脉肉质灵魂，在雪中合成光的要素
在冰下撕裂冻土层的桎梏

初 晴

如果不是蓝天做背景
这红花绿树要如何宽宥生活背负的阴影
伸开枝杈，摊平叶片
它们把自己暴露在阳光下
蒸干内心全部的泪，也没能结晶出盐
这努力似乎是徒劳的哀伤表演
对城市内涝来说

对森林滑落的山体而言
过水线留在白墙壁、刷洗岩石层的痕迹
贯穿生命的痛，也是经历

撕裂晴天的是闪电
缝合黑夜的是云
丁达尔效应出现的时候，光有了形状
但这显然不是祈祷的结果
祝词说出口，就丧失了灵性庇佑
我在心里双手合十，默坐不语
对现实的许多结节，选择柔性解决方式
我捡起一枚早熟的乌桕叶子
看着它热烈地奔赴死亡
腾空枝顶相应位置
给来年一个重新开始的修正机会
这翠绿的梦，是生活得以延续的光

黄昏中的杯子

装进白天
还可以盛下全部的夜
鲜红火烧云，暗含危险诱惑

等了许久的昼夜交替
急促到来，慌乱了鸟鸣

沉水，平静
世界只剩隐约纹路
茶的清苦，咖啡的浓郁
白水的遗忘与忘我，尽在其中
百般形色，原本空无一物
不过味蕾习惯性记忆与短暂留恋
黑色越发浓重，倾斜而下
在最上的表层漂浮，一切都被覆压
声音与光，歌声与眺望

开盖，有梦溢出

梦里前朝都是风
倾倒在此时，壶底的万顷沙海

回味，绿锈溢出
闪光的日子沉进杯底，马蹄踏过激情
自由火烧毁荒原褶皱
渴饮江河的年代，一轮明月在胸怀膨胀

谁冶炼了铜，锻造了壶
谁给白云浇灌意志，让她堕落凡间
千古忧愁化作一世绝唱
于是，风有图腾，水有边疆
爱恨藏于长调的喉音
而你，在琴弦的颤声里
眺望地平线上，舞蹈的白色的野花的火焰
旋转的红色的姑娘的小皮靴

马群与箭镞高过地面
烈焰升腾，你与她荡入隐秘谷地
火凤凰起飞的湖泊，被芦苇叶染绿
夜莺对歌的泥泞湿地，异动回响

再次站立，向清冽唇舌的记忆鞠躬
爱依然，在手心，掌纹与马鞭缠绕永生

张骞：凿光人

从长安出发，去往理想之境
没有路，缺失确切方位的指向
你要跋涉的山水，在迷茫之外壁立
你要逾越的天堑，更多来自野蛮无知的人类设置

生活在马背上颠簸，在沙海里跌宕
把信念刻进磐石内部，穿越战事汹涌的流石滩
你怀抱意志，绕过拦截的马阵
躲避突袭厮杀，告诉自己
一定要从气韵辉煌的大汉王宫
抵达思想极地，取回万众黎民叩拜的愿景

故乡山水，铸造你刚毅又柔韧的禀赋
向西，在遥远的西部迂回
再挺进，站立的气节不变
探寻的目光在暗夜发光，发热
足迹在戈壁滩落地成杵
要凿通的壁垒，通往落日原乡

你把陷落的身子，从漩涡中心
两次抽出，孤独征程
一路转折，生生死死的激变，十三载坚定不移
凭借一柄节杖，靠双脚丈量版图
续写王朝偏狭的地理志、人文史、经济略和军事论
你要给闭塞时代一个雄阔眼界，融通东西方
你在割裂的沙海两岸种满长春树
给后来者以绿荫，以坐标的引导
要给万里江山留下一部
关于丝绸、茶叶、马队、石榴的编年史

万千世事都作了土
后世之光沿你开凿的路径，呼啸往返
高铁速度载着风声，穿过幻化尘埃的宫殿与王帐
实现一日抵达的梦，不必惊讶
不要感叹，大地之上自有绿树白水
扶正强健的步伐，到达你最初的理想之境
拜谒艰辛历史，放眼此刻通达

一条丝路，串起散落的文明珍珠
一篇史诗，写不尽万众瞩目的璀璨
今天，我们在大地任何一个角落仰头

看月圆之光，在源点皎洁

在百万亩风景中，颂扬一梦两千年的繁华

第二辑 秦岭，陡立的思想

终南山行（组诗）

在古镇

旧报纸满脸苍茫，模糊了记忆
黑与白相互渗透，失去了往日的对立局面
世事只能粗浅回味
对与错的边界经雨水冲淋
退缩成圆滑曲度，蚕食着彼此间的距离

结绳记事，刻木为字
时间回归本来目的
不看钟表时针与分针的角逐
不关心耽误了多少没有回复的信息
只看光影偏离的角度，云雾飘移的快慢

大口呼吸，四面汇聚的清纯
吐出积压已久的陈腐，洗礼身心
找回初生的懵懂和想象
在空地叠加的回声里奔跑
宿疾纷纷剥落，呼应着月色的纯粹

蓑衣斗笠

竹的骨架，由尖叶填充空白
蓑衣只是叶的密集，把雨滴引导到一致方向
连缀跳跃的石子和溪流，张开斗笠
构筑一片隔绝的天地

使用价值退去，价值的彰显处处受阻
无意挽留指缝里的光阴，青春寂寞成土色
麦草与泥墙相互慰藉
对从前只有追忆，只留在梦里

天然之物，还归自然
没有消亡叹息，有隐遁的安详
转身，花还是花，树还是树
山接纳了无数故事，一遍遍衍生下一季的开头

石 头

屋顶，是岁月切割的层叠薄片
脚下，是流水划开的波纹印痕
墙头竖立冷峻，集结圆滑

桌椅以无声的厚重压住风蚀雨磨
围栏留下漏洞，应允月光进入，许诺星眼窥探

按下一枚红色印章，宣告石头的归属
注入血液，让它们流动跳跃
听它们内心炽热的歌声，表达区别于
砖瓦的整齐一致，它们保存了原始朴素
在地上，就是在山的胸膛

腐殖土

来自泥土的植物
没有可以依靠的停驻，一直伸展
牢牢抓握光线，把它全部吸进自我构筑
给叶片上色，给花朵妆容，给鸣虫招摇的诱惑

盛满故事的身体，悬浮半空
叶脉从一点发散，走到统一的终结
开头和结尾如此单调，过程却有语言难以叙说的
丰腴
从空虚到空虚，包含了经验的重与轻

见惯悲欣，承接一切
夙愿留给明年，从不绝望
把流动的生命固化在记忆深处
等风雨、子种落下希冀，让小生物们开始轮回的历程

行走的植物

常春藤把触角刺进乔木的身体
生发无数根须，百足虫脚步蹒跚
缠绕年轮外延的方向，盘旋而上
高居山巅，俯视幽谷

预设目标，接近无极
出离的压抑沉闷，在风里摇曳
捷径如万仞崖壁，直上青云，抑或一落成泥
谁能裁判现实的存在，不含私心

强者有王道，弱者有诡计
阳光下只显露看得见的表象，实质的较量存在于无形
行路人的歌声，清晨的鸟鸣
胆小的、急速逃离的松鼠，都不会感同身受

梯 田

山是仰卧的田，心意映射蓝天
田是直立的山，把收获种进全身
让脚步盘旋着抵达向上的高度
接近光的源头，水的渗流
山上的田一旦立起来，就不会轻易倒下

在田间犁耙，如同给甲骨撰写百年后的
祭词，纵横交错
在水里插秧，仿佛重申归属的边界
连点成线，勾勒收获的版图，稻穗褪去颖芒
内稃薄膜挣出外壳，那是预料的结果

赤脚从这头踩到那头，越不过草埂的高度
沾满潮湿，水镜破碎又重圆
随即覆满泥坑，似乎什么都没发生
气息飘忽，无数遍丈量山的厚重
祈求雨水顺意，喂饱童年轰鸣的肚腹

季节在青绿、金黄的交替中转换
水汽在浮升沉降间成风，饥饿感已是过去式
保存自流水的轨迹，让心泉涌动

把苦难的稻壳当作酿酒原料，提纯沉醉的理由
让幸福触角抚慰夜风的敏感，不再呜咽

家 茶

飘忽的火舌，舔舐黑亮的铁壶底
兴奋的飞扬，受阻的犹疑，交织成沉闷
柴火炉有许多惆怅
风未起，雨未来，心不定
人和物都在守候一种落地的踏实

清明前的翠嫩，有些细瘦
投身滚沸的浓情，激活青春的色泽
热度扩张的胸怀，驱逐了湿冷的水雾
小口啜饮，捋顺乱麻般的头绪
脚步踩着夜色，缓慢归家

身在故乡，渴望挣脱腐朽的羁绊
远离故土，舌尖的清苦持续发酵
禾苗和泥土的气息随汤水游走
思念覆盖全身脉络，锁住每寸肉体的遐想
远飞云天外，落在起点

自酿酒

什么都可以封进瓷瓮
玉米，高粱，甘蔗，樱桃，古老的歌谣
山顶云雾，木屋顶的炊烟
以及遥远的回声，儿时记忆
一切都是酵素，泉水是引子
时间和湿润的阴暗，共同酿制美酒

孤寂的山林需要血液流动
逼仄的独行，需要高声壮胆
夜雨覆盖的木屋檐头，滴答着连续的叹息
雾水冰凉蚀骨，长竹管的烟草味
驱不走漫长的潮湿，无法遏制的喜庆
会让脸颊放光，谁能拒绝这样的理由

一口下肚，思维被拉长拔高
可以触摸千年之后的手臂，端坐崖头
指点江山，可以钩住月宫桂树
与吴刚比试酒量，朗声狂妄
玉米、高粱、甘蔗和樱桃，颠覆本来的形象
在杯盏里燃烧，升华

秦岭，陡立的思想（组诗）

朝谒昆仑

时间从高处流泻，从低处攀升
万物沉浸其中，终生悬浮
缥缈游离天地，寻求落点
昆仑高居自然之巅，众多神山的龙祖
安放了永恒追求，凝聚共同朝谒的目光

文明飞得越高，自然的气息越稀薄
我们需要回首朴素，瞻顾初心的圣洁
天然有灵性，可以引领方向
自然有涌泉，给贫瘠的思想以茁壮滋养
如花般遍地盛放的箴言，要用心聆听

诞生于洪荒混沌的古藤
缔结着雪山，草地
高原，湖泊，戈壁与大漠
不拒抔土站成高度，不弃微小成就辽阔
广袤襟怀，造就超脱凡俗的视野

万物依赖的日月之光，坐在额顶
时空里，藏着炎黄的童年
华夏自然哲学的童年，高原只有石头和冰
只有黑与白，石头不知疲倦地堆积
冰雪年复一年覆盖，黑白孕育了缤纷多彩
最鲜艳的红，最清澈的蓝
一尘不染的从前与未来

一个寒暑，上升一粒沙的高度
亿万年成就了日月映照下的第三极
一滴水的融化，奔流成浩瀚洋流
信念永恒，简单而执着
不舍昼夜地创造上升，亘古而年轻

恬静与天籁交替而生
千万年来昆仑把清醒的激情
睡梦中的热泪，全都收入胸膛
把冷峻化成燃烧，让寂然暗涌奔腾
哺养了生生不息的民族
铸造了一个精神高度，引领灵魂去瞻仰

秦 岭

喷薄涌出山脉高度，压力挤出褶皱层次
时间抬起寒暖界限，死亡废墟上耸立一座巨碑
用尽最后一滴血也无法写出，敬仰
耗费毕生追求，也不能抵达一棵草的高度
山巅上的七叶一枝花，自带超凡视野
冰川纪的经验是脚下厚重积淀

从珙桐叶脉，阅读贝壳年轮
在花岗岩的纹理中，抚摸流水漩涡
以风轻云淡的口吻，转述沧海桑田的语言
那些轰然地动，无边漫溢
早已消失在时间之空，一些残存的晶亮
退隐云霾之上，星辰闪烁亿万年前的事件

现在将烙印久远未来，坚固驻守
证明了恒久，疯狂归于青苔的淡泊
落上枝顶的白鸟习惯了微风摇摆的幅度
而熊猫在缓慢踱步，慵懒昏睡
食肉动物的利爪灵巧地捋下竹叶
把清脆的虚心持续咀嚼
喂养九曲回肠的无底深洞

南风吹动的咸潮，在密林纵深处消灭呼啸
穿越如砥江南，再一次回归绿浪怀抱
水生于高山，聚于低谷
终将回溯高山，风暴眼如此平静
仿佛处惊不乱的时间，淡看锦绣繁花
时间太长，要历数的事太多

眨眼亿万年，足迹在化石里生动
原生的细碎与庞大相对无言
那一天它们并不知道对方在做什么
却这样凝视成历史
一块石头一滴松脂的泪
再现炎热午后天地转换的瞬间
颠倒的世界从撕裂的巨口迸出
漫长孕育诞生一个全新的命名

华山论剑

站立峰巅，脚下是过往
头顶是未来，一剑划开清浊界限
把太阳挑上云端，光瀑一泻万年

裹着冰雹雷声雨雾，忽闪明暗
脚步登高一尺，冷寒加深一分
积淀多年的阅历经验，在移步变幻中失灵

拥有一部秘籍，谁都能无阻穿行
人间天上，什么都可以是剑
竹枝，木棒，并拢的食指拇指
气势运行，燃烧全身
落于如炬的目光前方
仿佛一种屈人于无形的超自然力

在时间之外特立独行
可以一时权宜，绝不会被真正掌控
从自卫到主动出击，从寒光刺穿到赤裸敞开
与剑熔铸一体，什么能够抵御内心强大
在陡峭绝壁，一线道路通达天庭

仇恨是多余的，语言苍白乏力
褪尽恐惧的庞大浮肿后，是柔和回旋之势
剑剑避开锋芒，却直指内心，后退是进取
搏击柔化成笑容，一笑泯恩仇
从此江湖只是传说，侠客退居另一个国度

姿态万千

孤独命运，因为宁静沉淀太久
成为丰富宝藏，包容泥炭纪的孑遗
伤口陡立成思想，触摸到肋骨的斑斑伤痕
喘息的间隙，喷溅思想火花
一束束短暂的炫彩，拼接持续升腾的绽放

水杉树燃烧绿光焰，长明于低空的星辰
被流水映射升空，借宿鸟兽找到原乡
第一眼的生长，标识了生活轨迹
围绕同心圆旋转无数遍的四季
在螺旋上升的悬崖边缘，轮回更替

耸立万亿年的硕大花岗岩
借风播种，凭雨生长
落雪融瀑，剪云成荫
华山松细密的木心，卷进
水涨潮落的涟漪，月圆月缺的惆怅
向光而上的力量，牵引临危扭曲的坚强

非凡诞生与众不同，注定高于庸俗
内秀也许会次第展现，更多秘密无人窥破

只为赤心开放，谁都能远眺万千姿态
谁也无法攫取美的真谛，走进立即丧失
无所不在的兼容，超越神圣的掌控

石 海

巨石被推上山巅，是怎样的体验
仿佛亘古褪掉冰壳，迎面流淌
耳边是轰隆巨响，漫天是飞溅的破碎冰片
现世更显渺小，浩然气势碾压思考
只有错愕，只有空白能装进
触目惊心的绝境，耸立之物背倚虚空
面前是一泻如河的悬垂石瀑

剧烈之后短暂的平静，是进化的力量
亦如淘汰难以避免，繁荣不可遏制
更多旺盛的生命诞生于阵痛之后
无孔不入的水，无孔不入的冷
劈开整山，块垒堆叠浅蓝色冰川

它不是云端的虚无缥缈，是真实触感
远离时，呈现清新轮廓

投入，恍惚如梦境
攫取全部思维
它是统御万千山水的首领

核心沉寂坚韧，耐得严酷
不改真性，意象翩跹无所不包容
遗落人间的璞玉如琢如磨，凌驾于水流之上
风在石上行走，水从石下溢流
互闻其声，各行其道，什么都留不住
流水搬走细小风化物，冰期与间冰期交替上演

北方之南，南方之北
被记忆边缘化的所在，紫色灵光缭绕第四极

长空栈道

从坚实处凿虚空之洞，在虚无上横跻身之路
云在头顶，也在脚下
心在体内，也在身外

没有走过的路，不敢双臂迎接
走过的路无法回头瞻顾，轻盈如一粒尘埃

沉重似一丸万古金砂，坠着呼吸无法直立

我们仿佛是风催动的位移
一条虚拟线上的逗点，消亡个性
环绕山腰丈量时间凶险，勾勒青苔版图

千尺幢，百尺峡
高昂的骄傲低头不语，回头是
泪流满面的自己，被一株野草搀扶着站定

顿 悟

走进肺叶脉络，踩踏沧海桑田变迁
血液里依旧流淌着海水的盐，地心的火
贵金属的矿藏，岁月的风不懈涤荡

流水把腐朽的残渣送出峪口，肥沃了沉积平原
让两百万年的尘埃颗粒，放缓呼吸
止步于七十二峪之外，无力侵蚀

一世世堆积的柔软，是捧出身体的原点
也是接纳归属的终点

日月轮回，时间循环
生生不息的我们，只是一层飘逸的绿云

而秦岭不老，以沉默洞穿万物善变的细节
在智者面前，一切表演
都手忙脚乱，它包容的虚伪邪恶
终将毁于自身膨胀，不假他人之手

所谓的幡然醒悟，是长期痛苦的威胁
刻不容缓，沉降到底的生命
生力不动摇，外在的一切都可以剥离
弥补的是一截短板，延续的是万代滋养

苍老的父亲腰背佝偻，干瘪的母亲
挤出最后一滴乳汁，他们漏洞百出的身体
扛不住一丝风声，在鸟鸣里盘旋下坠

忏悔是第一步，行动力是内核
多年以后我死在你怀抱中，苍老的额头覆盖绿苔
臂腕缠绕青藤，手里捧着兰草
依旧年轻的承诺，至死青翠

仰 视

进了山，看不到山
以为登上峰顶，其实是被吸纳
消失自我，成为堆积的一粒旧事
身体长满皱褶，风在其中翻找回声
蚂蚁们忙碌搬运没有变质的食物
负重前行于无声世界

聆听树木断裂的骨头
鸟雀掠过，留下一抹想象的阴影
行动力走在语言之前，节气暗示是召唤
事物一定存在某种默契
花开的程度，取决于时间楔进春山的深浅
它们互相融化

不去想能否成功，心里只有远方
只住进明亮，斩断退路
敞开襟怀，拥抱迎面而来的光阴
让背影站成信仰，我不再是我
山不再是山，我们共同呈现各异的丰富
互为明镜，印证存在

所以，当我看见一座石山
高耸入云，不会悲悯它的孤独

华山松

先有了山的嘹亮，后有了树的命名
长青不落的绿让山的棱角
多了曲线的温柔，天空陡降
云团流泻远古的海市蜃楼
攀缘阶梯，每一处拐弯
都与同一种松树相遇，千余岁百余年
寂静坚守，无人窥破它们生力的源泉
万物读懂了风声终年不息的撼动

积蓄，等待，期许
是一粒种子的自我完成，落进裂隙
站上石窝，生命线索盘旋弯曲
奇迹诞生于一切不可能的角落

旷世孤独依次扩散，是英雄求败的内心独白
高处不胜寒，俯仰之间
远与近消除差别，上与下随时翻转

云滴落的雨砸到地面，被称为水

阳光照耀处，水催开生长
视野被拔高，更接近雪的洁净
心绪砍掉旁生斜出，凝望专注而纯粹
一声召唤，群峰纷纷仰首回应

盘旋而上

四季陡然成山，耸立眼前
该以怎样的忐忑，回顾或是展望
曾经逐渐清晰，未知是陌生里的熟悉
摊开的手掌仿佛坐着自己的运数

从山脚开始，从夏天开始
上升途中与转身的春再次相遇
梦铺展眼前，报春花摇曳生姿
从冰凌下才睡醒，逝去的时间正在返青

乔木到灌木，常绿到落叶
挺拔直立到匍匐贴紧地皮，植物们姿态万千
以最大的忍耐顺应改变，放低身段

寻隙而生，在同一片阳光下共处

不断攀高，在当下追溯从前的自己
在高点等候未来的自己，找到最初洁净
是清贫世界的唯一慰藉，沿路风景和诗篇
都是点缀，眼睛延伸的远方在云上

土地埋葬了母亲，还将收纳她的孩子
诞生了群鸟野兽，让它们的粮食垂直分布
分层种植，死亡是另一种供养
即使世界的头顶全白了，热土依然为万物碧绿

初夏，进山

山的平面概念，走近时陡然矗立指尖
森林容纳了众多用旧的情感
陈词滥调成为腐殖土，它只是生长
从不追问暂居枝头摇摆的时间
化云成雨，雨落成水的轮回体验

浓得化不开的绿，覆盖了心头荒凉
我的白虚弱无力，被旺盛的涌进反复冲刷
小木屋长满瓦松，开出细碎的黄花

羞怯着阳光的逼视，这些赤裸
让衣冠成为谎言，有多少正直表象都在伪装

风一粒粒解开纽扣，什么都瞒不住
我们交出坦诚灵魂，双双融进蓝色沉默
我的自尊，流淌在渊底
你构筑的冰峰，抵不过熏风和柔
我们狭窄的思想，不时有天光闪烁

人刚离开，山就空了
脚踏出的草丛，慢慢合拢成平静
记忆如香味往事，散落泥土
下次再来，又是初次
仿佛脚下的一切，从未经历过悲欢离合

层次的阶梯

时间不紧不慢，我们一步步从童年
踏上青涩，天是同一片天
风转换节气，不是昨天的模样

生命不靡费每一束阳光

气候垂直突变
推演平地上千公里的物候经纬

植物们挪移乾坤，从茂密到疏朗
从圆柔到尖俏，阔叶到针芒
草灌占据巅峰，长风呼啸
匍匐倒地，一切来得那么快
自然造化一言不发

栓皮栎锐齿栎红桦林，巴山冷杉
太白红杉林，高山灌丛草甸
它们占据各自高度，林下滴漏的弱光
哺育斑驳的精灵
静中，动感蓄势待发

高大显见的植被变化
是生命帷幕，拉开又闭上
抓握泥地，连接云霄
生命依次展开层级
奋力攀爬山巅，却甘心低到消失
看透了结局，依然持守本真
柔弱里直立的骨头，手感青翠滑柔

风播下种子

有些事，结局早已注定
比如一朵花的凄美凋谢，一棵草的无奈枯萎
比如香气无疾而终的远逝
真实而清醒，我们都在接纳命运的残缺
和生活不动声色的消磨
我们与生活不断搏击，一再和解
拥挤在同一条路上

被风裹挟，随波逐流
尘埃一样的身世，落地立即消失
再陡峭的山刃，也有赤足徒步的独行
再深邃的渊底，也会给柔弱预留一线天
生机扎根岩缝，剥落腐朽
把时间的轨迹平面铺展，立体呈现
把它高高举上群山之巅
达观审视空虚云海
一片苍茫，一片充满

悬崖上的映山红

猎人的脚步点到为止
取不走高昂的头颅，掘不到石缝里
纵深弯曲的生命经验，唯有悬崖
让燃烧如火，热烈高扬
让明媚鲜艳，善始善终

时间到这里会掉下去
觊觎的心不敢在黑夜擅自行动
光明照耀，猥琐触探后退
独留你们，以悲壮者的姿态坚守胜利
给寂寂空山一抹暮春的活泼

我理解这种选择
以及山上众多不知名的植物，萌动之前
落花之后的漫长渴盼
她们在磨难中恋爱，酿造甜蜜
把艰辛岁月抛下悬崖，堆积成泥
被水冲走，化作成长的养分

靠 山

新露凝白，寒霜未至
初秋的遇见，十分辽阔
南国北疆，飘扬金黄饱满的赞歌
言语所到之处，意犹未尽
从播种到成熟，经过了多少大汗淋漓
成长教义落进耕作层
反复耕耘的过程，铸造了我们筋韧的脊梁

向土地低头，并非谦卑
在土地上站直，绝非狂妄
人民与土地互为靠山，人民与土地互不相欠
怀抱一束谷穗，这扭结一起
九十度的深鞠躬，有热烈的血涌上额头
在血管激荡：十月的原野
尚未垂垂老矣，留下了来年希望

大地上，白水黄水奉献口粮
汗水弯腰，浇灌方圆
饥馑年代的创伤，依然涌出汩汩血泪
梦里有关盛宴的假设，反衬现实的磨难
瘠薄的田野上，那些旷日持久的劳作

缺乏虔诚的愿望，因而迷茫，因而荒凉
风吹过清冷月光，祈愿
是浮动在广袤上的一餐温饱

黄土高原，阡陌水田
连点成片，勾勒祖国宽广的版图
大大小小的粮仓，哺育众多旺盛的胃口
磨成齑粉的麦子谷子稻子，复原摇曳的姿态
碎成汁液的柠檬苹果，展示色泽的光芒
绿水青山，盛大至极的天空蓝
是生长的守护，收获的背景

风走过，云飞过
雨落处，流星与黄叶相继凋谢
直立的庄稼撑起秋天的穹顶
倒地的粮食褪掉锋芒，底色更加慈祥
田埂上，柔软的草
淹没在丰收的忙碌之中
过路的鸟群俯瞰了所有细节与情景

联合收割机奏响田园交响曲
牢记苦难的人们，有捡拾遗穗的经验
颗粒归仓是身经磨难的教义

秸秆托举头顶的颗粒，不会浪费一片心血
饱满的表达，要纵深诉说
粮食是身体的食盐，铸造筋骨与意志
曾经贫病交加的旱地坡田
泼墨挥毫，扶风而立

怀想，顾念
天涯如比邻而居的父老乡亲，血缘至爱
那些被砍伐的森林，恢复了绿意
血迹斑斑的流水，盼来了清澈
迁徙的鸟，衔来明年果核
那些耗尽热情的土地，焕发生机
谁能给我们以信念，唯有土地
谁给我们构建意志家园，让故乡落地生根
问空空天际，唯有大地回声响彻

熊 猫

1

湮灭历史，失散在众山褶皱
也许不是最好的归宿，但绝不是最坏的结果

经历冰川纪极寒、洪荒的清理
同时代顽强的，脆弱的，凶猛的，弱小的
都被溺毙，被焚毁
被集体坑葬，来过的痕迹残存成化石
或者在分化后近亲的基因里，苟延残喘
以低伏姿态，延展后人想象

2

要怎样适应颠覆的地球
水结晶成冰，海升腾成高山绝壁
贝类被推上悬崖，顶着亿万年陈旧的冻雪
森林里喷出火舌，舔舐脆弱星球的薄弱环节

反复动荡，灾变持续上演
放弃食肉天性
满目慈悲，素食清水
在竹子的虚心中慢度时艰
也许机灵是原罪之首，悲悯才是长久之道

强烈对比的色彩，是世界的真实映照
非黑即白，死亡与生存相亲相杀
以命搏击，或是纵身一跳
逃离危机境地，这虚张声势的黑眼晕
是警告，是内心偶尔的松弛

攫食利爪也是逃遁工具
攀缘树梢，短视的眼光看不到更远
竹子清理出一片绝对优势的小天地
隔绝突袭，时间缓慢消化突变
纸墨光阴一笔一画，记录迁徙轨迹

冷兵器和子弹打破的平衡
时间与躲藏是唯一药方，没有反抗
一再转移，它们用雨水擦拭行踪
以气味辨别靠近的色彩
它们只有单调两色，像洞穿万事的老人

昏然打坐，对妖艳与魅惑失去兴趣

3

发现和出名，都假他人之手
要感谢苦难命运吗？比起任无知者宰割
被猎奇者传播，似乎是种荣耀
觊觎的手从此盯上竹林深处的荒凉
贪欲的眼眸闪烁金银光芒
诱惑海潮般登岸的摸金人

大地整体发烧狂热，波及天空
朽败的藩篱被一次次踏开
扫荡后的原始森林，没有死角可以藏身
单纯竹木，举不起反击武器
竹叶青蛇无力抵御强势进攻，趁夜零星偷袭
平地上，陷阱多过青笋醒目的提示

限制令前吹响的冲锋号
贫瘠之地已经被洗劫一空
仅有的珍稀馈赠，是自然留给千疮百孔的母亲的
最后一丝慰藉，被无情掠夺

皮毛里800万年的基因，躺在异乡博物馆供人瞻仰
咀嚼过300万年前走兽飞禽的牙齿
还来不及石化

4

习性是自然选择的结果
自然是自然的无奈，慵懒渴睡的样子
是承袭的求生技艺，以多食为前提
这是美丽背后的真实，残酷表层的憨态可掬
生之艰难附生在光滑皮毛的内壁

辗转寻觅，版图日渐瘦弱
谁改变了肠胃的适应，谁就是脚步的主宰
漫长不过时间指缝的疏漏
百万年打磨王道，黑白不再对立
分布于一个整体，浑然天成的和谐之躯

楔进群山的深度，决定融合
没有谁对谁错，没有一条界线直角站立
形而上的路径似乎绕了个大弯，又落在地面
经历犹如幻象，经验之始亦是经验之终

原始道义是伸向四面八方的疑问

留在树上的爪痕，不再抓取初级需要
埋在竹叶下的气息，草蛇灰线绵亘蜿蜒
凶悍的策略被现实柔化，暗示的种子埋进心田
吸干水分养料，放大的前景让适应
越来越深潜，零散领地在翘望整张图腾

5

在佛坪，见到了一只野生熊猫
它自顾自啃食，忘记一切
没有天敌的栖息地，只有善良的礼遇
它习惯了聚焦闪光灯，和来来去去的满足

它们的牙齿，可以切割所有脆硬的筋韧
但抵御不了孤独，孤独是一匹衰老的刀锋
潜伏在心里最底层，经常披着善变的外衣
而它选择残雪黑石子的族类保护色
神色萧索，低头寻找
失去凝视远方行云的眼光
被风雨随意鞭打，任意驱使

曾经的凶猛，像风化的爱
缓缓挪动身体，费力走进自我搁浅的水滩
茫然瞪着黄昏的访客
仿佛这世界与它无关，万物井水不犯河水
战事被祥和击退，我们脸上的善意
是出自心愿，对所有生命一致的尊重

6

仿佛无极，蔓延天外
“小七”颠覆了熊猫对黑白的唯一认知
数字时代，一张彩色照片确实可行
给贫乏的典籍叠加一沓厚重，纸上理论不能释疑
通往幽深的洞，究竟埋藏多少伏笔
谁知道下一个惊喜会怎样出现

在秦岭腹地，在不被认知的角落
石头们保持亘古的姿态，竹子也保存了原始基因
没有断代叙述，需要补充
动物们或者自然发育，或者突然裂变
诞生出一种绝望箴言，一种全新适应

谁甘心成为笼中宠物
宁可为竹叶嫩笋，奔波在河谷山脊线
困守树顶，躲避危险
为争夺生育权角斗厮杀
衔着柔软无骨的孩子连夜辗转，深居不出
领受自然霜雪侵凌，像百万年前的祖先
保持严酷的警觉，生存的真相从来鲜血淋漓

7

时间潜伏的每一只反手
都有随时暴动的可能，那些受伤害的标本
是遮掩面具，在地心隐秘处哭泣
巨大的泪滴被风冻凝嘴边
冰舌一般，任由时间从底部消融

疼痛如此清晰，在午夜
一枝喜欢在黑暗中绽放的花朵
炫目的血色，在夜色中肆意地闪耀，恶意流淌
一道闪电尖锐又喧嚣
轻易把一切击中

而竹子，绽放是奢望，是死亡
放任的结果，让群山鸟兽一同深陷绝境
熊猫绘在纸上的水墨，与竹叶印在雪上的撇捺
只有短暂的新鲜，剔除激情的晕染
理性还能走多远，缺陷与美德不会背离
真诚忏悔的药剂，在盗贼留下的废墟苦熬

家在哪里，雪覆盖的石头露出慈祥
水的烙印在石头的内心泛起涟漪
太阳被浓雾阻在外围
猛烈的光投射，容易带来猝然中断
弱视的野兽巢居洞穴
冷餐，无须火

8

山的褶皱一旦铺开
就是一个无际国度，任阳光畅通无阻
任雨水湮灭狂躁骚动
人类终极的获取，是安宁地融入
不打搅身外一切生命，让它们自然地来

让它们安静地活，让它们悄然离开

连点为线，把岷山，邛崃，大相岭
与秦岭、白水江，连成一个完整勾勒
再造一个青翠家园，让栖息地原始的野性
不因时间磨蚀而迟钝
允许尖锐的客观考验，永久居住
不因人为干预而损耗棱角
这颗星球体内漏洞百出，疲累至极

9

时间的前爪，到处刻下痕迹
一片天光召唤，云霞翻卷锦绣灿烂
连同绵延的梦，在晨雾中升腾
亲情的负重，被众多手臂共同担当
风雨中纵横清晰的纤维质感

并非一个奇幻世界
许多坚持终极的核心，接近白描的朴素
生命留下影像，陡立在思想层次
拒绝集体高声喊出的口号，用脚步丈量大地

用看不见的绳索，把自身与历史的繁荣拉近
用理性思考，给来过一个有效答案

生命暗藏的线索，螺旋上升
推测到开始，不意味可以预见未来
神秘的蛋白质，集结了亿万种可能的结果
制作一枚小小徽章
把人类的情意，浓缩在其中
寄托无际宽广，亘古空阔
把它戴在胸前，与心跳一起荡漾
与呼吸一同起伏，像从未分离的一体
没有你，也消失了我

朱鹮，披着霞光翩飞

1

浪漫世界的最后舞蹈者
在6000万年前的天空，在辽阔的大陆褶皱
以生之初的形象，翩然低飞
优雅平稳的踱步像波浪
迎光展开的羽毛分解色彩，燃烧火焰
在原野蒸腾，掠过水泽
深藏内心渴望

与宇宙的光影一同游戏
划开树阴聚拢的绿云，释放风声
衔起雨褪掉的薄纱衣裙，宣告领地权属
残酷超出隔代的想象，我们不能还原最初的心境
多少血泪挣扎抗争，嫣红长喙落翎

平静应对野兽盲目的低吼
在水草茂盛的山地，驻扎信任
来自头顶的危机陡降覆压

在梦境塑造的一角天堂抒发向往
万物消失，略带哀伤的歌声
极力逃脱地狱伸展的触手

2

锦绣色彩，只是表象
一抹朱红额顶，让柔顺多了铮骨
沉默中等待起飞，等待安家
夜晚时常被雨水浸泡腐烂
把头埋进羽衣，给一袭皎洁掺进鲜红

恐惧，敏感
择枝筑巢，让生活高出地面
多少啼血哀鸣换取的教训，一代代言传身教
仅有的一点欢喜，是渴饮清水
饥食鱼虾，以及为你陶醉声色的忘形
偶尔，等待回应的长声浅唤

没有赞颂，不敢奢望长久
在短暂里暗度日出日落，保持野性
你的空茫，与自然同步运转

与天地的神秘，达成某种共识
只是存在，只是一环必备的链条
非花非雾，连成完整版图
山川河流的世界，树木鸟兽的现实原乡

3

广阔的大陆架，漏洞百出
飞翔的轨道布满蓄谋的陷阱，无知的野蛮
黑布罩上枝头，网罗水域
鸟惊慌而逃，疲累至死
风暴卷起朽木，捣毁所有驻守天空的港口
无路可退，人类的力量斩断密径

无法遏制欲望，智慧者逃不出
自己布设的黑暗轮回
诞生，消失
时刻上演，闭紧眼睛
不能消除的绝望，无声湮灭
多少推波助澜手，在白水中洗净血渍
以茫然证明无辜，并且反诘

仅剩祖脉秦岭腹地，最后一块净土
闪烁善良之光，把贪婪阻隔在外
古老的广袤，容生命停泊一只方舟
收留流落人间的遗忘
众神之鸟的眼睛，不因厄运而怨怼
依旧平和，像一盏走夜路的灯
四射纯朴箴言，如故亦新

4

修行者跋涉山水，脚步敲击鼓声
覆盖雨的轰鸣，熄灭一个时代的燥热
和它滋生的荒谬，天地从来辽阔
襟怀随眼界攀高，失去色泽后留下空空荡荡的
白色悲哀，需要一枝鸟羽引领回家路

在细若游丝的痕迹里辨别
在似梦非梦的气息里，翻找一切可能
摆渡人的心，在半空忐忑
丈量百万里山水，守望万千个日夜
只为遇见你，守住曾经失去的珍贵

5

重生的圣洁，依然虚弱
布道者已经远去，后继者以身相搏
践行使命：保护，复兴，繁荣
一组词语抹平坎坷过程，开辟了责任的新里程
从7到5000多，不止数字的叠加累积
从5到1.5万平方公里
从秦岭秘境，扩展到世界胸怀
零星分散的碎片岛屿，连成静谧家园
山山水水，起起伏伏
青年到苍老，一代人读不懂一代人的白头

为你，为婢为奴
为你，日日夜夜，风风雨雨
为你，敞开全部视野
为你，保持原始耕作习惯
插秧收割，拔草捉虫
把无毒无害的天然洁净，落实到日常细节
刻印成自觉思维
只为兑现心底的庄严承诺——
让中华朱鹮披着霞光翩飞

6

盘旋上升，衔着太阳落地
绯红，浅灰，洁白，转换四季
描画自由形状，娴雅姿态让尖锐倾斜
求生是本能，信仰的力量
授予灵幻超然洒脱

弧形俯冲，路径从来不会平铺直叙
时间稻田里，舒展葱茏鲜嫩
连同浅溪，丛林
白墙灰瓦的房子，柔和山脊线
东方一线天光初露，梦有了登高的阶梯
亲情有了延续担当的希望

在晨辉的雾气中招展
剪开云翳，变幻自由化身
人间凤凰，和平信使，抵达众人仰望的高度
曾经强加于脖颈的死亡绳套，腥气记忆
纷落如尘，随风消散

7

传达一种信念，颂扬一种精神
摈弃仇恨，让枪膛的子弹发锈变质
让欲望，速朽在泥炭层
心愿空旷无际，只是沉默
让睡眠贯穿黑夜，停止突降的惊梦

给深情涂抹羞涩，让心弦奏响忠诚
废墟上重建家园，一枝一叶构建巢屋
一人一心信守初衷，认定了
生生世世只是你，风雨里遮蔽身下卵壳
曙光啄开黑夜，生命匀速脉动
小心翼翼，一起守望迫近的喜悦

祖辈在云端安详凝视
雏儿在练习飞翔胆量，展翼技巧
它们在与死亡交锋中，学会自保与适应
索取的食物，关注，温暖
是你甘于奉献源流，润泽且丰盈

8

翱翔在有限循环，翻越桎梏
打开一道道封锁的门窗，未来在闪亮
风暴眼抛洒明媚的时间颗粒
速度的光点挪移乾坤，浮夸被甩出轨道
一个真空磁力心，吸引有序旋转
太阳和月亮，都是悬浮的石头
夜色记忆如新，坠落的灰烬自带风声
没有长久占据，只是片刻存在
时间不会为谁停步，万物也不会终止奔跑
只是经历，积累渐厚的独立

富于幻想的世界，一切皆有可能
核心价值依附生命躯体
潜伏的恐惧，反复生成噩梦
需要坚持如一，以造物主的慈悲手掌
抚摸众生额头，赐予它们内心的安宁

以理性冷静，关照路过的星辰
自封的万物灵长，头戴光环
攀上塔顶，具备无比辽远的思考
探到了光芒里的灼烧

也看到了阴影里蠕动的呼吸
这一分为二的世界，从来真实端坐心尖

9

一方山水，承载几代人心愿
他们凝结的经验，如圆润的珍珠
让幸福滋味触手可及，久久环绕
再高远的出发，也需要一条绳线牵引始终
指归初心方向，修正偏离足迹

以鸟羽书写一部典籍
关于贪婪，拯救；关于出走，回归
这命题是骨髓里隐隐的痛，血液里搏击的浪
还世界以自我意志，让自由无限生长
我与你，情意相融
梦与梦，交织拥抱
心与心，向光飞翔

时间之殇（组诗）

根

——悼念一位92岁林业老前辈

拾级而上，在云天接壤的地方
年龄像树皮一样苍老，身体如幽谷
一样空虚，脚下是干枯的灰白色

生走向死，死诞生出生
在新纪年开始的一刻，在手心纹路
扩张的时候，一切都归于命定

那么为什么挣扎，平淌的河流
直立成瀑，松散石块陡峭成仞
时间可以腾越无端之水吗

支离破碎的荒袤，孤立一株功勋树
站成方向，阳光让它格外醒目
而大多数的草色才刚刚起身生长

吐出饮过的自流水，反哺土壤
让唇舌舔舐生活皴裂的血丝
与风赛跑，把一丝润泽紧扣根源

让轮回从手掌开始，褪掉的硬皮
消弭了血泡的痛感，再生的粉嫩
是又一篇檄文，来不及调整呼吸的节奏

把走过的沟壑折成一纸平面
种植的年轮里溢出槐花洁白
狰狞锐刺，守护不谙世事的脆弱

春山是什么姿态，自有心意评判
鸟鸣是什么颜色，眼睛揭晓答案
依然是少年的飞翔，借助灵魂的翅膀

依旧是指点锦绣的睿智
无言代替锋芒，身后簇拥的黄土高原
把昨天顶起，轻轻安放山巅

出于土，归于土
长于枝，坠于枝
生生不息的轮纹，同心成无数回圆满

默哀，无泪

风肆虐，搅动火的欲望
让人间尚未愈合的伤口，再次开裂
泪蒸干水分，倒灌的浓烟让喉管发不出呼号
我倒在山石之侧，死在草木之前
不忍直视确凿消息的来源

2020年的春天，如同一场盛大悲剧
蛰伏几世纪的恶与毒伺机出动，阳光刺目
心里冰川尖锐生长，火的暴烈猝不及防
从来没有如此焦渴，置身荒漠
靠近岩浆环抱，火舌和热量吞噬了方向

身后无数期盼的眼里，飘荡忧郁
一句庄严承诺，让忠诚成为超越一切的力量
忘记自己是儿子，是丈夫和父亲
把毅力融进生命，让自我成为森林的一枝绿
把执行落实到行动，把平凡的坚守无限拉长

逆风而行，血肉躯体接受燃烧的洗礼
来不及思考未知的陷阱，纵深穿行
与死亡正面交锋，在灰烬里搜索再次爆发的可能

紧紧扼住火魔的呼吸，把它埋葬泥底
把自我置于死亡漩涡，心里只有复活的报春鸟

最后一点水被点燃，头顶灰霾苍穹
如同此时的无声绝望，没有一滴水前来救援
望穿星空，请求一场雨浇灭可怕想象
让树挺拔直立，让草萌动绿意
让石缝渗出清泉，盛开栀子花的洁净

灰烬下面是黑土，黑土里是安宁世界
被血液祭奠过的连绵起伏，谁的哀伤都是痛
谁能平静说出视死如归的词语
时间无情滚动，抹平撕裂心肺的痕迹
泥土接纳全部，她的孩子的苦难与美好

让他们安静地睡

祖父睡了，像一座山神
枕着苦难又伟大的土地
他一辈子也走不出的耕作层
为之生，为之死
为之哭泣嚎叫，狠狠把它踩在脚下

为之动容呐喊，把它高高举过头顶
在黑暗中苦苦抗争
罪孽深重的昨天还牵着裤脚
新的宿命又套上脖颈，稀薄粥饭
喂不饱瘦高骨架，成长的烦忧
浓稠丰腴，轻轻搅一搅
就泛起诡异的绿光，暗夜里的磷火

我不能擅自夸大其词
抹杀年轻身心具备的活力和幻想
他一定憧憬过，规划了家园盛景
儿孙绕膝的欢笑，梦里一定有
渠水灌溉麦田的水花声
他一定看见了玉米饱满的骄傲，金黄的张扬

关中平原大片妖娆的罂粟
燃烧着诱惑，点燃一根烟
瞬时抵达极乐，单薄的人抵挡不住
温情脉脉，合扣阴霾压低紧逼
他众多的兄弟都在云上招手
仙气缭绕的渊底，有种诡谲的妩媚

不能甩脱泥泞，就沉降

池沼收纳了无可奈何的脚
缺失方向，也就不再需要路径
不在干旱时求雨，不再心疼倒伏的麦穗
甘于就范的人，其实也很无畏
他们看到了真理背后的裸伤

就这样随节气生长衰败
往返日夜的边缘，做不了摆渡人
也不能被摆渡，天空很低
没有登顶的梯子，大地平坦
处处是路，你却走不到十里之外
曾经驮过我的自行车，血性锈成烂泥

一个阴雨的日子，他定格某刻
当时的我不忍看他佝偻的痛楚
死亡可能也是解脱，回想年轻的自己
无助且自私，他眼里不舍留恋的光
依然热度鲜活，他的暴躁
早就低下倔强头颅，向命运俯首

活着，就是希望
什么改变都可能变现，我祈祷月亮
让他的苦被时间冲淡，不要再划开苍老的伤痕

留下崭新的棘刺

让他活成一个古老又明亮的传说

让他含混不清的述说就是历史

让他的同伴们长寿

春色笼罩的黄昏石凳旁，留下他们的无语

和意味深长，百十年

是村庄的刹那，他们的永恒

是我们残损不全的源头

时常莫名虚空，我深知离开泥土太久

朴素的真理，只保留片段回忆

让孩子们替他们跑

替他们品咂粮食的味道，呼吸春天的香气

让延续的生命是他们无法触及的现实

让我们赤脚走路，感受纯洁的根源

诞生一切又接纳全部的大地

无名者之碑

天空蔚蓝，云朵盛开

有风慰藉流逝的五月，漫溢的槐花香气

覆盖山坡，提纯新生活的甜

在晴朗日子，我想到了另一种悲伤
大地深处瘦癯的骨头，能否感知阳光的温柔

没有风暴扫荡，没有饥寒交迫的死亡威逼
鸽子在广场悠闲觅食，游人驻足
仰望眼前雕像，高处的纪念碑
肃穆与巍峨消弭浮躁，我知道要把自己
放在硝烟的背景里，才能触到灵魂的震颤

沿历史脉络缓缓行走
想象锈迹刀斧当年划过的抗争弧线
褴褛衣物，怎么抵挡最寒的低潮时期
俊秀的纸上墨迹，简明的动员口号
让我看到粗陋外表里，贵重的核心力量
这样的人，战无不胜
这样的队伍，辉煌就在不远的黎明后

在陈列橱，我们隔着一层透明玻璃
我随身携带身份证件
而你们，以五角星替换
名字下缺失的出生年月，以“？”补全
你们唯一共同之处是，卒于1933年，1934年，
1935年

还有无名的牺牲，来不及珍藏

可能，名字也存疑
战友唤你小名，父母隐匿你的信息
所以至死，你没有真实身份
只有生于斯，长于斯
葬于斯的土地，圣洁的内部
证明你出发的本意，在泥泞路上辗转的韧度
坚持到最后的决心

肯定设想了猝然死去的方式
也一定想到过，看不见明天的遗憾
这结论，需要力拔山河的勇气
需要视死如归的信念来支撑，去滋养
我相信心有奔腾热血，身体会勃发不竭源流
遭遇的追击，围剿，包抄和背叛
只是你们跨过的一道道考验

不愿再回想一遍血腥往事
在关中平原毫无遮蔽的旷野，怎样躲避伏击
怎样与群众一起抢收麦子，运送粮食
在薛家寨陡峭的丹霞山体中心，凿出一片红色天地
指挥部署，储蓄武器和物资

这仅存的根据地，是你们以生命托举的砥柱

渗水崖洞，寒冷比刀刃还薄
遍地野草，是你们随手取用的食粮
我看见它们拼命生长，要让自己高过成熟季节
我听到风声轰鸣，在一个个洞寨之间呼应
穿透时间，还原细节
身体是子弹，是利器
向一个残暴王朝发出檄文
让平等之光照拂每个人
让土地种进自由，结出美好
让母亲不再被奴役，孩子的眼眸没有恐惧

经过二万里长征磨砺的战士
在此落脚，淬炼成钢
向往自由的热血青春，在此汇聚
从这里出发，奔赴抗日最前线
雄阔歌声，响彻万里云天
心中光明的极地，就是脚下这方热土
就是这热土形成的基点，站得住，站得稳
给予决然的信心

一些人长眠于此

与山河同在，驻守信仰
一些人北上南下，踏上新征程
有名有姓的猛士，无名无姓的英灵
涓涓溪流汇入，滚滚咆哮的黄河
唱响高昂的大合唱，激荡世界心脏
这里是阶梯，引领理想向广阔攀登不止
把希望的火种一路播撒，点燃
照亮追随者的脚步，抵达先驱者梦寐以求的圣境
——鲜花盛开的可爱中国

多少未知详情，被尘埃封锁
被风吹散，苍天后土养育的大无畏志向
种下籽种，长出忧国忧民的觉悟
种下信念，长出伸手可触的希望
即使前途艰险，迷雾重重
不能遏制追光而行的豪气与坚贞

碑石树立天空之下，高山之巅
英雄们集体的荣耀，孤独而崇高
肉体在悬崖上崩塌，松柏常青的枝子
抹平骨头里受难的折断
修补贯穿伤留下的痉挛与僵硬

风擦净天空清泪

让灵魂悲壮的呼吸，沁入盛开花瓣

他们像春雨，被泥土吸收

灵魂在地下永生，在和平鸽的哨音里

盘旋，留恋

——这风雨和谐的强盛中国

第三辑　山本色

春天之前（组诗）

笋

走向不明的歧义一旦突破
纠结地心的谜团，霎时化解
胸怀的围度已经设定，庞大的空虚
拔节而起，雨落的声音
湮没在爆裂冲撞中，切着泥土
耸立挺拔的旗杆，高度不设上限

与花穗三击掌，订立生死契约
不死就要生长，薄壁支撑向上
一件件褪掉襁褓的包裹，让刀光剑影
磨砺稚嫩的霜露，让禾草的梦
插进云层，你的快速
被笛声催动，它的身体漏洞百出
却合成悠长的理由，撩动心波

一念舍弃的口腹欲望
素色慈怀穿舌而过

植入生命的纤维通直筋韧
只允许雪碾压青春
只默认风摇摆余生，本源深扎不移
俯视脚边篾条背篓侧勾挂的竹筒
一条小青蛇浮游其中

没有年轮证明细节
过程也许是虚拟梦境，沉思闭合眼皮
花非花雾非雾，如何从中抽取头绪
把脉络结成一册典籍
让甲骨的使命，悄然转移
谁摇响命签，让流水的纹理回旋结节

没有坚定的种子释疑
只有不变的翠色汹涌激浪
四季之轮首尾相连，每天都像昨天的翻版
存在的真谛从明晰走向混沌
那些新鲜幻觉，时时都在演绎
事事无设更像一种边界警示

走在春天之前

头颅在冻土下涌动，浅表层
炙手可热，该为花朵写一首诗了
爱过的和正相爱的人，在同一张纸的
两面相遇，木纹捧出绿色的衬托

空气里有一股暧昧热流
信念在心中闪亮，无论何时，一片复活的
叶子的存在，都不容忽视
它占据，在大地投下力量的影子

让荆棘流出温情，柔软鸟舌
搅动满园翠色，鸣啭鼓胀种子
时间到了，有序忙碌
不说话，都知道下一步从哪里出发

怀抱星星，躺在阳光草地
听脉管潮汐急促的拍击，惊醒群山
火中取水的日子，青苔覆盖沙漠
在母亲敞开的库房，万物各取所需

结 香

抖落雪花，拖着满天星芒
踏过我的独木桥，你的马蹄声留下
深深浅浅的漩涡，一波抵达
一波出发，我已经习惯了环环紧扣的
荡漾，搅动一泓明澈溪流

无骨双手，搂住春天的小蛮腰
缠绕你青翠的从前，从山坡飞跑而下的少年
天堂为你的梦一再沉降
酿造的酒色，荟萃草木花香
你高举杯子，晃动恍惚的小白蛇

因为你，唇舌品鉴热辣醇熟
眼睛有了低垂的美好
羞涩是一剂难戒的心瘾
拒绝说出更多细节
风吹过，把无言别上发髻
晒晒一朵花，一生都不曾说出的幸福

两棵树

一棵树要经历多少风雨和流水
才能与另一棵并立山头
隔着时光鸿沟，青苔布满沉默的脸
不动声色地相爱，以眼睛的山水
拥抱土壤，流浪过往
岁月尽头，满脸是斑痕的日子
等雨等雪的过程，也在守望幸福
一切降临都是，思想所欠缺的洁净滋润
细碎花香穿过疼痛之针
缝合新旧伤口，给时间以自愈力

许多熟悉温暖的根须
深深扎进彼此的身体
血流在一起，泪也流在一起
相互搀扶的黄昏，只有风能读出
断裂瓦解，正在死亡的旧世界

只向春天低头，只为春天柔软
攀缘翠色欲滴的歌声，把花朵送达晴空
更接近阳光的照拂
在辽远的雪山之巅奔跑

从海床升起的石头里

抽出遇见前的丝缕线索

秦岭秋色（组诗）

秋 山

一声呼哨从高空传来
奔跑的红舞鞋戛然而止，裙摆回旋
火苗在眼睛闪烁，热烈由燃烧转向内敛
露珠映照酡红的容颜
浆果奉献全部，一无所有

血液奔涌，风帆满涨
驶过万千嶙峋重叠，绕行一路漩涡
划开石头的波浪，溅起细碎的榛子
这些褐色内核，刚刚从杯托溢出
秋天的手指整天都在记忆
芳香的酿造过程

褪去饰品，以及头盔护甲
丢掉背带面罩，把长剑插进骨骼
通直屹立岩壁之上，绿袖子的臂章
涂抹了一层白霜，宛如丝绸

万物息声，大地寂寥宁静

落叶松

秋天到来的时候，脱褪细针
雨水穿不过针鼻，想要补缀的大地
依然走向千疮百孔，一同沉睡
枕着觉醒和戒备，在霜雪间隙
在石头上消磨自己

没有贵重礼物，只有粉绿渐老的经历
只有这经历里隐痛的教训
一些陈年旧事，恐怕刺伤敏感
拿什么度化你飘落的失望，剥离自我
给现实一个绝无伪装的现状

一簇簇春天，隔纸相望
不能用力去爱，抚摸白纸上凸起的字符
手指沾染草木花香
镶嵌大地深处的湖水是它
波澜不惊的眼

原始森林

最冷的时候，也不会不着一叶
密集的秋变被风稀释，繁花褪尽红晕
裸露的筋骨并不消瘦，那些肉感的
果实和小兽，温润光滑
松针到处寻找可以补缀的憾事

天空仍然苍翠，阳光漾在落叶路径
酣畅淋漓，抵达谷底腐殖层
叶的故乡，水的故乡，光的归宿
一些事物离别，一些事物回溯
匆匆在隔开的平行线，来不及致敬

至高者寻求落点，至低者期冀飞升
森林深处风声激愤，笛音悠扬
需要一场旷古未有的雪，调和情绪
它们尖锐的呼叫被冻凝枝头
怨恨，在春暖花开时解禁

穿越斑斓

从一棵枯树望向外面，足够细致的
漫长记忆，让生活不至烦闷
时间概念由轮番转换的色彩定义
嫩绿，橙黄，明艳
而成片森林的心形叶片
是躯壳暂时的收容所

一切具象，都是阳光分解的幻境
用以补足内心的贫乏，如冬的白
如夜的单调灰，穿越诱惑
勇气是持续的重生，还是疲乏的耗尽
心头暗火战栗寒噤，弥漫灼烧的快感

天空把星星不断抛向山后
微笑带着满足走向平静
脚下的地平线弯曲伸直，晨光在寒冷里
捧出真谛，一切刚刚开始

流 泻

也曾有过盛夏的激情
清晰在不确定中沉没
为爱付出的代价是倾尽心力
而一无所成的不断重复
流水高于命运，比石头更顽强
痛苦的根源，是过于清澈的洞穿

幸福的声音急迫呼唤
游鱼强烈缠住记忆，岩石的每个细粒
黑夜笼罩的大山和它的储藏
都是独立世界，登高攀上的斗争
足以充实每个灵魂，四散奔逃的表象

从低处升腾，到低处宽广
命运走向转折冲撞，携带一点色彩
抓不住的缥缈，无法表白的纠结
一切都被气势扫荡，斑斑点点疏漏
是致密包围中的密径，直抵纵深柔滑

枯萎（组诗）

霜 叶

需要多大勇气，才能把满腔热血
逼出身体，让红色终结欲求
旗帜耸立不倒，阳光无法洞穿薄雾
而雪还在河里流淌

毛茸茸的旧时光，口吐绿焰
草木没有秘密，敞亮门窗
沿路抛撒心事，如果逆游
你一定能找到它们初萌的心跳

葱茏从前，盛开短暂的爱情
表白毫无遮拦，晴空下的坦荡
让总是通过暗示传递的意念
不由自主坐直身体，像一段枯立的木头

草木无言，翠色有爱
被忽略的中间过渡，是最后回望

要以怎样的姿态给大千世界
雕琢记忆，以烟花
以璀璨星色

枯 萎

春天翠嫩的天真，枯干变色
卷起经历，重回起点
生命诞生之前的寂静，如同死亡
可是不会白来一趟，如果轮回是再生
这样的寒冬，就是点睛

注定要在炼狱洗礼，多孔的骨头
吸收有效元素，叠加筋韧
弯而不折或是宁折不弯，都是智慧的适应
每次转变都在阳光下呈现
直达心底，对水分对泥土毫不隐瞒

舍离脱落，只为更好保存
枯叶更像贵金属，有一种安静的顽强
叶脉婉转，仿佛记忆中的青春
失水却仍然保留了一种坚持

孤傲的美向内卷缩，对抗毁灭

每一种微小的存在都这样
不动声色地把世界拖进
自我运行的轨道

雪 野

写着梅香，刻着窗花
点燃红灯笼的摇曳，我们牵手
走在回归路上，存在是平面上跳荡的浪花
溅起又滑落

老槐树沧桑的皱纹，折射岁月无情
渐淡的乡音，还有几分母语的浓烈
被化开的纯真骨骼
疏松得不能紧握，怕碎裂成渣

离开城市，见到觅食喜鹊
它们跳跃的幅度，只高过麦苗头顶
却收割了人类的普遍认同
可爱的事物一定知道

自己的可爱之处

树与树间的大片空白，由雪来填满
让寂静瓦解万物内心
大地仰望这样的降临，解禁死亡窒息
我们需要一场浩大仪式，冷却焦躁的干渴

鞭炮响起的时候，在一首诗里
默坐，体外任何喧嚷
都不能勾起一丝欲念，我的孤独里
爬满葡萄藤触手切肤的爱恋

温 泉

不再是空，不再是静
森林深处，树木站成孤独群体
活动的事物，都与时间握手言和
喷涌的热度溶解个体感受
一滴水误入河流是归属，也是消失

在水中，身心更接近坦诚相见
风挥动的剑，与眼前隔着

唐朝之后的众多时光，雪吟诵的河山
似鸟不能飞翔，是书生轻叹
嘈杂的脚步声在耳边漫游，沙沙作响

群山后退
揉搓的褶皱铺展成白纸平面
赤裸的幻听梦境陡立茂密的发根
藏身其中的小鹿，怀抱摇曳的烛火
惴惴行走边缘，一半残雪
一半冰冻的寂寥

夜伸出手臂，不让光落到地面
黎明在目光追随的终点，奋力攀爬
与天空的相遇，更像一个意外
洗净记忆，每次都有新鲜的惊喜
投向地面的阴影，穿着云朵的感受

神 圣

我无限热爱许多事物
呼吸不尽的空气，新鲜的太阳
在心里敲击的鼓点，哪怕

一阵紧似一阵的痛感，也让身体
体察自由的清爽，健康的富足

在雪花里轻嗅阳光，在梅香中
品尝酒酿，想到一些具体事物
感官全部发动，所以当我写诗时
笔尖一定是触摸了幸福
如火炽热，心宇不设边界

今天的丰腴，举起明天的美好
我拼命回忆，一纸洁白纹理
从河流回溯泉源，力量不竭
清冷水面白雾婉转，掠过晨光的鸟群
让寒冷四分五裂，春天盈蓄其中

冰 瀑

目光凝滞，呼吸消失
时间和叶子都回归了土地
世界被还原到初始的静止，蛮荒的
灰白色冬季，生命诞生之前
万籁俱寂，脚下一阵岩石的碎裂

迸发巨大的响雷之声，敏感的心
攫取投掷的金色，把它们穿在身上
吸进内核，一些冲动萌发第一片绿色
如尘埃浮游水面，冰川消融的湿润
载着它们，载着希望的根本

破开峡谷，蹚出一条水道
在迂回蜿蜒里磨平戾气
岩壁里的火焰也从冰盖下，腾越而出
点燃夜的眼睛，寒冷从地球的皮肤上
一寸寸后退，露出赤裸的筋骨

不可思议的是，只是想到
就生出了万物的形态，年轻绿色的从前
早已淡出记忆，而冬天
制造了一个回望，谁都可以找到
多年前自己孱弱的本心

林中落雪

一个皎洁世界，窄小林中的路旁

是高耸的云杉树，阳光穿过间隙
照射进来，只要有风吹动
成排的挺拔就一起摇动天籁之音
空无一物的幽谷，立即充满

你独行其中，头发雪白
脸上滴落晶亮的清凉，升腾的水汽
似乎有一个空间，还保持着夏天
让凝结从真实退进虚幻
一股暗香融进疏影
我看到了小鹿饮水的浅塘
在一小片开阔地

我微笑着走向你，倒在你经营的
雪里，生命离开后留下的白色
也是诞生一切的地方
带着烟火人间气息的所有叹词
我舒缓或急促的呼吸
来自同一个身体

霜 花

拍打脖子的月光，把自己摔成
轻霜，以眼泪的温度滴落肩头
只有在夜晚，我们沉浸回忆
才能找回真正的自己
怯懦，丑陋，虚弱
或者狂悖不羁

阳光消失的阴影地带
无法做到赤裸相对
这一袭白纱衣装的苍老皮肤
护卫心里嶙峋生长
它们先刺痛自己
卷起的刃尖，是鲜血的祭奠仪式
胆量从丰满变得干瘪
衰老佩戴狰狞面具

寂静林中

听腻了喧哗，纵身这无边寂静
忘记万物，失去自己

回到旧石器的单调撞击，语言是简单音节
一粒披着花香的尘埃
在林隙斑驳的疏影里飞旋，这般无用
这般盲从，却是这样真切地快乐着

看见不能以目光锁闭
许多飞逝时刻，像受伤的星辰陨落世外
像风中枯叶，受制于自由背后的白手套
掀动空茫天幕，追问纵深层次
又一层空旷，无物的恐惧如同兽群
吞噬肺腑：我们极力摈弃的负累
原来如蛀蚀的树芯，不堪冷风一击

污浊清明并举的世界
所有事物都找到了安身姿态
或匍匐或直立，或以罪孽深重的跪拜
或俯视脚下如蚁众生
存在是一种自然状况，而绝对自由的真空
托不起飞翔，更容易让心窒息

所以林中的一个下午
很快在阴冷中结束
我怀念街道上理直气壮横穿马路的人
和每天叫醒耳朵的垃圾清运车

遗落山路的风（组诗）

进 山

不是进入，是被吸纳
丢失身体附加的一切意识
绿染湿了睫毛，云影与空气交替呼吸
滤净悬浮尘埃，天很薄很轻

长在山头的草是幸运的草
自有开阔视野，它们触手的浮云
被无数眼睛仰望，脚下风声
波及海洋，搅动狂浪漩涡

伏在地上的人，是幸福的人
触及万物生长，吸吮嗅觉里
涌出的葱茏，把灵魂放逐蓝天
让心停止渴念，只想消融

沉浸细节，忘记整体轮廓
像奔跑的青藤，爬上古老的杉树

触摸遗传不息的脉搏，躯体与山峦
同频起伏，艳丽的思想多了厚重

占山为王

放逐辽阔的诱惑，远大于探秘
幽静好奇，我无心停驻手边的花蕊
水底游石，只想攀高
哪怕山巅只有风，站直一个人的孤独

占山为王最好的办法
是化成一座山，镇压所有脱离的欲念
让风帆的翅膀，生长责任爱心
从前不可再来，今后尘埃落定

春草从内部坍塌，憋红的秋天
最怕风突袭，暮色合围
万物都触探到底线，只需安静等候
再立起时，每一步都是上升阶梯

六月雪堆积云中，亿万年的冻凝与消融
互相簇拥，相互渗透

谁能把季节一刀两断，让版图
界限清楚，失水的光影也会绕行
得到时身体轻盈，失去后步履沉重
时间踩出的密径，只有羊嗅到出口
打开，鸟鸣，流水，风的歌喉
次第飞出，头脑茫然无知

旅 行

真想与你体验一次，完整的徒步
规划晨昏，准备行囊
把大大小小的琐碎，装进深深浅浅
的包底，等时间说“出发”

看漫山遍野花枝乱颤
听心流喷涌又回溯，或是什么也不做
丢弃成见，让植物的思想统御
人类肉体，在脉管里弯曲花香通途

嫉妒牛羊简单的草场
生活铺展多汁翠色
拧一把过路风，溅出疯狂春天

博爱阳光，湮没河山浪潮

生命有限而短暂，伸出的双手
来不及抽回，就沾染了霜雪和渐冻的情话
我不要一纸平面的承诺
只要揉皱的印痕，刻上赤裸平坦的河谷

回味细节，享受温热鼻息
抵达不是终结与唯一，是一次纵深抚摸
河山任马蹄驰骋
飞奔而过，或者永久驻扎

山路上

漫山的绿让天低垂，会说情话的
树枝，向流云发出舞蹈邀约

阳光比人生豪迈，倾向无遮拦的
叶掌，谁的手擎举这么多灯盏

风比心流活泼，深吸草色
身体才融化的残雪，溪水样欢快

光影如此轻盈，落地也踮起脚尖
怕砸伤流泻的光点，孔隙充满虫鸣

谷底的树拼命长高，绝然甩开窒息
山巅的草尽力下坠，摆脱浮躁

谁说沉重是枷锁，轻盈是释放
根须藏着向光的冲动，潜伏的克制

立定天地，把过往与未来
撑开在此刻，地平线延伸的视野

趋于弯曲，与翻滚的流云重叠
大海陡立升腾，亘古原始的景致再现

天堂降落一米，伏在脚下
人间归隐年轮，一个个同心扩散

我看见维管束里奔涌的水波
循环不止，沥净时光的斑斓幻象

遗落山路的风

我说过要和你一起徒步
沿着蜿蜒起伏，回溯彼此年少的梦
山是风吹来的土，石是曾经炽热的结晶
只有这大片汹涌的森林
是原始朴素之物，与我们契合

向静默的花学会守望季节
雕刻一枚核果小小的心，风来的时候
闭紧眼睛，把雨锁进掌纹
那里溪流纵横，承载了种子
不顾一切的执着，水滴石穿的坚持

盘旋曲折，走在时间之侧
向上无止无休，接近空灵之境
筑巢的枝丫，不时接住云上梵音
这如梦体验，从你的呼吸里剥茧抽丝
紊乱了日月轮回的生活，我的心

我不愿在灯下，细数你白的发
擦拭烛火滴落的冷泪，以及
我无法兑现的诺言，难以解释的悲伤

用力爱过的一切，渐行渐远
最痛莫过于，记忆死在生命之先

爬 山

迎着走去，仿佛逆行先祖的路
与一棵棵开花的树对视
它们临摹祖先轮廓，以四季补充细节
所有果子都在自己身上
看到了未曾谋面的远亲

我远道而来，它们始终驻守
看到我们匍匐试探，结队从森林出走
又站直孤身归来，亘古旷远
我们从未相互想起，又一直纠缠
割不断的暗流，贯穿生命

种下肉身，重回泥土
你以种子死而复生，我的生生不息
借助你的花开花落延续
而你的更替独自完成，我可有可无
的体验，如同风过的鸣音

尘埃大地，屹立不倒的群山
目送了多少背影，不计前嫌地
接纳他们伤痕的现状，以慈怀，以沉默
以流水抹平不堪，以健忘以虔诚
捧出崭新晨光，每天都是初次体验

朝 山

小心行走，不可避免地触摸寒冰
更接近归去的方向，远方对我
已失去诱惑，就在当下慢慢枯黄
每一片树叶都是，谷底熄灭的风声

逝去的美感越来越清晰
闻风者，听断了心上弦音
小路上荒草成堆，石头木讷
我仍活在冬天，怀抱人间的香火

纸上繁花与往事都坐上悬崖
把斑驳的时间研成药粉，撒进树木成长的伤口
边愈合边挣脱，在阳光转身的间隙

咀嚼隐秘的欢愉

钟声裸露出庙宇檐角，一泓清水
洗净缸内流云，刺柏森森
泥胎攫取肉体灵秀，端坐莲花宝座
低眉承接虔诚叩拜，播种慈爱
从前透支的翠色，回旋耳边
而我已经坐怀不乱，目光踮起脚尖
看见群山之外的山巅，我喊一声
它应一声，一问一答千年之后

退回树芯

装腔作势的太多，模糊了
本来面目，所以我要回到森林
走近原始的内心，那里花木葳蕤
草色流泻，漫山春色撩人
开放，只为给漫长酝酿一个明确结果

生死的缠绕绞杀，不掺杂伪善
迷失就被淘汰，向光攀升
总有出头之日，一切都赤裸纯粹

危险把自己送到猎人鼻尖
事物只能向前走，后路留给悬崖

语言苍白，行动力指引出路
巨人躺倒的额头皱褶，源源溢出
神话和迷幻，拂去外衣尘粒
心头如初浴的婴儿眼睛，风云干净
雨雾透亮，站在石上一嗓呐喊

声音的漩涡裹挟甜味，拍击心岸
苍翠欲滴的家园，建构树木内部
细数流水波纹，月光圆缺
忘却时间的指针，和它滴答的脚步
交出自己，成为无所事事的露珠

登顶（组诗）

徒 步

迎着山，仰头登高
一步步疏离烟火人间
稀薄的呼吸接近生存挣扎
登顶与下坠的过程，如此相似

从收紧的肌肉缝隙，释放累积的
不堪与难言，借酸楚共性
掩盖蜷缩内心的孤苦，多少词语
压在舌根，只有这清空的宽广
可以全盘接纳，只有这稀薄的生命
让抗争多年的心门，突然打开

壁立的悬崖与温柔的山脊线
是一只手的两面
手心是激情澎湃的青春年少
手背是苍凉的斑斑中年
游走的我们，嗅着杜鹃花香

挑破脚底血泡，这陡立与温婉并存的人间
不断抓紧又松开的生活
从来没有真正改变

穿 越

其实，山一直在那里不曾改变
云在飘摇，风在鼓动
极目晴朗午后，刹那雨雾迷茫

那些显现之物存在、消失
都在可控区域，唯有暗蓄情节
攥不到手的流动，穿越就像消融
是拥有也是失去
一路布施，一路收获

穷极一生望山而叹，是无物之虚
一次身体力行，卸下杂思的轻盈之空
自我的世界，自主经营
与万物有什么关联
你问空空旷野，只是辗转回声
只有一片影子的悲凉

冷杉林

远望，像浴火骨骼
极度苍凉，这些超越视野的生长
像挣扎在地平线边缘的独行侠
以赴死的勇气擎举超然
谁能真正走进它们内心
谁能听懂自然之上的天籁之音

在风雪夹缝求生
每天触摸死亡的颌骨，唯有一身筋韧
唯有一腔从未冷凝的精气神
撑起不齿倾诉的骄傲
团聚大草甸的烂漫山花

夏天在身后，秋天在眼前
我看到了植物们一生的过程
我悲悯它们的无助适应，我羡慕它们的
无语守静，它们慢于时针速度
长于众多寿命，内心的敌人只有自己
风刀霜剑挥舞虚张声势的狰狞

褪掉层层谄媚表情，只剩风骨

任岁月洗礼，日月穿梭
俯视灯火城市，蜗居一室的萤虫之光
像极了内心的一点跳荡欲望，盛大而虚弱
如过耳风鸣，陨落星芒
瀚海中一点微微波动

天 坑

一次撞击，火花崩裂四散
天空流血的过程早已淡化
大地沉痛的疤痕，成为永恒的噩梦
无法目睹，无法还原

是毁灭，是诞生
更像忠告：永恒不是概念
也绝非长久不灭，一粒粒零散时间
在真空疾速旋转，奇点来自哪里
膨胀压缩的过程反复演绎
充满又空虚的姿态
截取一段就可称作永恒
聚散的原子们昨日流动是水，今日矗立是山
表象的物质具有多重不确定性

唯一确定的是，沉降到底
寂静蛰伏，并非死亡
草色覆盖均匀的呼吸，暗河在胸中奔涌
怕光的鱼类占据干净水面
蓄养了亿万年前的风貌
未曾进化的原始，死亡之地
存在之地，永生之地

火山口

热烈磅礴而出，冷硬无边荒凉
留下巨大流沙的悲壮，寸草不生的绝望

大地胸口的隐伤，被岩浆一遍遍舔舐
无路可逃，无处可退
反复试探，只为成真的一刻不再突兀
喷出火焰气体，金属飞溅的光芒
富铁嶙峋的石山、石林与石流
矗立烧灼后的废墟地

被推送上山的石头，耳聪目明
不息递进架构，让流泻汹涌虚拟波浪

让静止气势恢宏，如暂停时间
在脚边固化，给记忆錾进一个铁硬质感
亿万年来不曾钝化的棱角
让风的吞噬无从说起
石头堆积天崩地裂的痕迹
在群山环抱的寂静中独自疗伤

流 瀑

山顶注定藏不住，声音随风而去
云雾向山底飘逸，那一束水的暂卧姿态
被后来者推向断崖，激荡轰鸣

把软弱锻成刀锋，斩断体内的依赖
让时间磨平森然寒光，不再开刃
今后的道路，一半蓄满墨绿色的沉默
一半淌成长河的倒影，消失在地平线的远端

没有容留一宿的安全
心底期待了许久，无法兑现
毫不犹豫，为了经历过的不再重伤
为了眉间聚积的深渊不再生长

夺路而逃，让忘记成为记忆
让结束只为新的开始，把遍体鳞伤的选择
尽力抛洒：一落到底的感触
究竟是怎样无助，华光闪耀彩虹
是眼睛的自我欺骗，手中冰冷的现状
还有什么不能割舍
清空心屋，收藏穿堂而过的风

绝 壁

退无可退，不必后退
耸立者忍受非凡考验，风刀霜剑
更有来自内心的虚弱，寒冷之气充斥身体
沧桑已是柔软表达，还原喷薄气势
释放郁结的戾气，新生诞于旧躯壳
温热且尚未成型的流动姿态

苔花爬满额头，同龄之物自有暗语沟通
沉默，也能读懂言外之意
被时间甩上岸的遗弃物
怀抱更多敏感，面色如常
触手直抵灵魂深处，搅动千秋空蒙

万代孤独，悲苦与繁花点缀表象

纵身一跃，可以触天
可以隐遁渊底暗河，在时间纵断面
雕刻岁月节点，这清晰标注
转眼沉寂后浪的推送之中，更像徒劳的用心

这专注又有什么价值，流水依旧
青山不老，一代代更迭转变
你的驻守只是见证，别无他用

峡 谷

风的力，水的力
时间的力，凝聚发散
你只是这众多力量夹角的产物
一个被作用的反作用力
一个悲哀现状，一路身不由己追随
留下被弯曲的线条，被切割的圆弧

偶尔有水夺路而逃，更多风声拉长呼哨
反复再现残酷战事，施展进退有度的策略

千军万马嘶鸣，千辛万苦争斗
平静断面下，奔涌骚动的岩浆
不断深切，抵达渊底
只是燥热，只是粘潮
有气旋扶摇直上，如急于突围的压抑
等待许久的释放
乱石飞溅，擦出燃烧的火花
谁能平息这肆意，夜空下蝴蝶起飞
把一束光芒系上瘦腰，乱声戛然而止
迷雾填平路障，这沟堑
是一脚蹬空的惊梦

冰晶顶

亿万年精神，千万代高度
一直矗立在那里，今年的积雪与从前的
融为一体，冻凝结晶
分不出握在手心的透明
来自哪一滴纯净
呼吸里的气息有多少传承

站立山巅，也潜伏海底

一望蔚蓝的是天空，是海洋
踩在脚下的是石头，也是流云
身体缥缈如一片薄叶，一尾游鱼
走进你，投入你
融化在清朗的广阔
消失在变幻无穷的神秘
最后的净土，是珍藏心尖的柔弱
不堪一击，无以言表

分水岭

在山巅，掬起一捧流云
饮半口长江之清，半口黄河之浊
这构筑身体的骨骼血液
生我养我的母亲父亲，彼此交融
呼吸与共，怎能分割亘古完整的图腾

一个声音站上高处
号令天下流水，急急如律令
从无边山林，奔赴广袤平原
河一阶一阶展开，驰出黑暗束缚的
光明火眼，看见前景

云从高处升腾，水向低处汇集
这生生不息的循环力量
狂悖沾染露气，不能超越穹盖
微小漫延，自有流域边界

打开车顶窗，醉卧立体星空
迟迟不愿归家，月晕如光环
戴上群山之首，给流浪的心以方位
以指引，以出发的基石
那隐于土石下的涌动

黄柏塬

走了很久，忘了泥土腥味
我们习惯了在喧闹中关闭门窗
给可怜的隐私留条窄缝，释放白天的疲累
夜幕包裹的孤独，以活跃在人群宣告
自己没有被这世界抛弃

心中归属地，悬浮想象
落不到大地，乡音被连根拔起的时候

一根骨刺遇风斜出，遇雨作痛
我们坚持与命运抗争，而命运远在
诞生之初，就给身体烙印了胎记

隐世小镇自有灵动之处
洗涤心灵尘埃，修复到处漏风的情绪
让感官体验回归纯洁
让我们像自然一样端庄

绿树白水环抱中，小屋散布坡上坡下
原木围栏分隔视野，不知名的野花斑斓怒放
美丽与声色无关，只是安静
安静思念，安静憧憬
安静地遗忘盘踞胸口的流沙碎石子
我们的存在，在忘记一切中陡立

扇脉杓兰

那座古桥，矗立水声之上
被野草和青苔全部覆盖，它也覆盖了
穿身而过的光阴，好静的细鳞鲑鱼
蛰伏深潭，与它们相关的部分

只是光影转换

天然心形的硕大水潭
被白石包裹、镶嵌，留下水滴石穿的证词
古老的河床，捧出古色琴音
一汪清流娓娓诉说，一阶一阶漫过时间
再次回到时间的旋涡

隐秘小径旁
与一片扇脉杓兰长久对视
腐朽堆积的地方，出落含羞模样
不是妖娆沾染风尘的辛酸
这柔弱的事，猛烈敲响空空心鼓

我屏住呼吸，悄然离开
怕众多喧闹惊扰了恩赐的幸福
它们依然驻守，色如云霞的红颜
自然知道纯真可爱的含义

千年玉兰树

谁把梦遗落幽静，谁把它种植远方

千年等待，只为看它成长
唐朝的灵气溢出玉兰谷，流淌眼前
读出白居易案头半干的字句
“紫粉笔含尖火焰，红胭脂染小莲花”

岁月坎坷，薄云缭绕
远离幽谷，暂坐时间的绳结
谁想采撷一缕香，在你发辫编织诗行
谁愿放下红尘的鲜衣怒马，与你纺纱刺绣
石板房前潺潺水声，是沧桑的绕指柔情

激情长进血肉，左手是你
右手是我，深切根须沿河汉游走
卧在母亲胸口，梦在母亲梦里
孩子们蹒跚学步，继承远古梦
一脉相承的祖先，是此刻的飘逸

珙 桐

叫出这个名字，胸口立刻飞出
千万只白鸽，它们扑闪翎子
让时间倒回远古，让种子缩进泥土

温带的风逐渐凉爽
存在远在身体之外，思想之上
与一代人无关，与钟表的指针无关

身体里有巨大的树洞
一串清脆的鸟鸣，一片干净的饮水塘
生活的旷野自有诗意，死亡也在其中
更多是坚韧生长，无声传承
枝条上长满叽叽喳喳的鸟叫声，凤凰于飞
独角兽缓慢踱步，这是个慵懒世纪

然后，时间向我走来
它是一条区分万物的小路
有时是闪电的撕裂伤
有时是暴雨咆哮的怒吼
有时是冬天撒开的白色罗网
笼盖天地，冰川的舌头试探而下

但身体仍然有树之梦
每一个叶片都从危机里夺路而逃
不屈服于哀悼，全力投入天地之空
不争夺更好的视野，更多阳光
它已经成熟，在众多树木之上舞蹈

它只要沉默去爱，时间缓慢绵长

它爱着虚空，爱着暗伤纵横的年轮
沉浸于自己的心境，忍耐的困苦
比起即将到来的幸福感悟，更易于想象
树枝随风剧烈摇摆，灵魂扒紧依附的厚重
没有疯狂，没有尖叫的落差
崎岖的生命，站成一树旷古繁荣

塔云山（组诗）

白云间

云走过，万物消失
如同记忆，打捞体味时
只有一丝细节，托不起自身
从漂浮其中的幻觉，找回真魂
思念，湿成一件披衣
从四面八方围拥而来，让我回归

把这缥缈当作歌，无声浅唱
捧着初心，寻找来时的路，将去的路
生我养我的地方，在云下安稳处
而我，走在通往虚空的理想
急急离开后，时光收割了一切

寂寂如眠，把一切交给云
让它塑造万物尽力抵达的边界
让悲哀堕落如过季之花
让梦里的惊悸闪爆，我不存在

你也不存在，我们约定云端一点霞光
身体狭路相逢时，客气礼让

松

种一棵树，在时间之先
千余年的祈盼，撑开头顶苍穹
百余年的忧患，随风向低一再流泻
你合掌祝祷子嗣繁茂，我低头
暗许明日星光，点亮心空

一些教训，无需言传
你站立的姿态经验了许多浅薄
长进年轮的戒词，只是沉淀、扩散
就像我一遍遍探求的追问
只为忘记，只为彻底清扫心屋阴影

隐隐约约，来来回回
谁能迈出时空的形状，谁不是一层
薄白的附着物，短暂占据

低垂的百合

低头的人忙着卑微
低垂的花含羞，释放一支红舌
燃烧内心不息的热
回首，记忆灰烬突然明亮地跳跃

凉风摇着长茎，躲闪四处觊觎
采摘正当时的新鲜，占有立足泥土
为索求的关爱，为了宣言的爱
我承认，一粒心火让我忘乎所以
错把向下的兼容当作引领

误入迷途太久，穿过幽径
众多歧路终归一点聚合
是出发，是回归
是莹莹真空无声无速的透明
我把所有瞬间连成珠链
系上你健忘的脖颈，你依然不回头

一石成峰

出离从众的囚笼，命定无助
如果还有一层天，它就举起了
另一个世界的根，如果没有
它站立的姿势，就是悲壮绝望

风云翻卷，拂不乱冲顶的信念
它众多孪生兄弟们早在冰川纪
纷纷折戟，成为脚下的守望
它厚重的基座，承载了一个星体破碎的梦

它历练着无形的时间
历练着自己风月无边的空
丧失自由的凌飞，远离春色庸俗
是坚强掩盖了哀伤，还是剥落浮华的出众
是矗立掩蔽着惶恐，还是冷峻埋葬了荡漾
登上峰顶，一个人连转身都不可能
我们咀嚼的盛宴，是你一柱成峰的旷世孤独

自有森林铺开的白纸
写满文字，以及言外之意
我们来过又离开，谁能隐匿足迹

藏身万仞之巅，把红丝带系在高于峰顶的
古老松树，它汲取日月精髓
比山更接近地气，比河拥有更广阔的水声

玻璃栈道

没有恐慌，不是无所畏惧
是心系一线，透明的更加透明
柔软的并不柔软，脚下浮云是头顶天空
头顶天空，远在群山之外
一口气就能吹熄狂悖的灯盏

明修的危险，不倚靠悬崖
横卧峭壁腰间，涉足一刻
忘记自己，把身体交给浮云鸟鸣
离落的花瓣
在高过田畴流水的视野
俯视清风雾岚，心旌失据
高处不寒而栗，步步踏空的缥缈
欲仙，失魂
心跳的动力源

深不见底

心里住着一个巨洞，荧光闪烁
那些石子脱离岩体
沉降到底，落到实处
那些被风送不走的种子
纵身一跃，染绿了明媚深渊
令我们低下的头颅，一再落低
横生的身体悬空窥探，谜一样沧桑

没有一件事物被辜负
不能补天的石头，弥补了大地漏洞
不能成云的雨滴，浇灌四季如春
无法掠夺的风，自由摇摆
搅乱了关于寂静的沉闷

追着风，走不出流水的怀抱

翻越一座山峰，让一只蓝蝴蝶
落上手背，追赶像风迎面扑来
梦依稀再现，我曾经想过这样的生活
拥时空入怀的怡然

但今天我不要一个人的安静

带着风，围着山腰跑
踩着云，在山巅上跳跃
在绿云下瞭望，我们鲜衣怒马的从前
怀恋无惧追寻的箭
那生于童年的水，已经积攒成瀑
我们与它刚刚话别，又在转弯处相逢

寂 寂

鸟鸣，花振翅
每根藤条树枝都是一只长鞭
抽打时光的陀螺，去飞旋吧
那些未曾启用就错失的情话
那些深埋地下的善良
烙印骨髓的证言
都在高台上舞蹈，滑翔

深涧让思考支离破碎
低头时，凉爽的洞风漫过钟乳石
送出清越，逸出潮湿的水意

穿越，放过一切纠结
困守思想的花豹被远远隔在那头
跃不过滴落脸颊的冰冷
只是喘息，没有威胁

出口，飞来石下生成一挂新瀑
河流的幼年，海江的初萌
它们嫩黄的小尖嘴一路欢歌
翅膀还束在蛋壳，我们眼光捕获想象
从未触到真的羽翼

就让生命无声地来
无息地消失，黑夜筑起的壁垒
落进石隙浮尘，架在鸟巢上
灵魂有时茫然怕光
有时需要猛烈暴晒，洗净毒素
生活的尖牙被磨光锐利，依然陡立如初

小黄雀

不必刻意善良
礼让第一眼看见的红果子

盘旋，俯冲，穿过荒凉的饥饿
饱满让身体温柔，生出情爱的索求

看不见硝烟的战事一直在打响
树林里不时传出尖锐的绝望
你的危险，我的长久不灭的隐忧
一起坐上悬崖，在高处
心是多么容易想到飞翔，坠落
光线与云雾交织世界
清醒与迷幻同时注解矛盾
在岩石还没有被风腐蚀之前
尖石还没有磨成卵石之前
它们穿越幽深，贴近出生地
把恐高的忐忑留给拾级而上的人
俯身查看的心

在城市的夹角放飞孤独
在独孤的山间抱紧入怀的雀鸣
星光，雨丝
我们热爱自己的想象，渴望长久
却穿梭在各种短暂之间
把激情高高顶起，又狠狠摔下
反复证实虚弱

四照花开浓阴处

满眼被盛大的绿迷醉，深深浅浅
层层叠叠的诉说，无孔不入
随处扎根：石缝，裂隙，水底，悬空
鸟雀扑闪的翅尖，水滴落的弧度
都晕染了翠色
就这样，抓住眼球
一树皎洁的月光，众多微动的蝴蝶
不以期期艾艾博取远来的垂怜
浩荡年华的洗礼，让展示成为叙述
这样鲜活的自传史，尊严渗进经验

朴素的情感，自然生长
剔除横生的怀疑、内耗
每根枝条都占据恰好的位置
每片叶子、苞片都不叠加，思考与生俱来
回落到脉络走向
它们的路散于一点，归于一点
在排斥又关联的两端
重复演绎轮回之梦

陡 直

是什么让心里的怒火无法遏制
是什么打断了岩石的倾诉
是什么让这旷世孤独，醒目耸立
是什么爬上铁的冷硬额头
让仰望的感叹，萌生葱茏的流水，一泻不回头

未及说出的疑问，感叹词
就不必说出，谁能深谙高处的荒凉
你们看到的孤傲，坚韧
是时间反复蹂躏的软暴力
没有回应，没有答案
残破现状，只会更深切入

远方可见不可触
给你一双思想的黑翅膀
给你一双梦游的黑靴子
在天空划开一道鸟鸣
在山脚踩出羊路
捆住山腰欲飞的企图，一同沉默

与大地血脉相通（组诗）

柔软的事物

一只蝴蝶从枝顶落下
一朵花与溪水同流
我们与它们若即若离，走在水的路上
一滴过境露珠，滚动小世界的色泽

山，静默如坐佛
往来风物，踩上额头
早已被兼容，成为一枚从众的脉搏
小小幸福是叶腋细碎芽苞，生出的卷舌音

反复冲突，一再妥协
与世界达成和解，只为净空心室
给你一片崭新的处女地
开垦，种植，收获

更多时候，让蝉鸣呼叫命运
自己在风和风的微小颤动里，无声无息

坐 山

看山久了，坐成一块石头
急急水滴，顺势随弯
纷纷尘粒，飘摇落定
所有词语都被用完，对你和世界
我找不到更贴切的隐喻

雨声在云上盘旋
负重的肩胛下，长出金光翅膀
扇动是孤独的，行走也是孤独的
心与心相遇，照耀温暖

命名一朵水花

水，由树木根部生成
从夜里出发，到黎明流成了溪
青苔盖住石头的欲言又止
一朵阴影躲闪着追逐的光斑
一群蝌蚪静默如止

水来过的地方，白羊饮过

蝴蝶吮过，远祖山民们也喝过
我们远道而来只为饮尽，这一捧阴凉
半溪翠色，一挂银光粼粼的闪亮
春在溪头延续，万物拔节冲天
我们是它们的血亲，挚爱

不再叙说跋涉，描摹疼痛
向水学会在低处静默，在更低的远方聚合
等它和缓的慈祥，洗白往事残留
给跳出水面的浪花命名：你的，我的
我们的，要如何辨别

山丹占据了绝壁

柔善的生命，凛冽有序
鲜红的燃烧，热烈而哀婉

我能想见
根底合抱的洁白，心中堆积的深情
不用细听，也读懂了众多舌蕊的款款倾诉
所以，你不必在悬崖醒目
在夹缝委屈，不用互致问候

只要你撑起的天穹下
有我一个低垂的拥吻
前生远去了，今世又怎能推辞
风的耳朵，木的耳朵
种进腐朽的木耳，象形的木耳
是否听到了，树心里的风暴与慌乱
灵魂里的敏感与咏叹

风雨属于枝头，曾经年轻的姿态
成为过去，鸣叫被鸟舌卷走
霜雪侵凌，熏香的柔情
放进另一方时空
全部沦为无声记忆
交互堆叠的肢体，是表象的依偎支撑
时光不再流动
秘密锁进朽坏的剥落层
在柴薪的烟火中升腾

谁能体察深处的明媚与呻吟
木耳倾听外界，拨动内心
无法破译隐情，努力与成色无关
与食性药性无关，它不能理解树木
死，也要站上云端的正直与眺望

广货街

满目六月，一腔花开
种下的迎面而来
逐渐升顶的蔚蓝，落到低处的苍翠
看不到高远，触不到深邃

小蛇带着好奇试探崭新的世界
我们对视，各自逃逸
乌鸦叼起人类丢弃的糖纸，扔进垃圾桶
树阴下，魔芋花开放诡异的美
让送进口舌的糯滑，具有魔力
掠过我肩头的一对青皮核桃
也打了你手臂，这来来往往的小喜悦
是漫长下午的茶点

骑摩托的少年开足马力
砸下一路轰鸣，驾车的中年人
谨慎躲避横过街面，苍老的酸枣枝手杖
妇女们在河水里一遍遍淘洗菜根土豆，鱼肚白
旧时光被冲走，留下生活的真谛
沉淀许久的话语，浸入鹅卵石内心
一路阅读，一路传诵

深入腹地

几蹄新鲜印痕，提醒潜伏的危机
恐惧，是伤痛人间的真爱
生命不再属于我，激活本能
被武装的思考，被高估的能力
此刻跌进涧底，乏力如一堆干瘦的河柴

习惯在焦虑中避让
一个立体世界，完整地走来
真实让心乱了秩序，呼吸回到缺氧的山顶洞
与日俱增的智慧，与长久退化的力量
附生同一只手臂
拳头握紧与松开，都要用力
拿起与放下，都是活生生的剥离

记录古树

闻坟苑的榔榆直径2.1米，树龄约3000年
邹坟苑的铁橡树直径1.4米，树龄约2500年
南溪峡的樟青树直径1.6米，树龄约900年
王坟苑的野梨树直径1.3米，树龄约600年

梨形极丑，果肉甜脆

一树一世界，一叶一庇佑
这壮硕旺盛震撼了心灵
无从知道确切的年龄
没法还原它们稚嫩的童年，挣扎的曾经
依然繁盛的枝叶，覆盖的刀剑刺伤
雷火电击，被时间悄然治愈

现世存在，是弱者的幸运
还是强者的悲哀，栋梁夭折理想门外
细瘦缀连一部断代编年史
远古的血泪，斑斑渗进岩缝

在南梦溪，青苔占据了万事万物的视野
石头里偶尔露出，猩红的隐痛

蜿蜒而执着

不说话，向往的地方是远方
远方是溪水之低，群山之外的未知诱惑
思念的边境，密布荆棘

一条鱼游进鱼群
一滴水融进水流
它们拍打河岸，把自己推往更深的区域
以赴死的决心寻求存活之隙

旧旋涡不断解散，新旋涡迅捷填充
拐弯的地方，世界都在旋转
直立树木，倾斜的光斑云影
弧形的香气显露原形，盘旋俯冲

溪流终究善良
它避让棱角，收纳腐烂
一遍遍濯洗即将起飞的灵魂
给它们一个崭新开端
它祈祷万物茁壮成长，恬静死亡
就像放生，就像反哺

布满的根

破岩而出，倔强触探
石缝里诞生的生命，抬高石堆

站成悬崖上欲飞的决然
一棵绿是一道绳索
连天绿意，捆住群山腾跃的冲动
熄灭战事烟火，在人间的边缘离群索居

风吹来种子时
一定构想了未来的版图，一个奇点
衍生万千姿态，千娇百媚
一次次试探出路的方向，弯曲蛇形
扭转直角，在陡峭处奋力向上
在狭窄时，张开臂膀
在幽深里，纵横走势

埋藏丑陋，向空而行
晚霞燃尽，孤月与繁星都沉默着
这些飘在天上的石头，闪耀银子的光
神明低头，人间正骄阳艳丽
松涛翻卷，万物都以根脐与大地牵连
空枝布满新芽，叶腋就要开花

养蜂人

注定不能拥有
也不放弃年年追逐的脚步
随风，随波
占据一切发光发热的源点
沉入无法自拔的明媚渊底

身旁奔跃的溪流
让气息上扬，颤动，在薄夜分外浓烈
心里空空荡荡，飞来一群蜜蜂
蛰醒很久之前的疼痛
大地赐我以水色悠然
却取走我珍爱的琥珀色憧憬

永难忘怀的金黄花蕊
是否记住了你青春的双手、明眸
我披垂的发辫挽住花束
在阴影与寂寞里，吐露暗香

遗 址

华胥氏偶遇燧人氏
他们狩猎，钻木取火
生养女娲，火种创造了万物生灵
他们打开荣耀与罪恶的魔盒
一切都在掌控中，一切又都背离初衷

亿万年洞穴，累世的骨殖
在洪荒的风里，自生自灭
没有葬礼哀歌告慰逝去的先祖
火把熄灭在雨中
熊罴觊觎一方洞口，祷告祈求无能为力

植物与石头统御的世界
找不到主人的坟茔与刀斧
人类缺席，天地保留一线峡谷
允许一声叹息，给蝴蝶留存翅膀和触须
一次次的扇动，让欲望起伏震颤

刻下咒语与希冀，结绳记事
多少结果应验在史前，多少留给后世逐一消化
从经验里抽出连续的教训

真相一粒粒破碎，无一例外
将来都是过去，被今天的余烬深深埋葬

转弯，或者直下

水，赤裸奔走
光，含蓄在穹盖之顶
夜雨淋湿昨日之绿，露水清洗天空之瞳

溪水与石头相互消磨
与时间长期割据
大地以倾斜的姿态转弯，折叠，断裂
没有一处平坦可以款款诉说

我们都喜欢站在悬崖下
欣赏流动的事物突然堕落
水雾，冰瀑，风流
把仰望的目光拉到脚下
狠狠踩踏，流泻蓄积的咒语
让阴暗夺路而逃

如果这样，心空能多一点缝隙

给阳光以许诺，暴晒何尝不是一种救赎

三生石上

逆行溪流，开启我们的自我找寻
自我怀疑，自我肯定
在悖论铺陈的泥泞，镶嵌两行趾印

一页页岩石纵横的生命线
向所有方向延伸，被地衣覆盖的期望
成卷成册堆叠，等待誓言雕刻成书
不能记录的赞美，无法命名的表达
在深层暗露殷红

强硬弯曲，脆硬断裂
如同天意，如同宿命
颤抖的笔尖流淌电光和水声
谁能握紧这宿世疼痛，亘古恩泽

我捡拾一枚同心卵石
波纹酷似指尖簸箕，摊开手掌它是护身符
攥紧拳头，它在心房跳荡

我高高在上的心源，飞溅月光
苍白的词语，如何抚慰流泻的追悔
这隐秘之境，允许晨露一滴滴叩响命门

最后的部落

突然出现，一间破败房子后
走来一位老人，像土地躬身而起
像穿皮毛的远祖，垂手低眉
汽车掀起空气，没有他注目的落点

他只看见木架上的枝蔓
悬坠的豆荚，它们妖艳的蝶形花
留给盲视的飞虫，这一切诱惑
与老人无关，只是千百年的作物经验

他和他的部落见过的沧桑
对宇宙和万物的顺从
让人疑惑原始古老的存在
安于承受黑暗，寒冷，苦难，无边的孤寂
也许从未梦过山外的辽阔
因为他们一直，都活在接近太阳的地方

石头的房子塌了再盖
疯长的草灌，砍了又蔓延
幸存的几株古树，与他们心意相通
只是沉默，只是静观风云变幻
浮华过眼，破败印迹雕刻着新鲜时光

登上峰巅

登上山顶，没有巅峰
天空在身后，太阳从脚下升起
盛大的辉煌在辽阔背景下
刹那爆裂，烈焰熊熊

什么都在光芒中消散
好的，糟的
经历的，未知的
确定的，善变的
一切

走进青峰峡的方式（组诗）

断　句

不要纠结一朵花的出身
她们沿树状枝进化的历程，自有结论
不必接受他人命名
只是生长，只是轮回

不要深究一棵草的药用价值
心病还需用心医
剥掉衣装露出本体
谁的内部没有一处虚弱陷阱
无法命名

低头而过

弯腰，把心放到最低
却阻止不了它一次次提到额头
一边是悬崖下的碧色水雾

吸纳声息，我只是战栗
一边是岩石张开的巨口
交错犬牙吞咽日光，你只想逃离

踩着千年地衣，万古腐草
穿过未知的凶险，走进旋流的密道
我的手在你手中，激流飞溅着虚妄
貌似汹涌的暴虐，被一次次柔化成雨雾

走走停停，不让汗水凝结
看到喜悦，看到悲伤
看到了无能为力的趋向，势不可当的决然
一步一步纵深脚步，一寸寸退回起点
转身，依然是前行

在高处，坐下来
实现一种遥远的渴望
完成一种与你接近的方式

召 唤

把穿过的贴身衣物

挂上枝头，就是一面旗帜
一条回家的密径
走丢的灵魂循着熟悉的气息，还归躯体
许多长寿的，经年常绿的树
都被奉为神灵，具有起死回生的慈怀

就像小时候，我迷路后受到惊吓
奶奶一边敲着瓦盆，一边哀婉呼唤
后面跟随的老人，手持马灯火把
照亮环村小路，夜的眼睛流出暗红的泪珠

我确信，每一个走散的星落地处
一定会长出一棵树，替你呼吸
替你承接雨水的滋养
它心里肯定有泽被土地的担当
生而不死的绿意

融化自我的角质层

山有坐相，树有站姿
水有开石劈路的强势，却一再向低
把自己置于万物之下

头顶有戴王冠的无名雀，脚下有匍匐的地龙
一个人徜徉山谷，听水花飞溅弦音
解开身体固有的盔甲，消失人形
让自己混同于虫鸟

迷上一条通往未知的小路
追踪陌生的诱惑，有震颤的心跳
头顶挂满露水，脚趾浸染星辉
迷路的风，在四壁间折叠声音
跃上枝头，捕捉不住阳光飞行的路线
留下袅袅余音，与这道坚韧的山脉
碰撞，制造爱情
在流水眠曲中，回归母亲年轻的子宫

看见蠕虫装死的伎俩
怎么也联想不到，这是凤尾蝶斑斓的童年
雨雾环绕的花草间，一个平常时刻
我脱去角质层，重获人形
这个日子，因为仪式而非凡

鹦鸽镇

总会有一个人的气息
在耳边摩挲，阴雨的日子水声葱茏
一颗心的力量，能有多激动
多持久，守候没有应允的提问
与一河石头越过时间的封锁
投奔远方，总有一个人
手提马灯，站在迷雾的十字路口
等候点燃心底的柴薪
烤干寒冷的呼吸，滴水发梢
在失明之前，重新找回阳光
照彻伤口的泪痕，丈量过的山山水水

蓝天之下，自有白水绿树
它们投下庄严的影子
遥远的鸟鸣在林中反复回荡
与我们的理性较量，一遍又一遍
印证时间的凹凸质感，绝非虚空

桃川人家

就想过这样的生活
青屋顶站着绿瓦松，细碎羞涩
是情窦初开的小黄花
门口一垄葱，一畦瓜
三架扁豆蔓正飞出淡紫的蝶花
会不会消融在月亮的笑靥，露出直立前的原形
能过上这样的生活么
允许你带走白水青云
允许你采摘一年蓬流泻的体味
允许你觊觎山丹翘卷的红舌
这热烈情爱，从容倾诉
久久盛放，不要给我欲言又止的委婉
不要让目光停止脚步，落在每一朵看到的诱惑

树的旁边是树，山的背面还是山
我们吞下的斑斑色彩
是蝶翅剥落鳞粉折射的幻影
允许这短暂明媚，抚慰万物缺水的眼神
允许路过鸣笛，吐出水色
柔化心底横生的铁锈

水 路

水有幽闭恐惧症
山有开阔空虚症

没有路，到处是路
直立岩面，曲折石缝
各色叶片的脉络，各种花朵的蕊柱
我们呼出的时间咏叹
我们睫毛盘踞的滴露家园

看似随意的出走，耗尽毕生准备
头顶飘着一片云，一片孕雨的皎洁
一个预言成水的虔诚祈愿
一匹从渤海之滨飞驰千里的梦马
扬起季节的风帆，搅动风声的节奏
有绿的地方是草路
有色的地方是情路
有爱的地方，绝壁会敞开门洞

雾 瀑

2100米高的直立
足以让一条水，具有炫耀的本钱
瀑，一阶一阶退到谷底
如同我们，一级一级从谷底攀上
一路交集，一路告别
我看到了水的孤独，水掳掠了我的腐朽
空空如也的现状
相互印证生命的本源

与水同行
它的磅礴，压着我的汹涌
充斥其中的嘹亮，近乎耳聋
关闭全部感官，让自己消失成雾
轻飘飘来，无声无色地去

在一段消失的流水背后
找到了时间的深潭
时而盈盈满溢，时而枯瘦如蔓
再无喧声，只是默然

反作用力

砸伤木梯的石块
被反作用震裂，成为一个个破碎

被山抛弃的石头，与抛弃了山的石头
面面相觑，它和它有什么不同
被时间从地心喷射四散
让灼热凝结一体，在磨蚀中稳固
在沉闷中寻求突破

风是借口，乘一片鸟羽的扇动
下坠速度与落点
由体积与心胸决定
石头内部千疮百孔的疏离，落地前已经形成
这奋力一跃的轰然，早就塌陷

第四辑

润泽

灰椋鸟（组诗）

织 鸟

风不语，倾诉的话，很久之前已经说出
雨水洞悉了需要时间偿付的代价
如果信任不再摇摆
丝缕编织的巢穴，从芦苇身上剥落的纤衣
足以抵御寒流入侵

不能让你知道真相
欢乐花开里，有滴落的水声
万物皆有灵性，从未道明的命运走向
引导风，叩响虚掩的门
留一地月光，扶墙站立

芦苇举起灯盏
抖落阳光金黄的重量，就要出发
生长在潜伏，幻景无比希冀
留驻某个确定枝头，鸟羽随时间流失
依然有浩荡白雪，在前头期待

蜂 巢

从枝头被点燃的时候，群蜂四散
漫空嗡嗡针刺，充满惊慌突袭与快意复仇
快跑，快逃
风的跑道是愤怒出口

闯祸带来的心跳巨变
有让人垂涎的诱惑
蒙头，卧倒
从万箭乱飞的战场
带着少许毒刺，捧回甜蜜得意
在伙伴中炫耀

多年来，折断的蜇刺
在自述被转述时，拔出肃不清的蜂毒
隐隐作痛，且有纵深骨髓的趋势

蛇 蜕

写出这个词，有久违的轻松
总算有一件身外物，对蛇来说是无用盔甲

生活的过去式，不必经历伤筋动骨疼痛
不必被活剥生扒，强行获取
在旷野，在风中
凌乱扭曲的白旗子，还原最后姿态
谁都没见过挣扎的恐怖表情
谁也不知道求生的鳞片
如何一枚一枚拓印基因叠加的秩序

小时候割草，每当有人高喊“看！”
我们就提起镰刀，飞快逃离
仿佛窥视了不洁之物，会被咒语蛊惑
直到风撕碎蛇蜕，连同恐惧形状
哪怕它只是一层薄白附着物
失去对蚂蚁的还击力，被它们拖回洞穴
再一寸寸咀嚼，内服外用
成为解毒祛风的良药
我确信这点
谁见过患麻痹症的工蚁
谁俘虏过惊风抽搐的蚁后

鹿 角

编一顶春帽
遮住白天落下的光，夜晚滑落的星
如果有风，请绕过睫毛
不要惊动闭着眼睛的新生小兽
它还不适应，这浓烈涌来的世界

让它吃鲜草，喝洁净泉水
磨炼骨骼力量，如果它有兄弟
让它们嬉戏，在游戏中了解战争
不要灾难来临时，慌乱踩踏
它们肯定有温情
告诉它们冷酷是最好的锐器
高举的美丽的树状角，在逃亡时
可能是致命羁绊，那猎人觊觎的目标

灰椋鸟

一粒灰尘，散落天幕的白袍
谁也看不见我，流线绕行的气息

没有旷世之举，生活意义如蓝焰燃尽
失去热度，要几代度化

辗转成落地成花的一年蓬
轻盈地把过去丢弃枝头，任风颠扑而重生

蓝天辽阔，黄昏沉重
为了不让人看出丢失了飞翔方向

我俯冲、直角折返
做高难度连续旋转的动作

与鸟群保持近乎一致的相似
在与它们同步的孤独中，稀释独有印迹

第三界（组诗）

转身而去

与他们擦肩而过，风侧身让路
看见了单薄的笑容，我早已不悲哀
泪水止步于棺椁入土的乱声
不能探究浅土层下流沙里
还有什么忽略的情节，搁浅的遗忘

拥有也许是负累，失去后
没有轻松，只有绵软的渗出液
从伤痕内部击打皮肤，每个身体都陡立
收割后的尖茬，刺进天空这个替罪羊的喉头
谁解禁了哽咽

阳光慵懒，与春天一样灿烂
蜂声飞过才开的黄菊花，繁缕草释放
小单纯，一切都这样新鲜清澈
十五年前、十年前那批细胞
持续默立，或者正以温暖柔软万物

放下，就全部放下
我无法给自己植入逼真表情
真的不悲哀，伤口增生麻木强硬
骨骼里接纳了宿世别离
永失是永在的另一种表达
我们都是暂且

在木头里看见世界的样子

把直立放倒，把圆纵向劈成薄片
可以看见流水的漩涡
从草尖滴露滚落秋水长河
经年走过的高原沟壑明晰，线条柔和流畅
一处隐蔽的洞穴，是羊群避雨的场所
磐石凝固，堆叠喷涌的足迹

没有玫瑰，没有密钥
虫蛀的狭窄深邃，泄漏成长颠簸
一枝斜出死亡，留下无法弥合的增生瘤节
遮不住残缺，面目丑陋
解密的过程简单直接，粗暴占领

最后那声叹息，留给坐卧不宁的辗转

看到埋葬已久的家族史
贴着苍老粗糙的树皮，聆听老祖砍刀里的
碰撞，火镰里忽闪的亮光
他一定是个种树又伐木的人
他也是个木匠和马车夫
也可能是寿材铺老板
毕生没有走出自己凿开的树洞

阳光之心，铺成平面的金黄
万物藏在最深处的真相，赤裸呈现
身体存活于皮肤之壳，灵魂借此弹跳
走多远飞再高，都背负躯壳
命中注定的指纹，让我们区别于其他
给我们划定边界，盖印终身

突然惊醒

世界被施了魔法，隐藏突破禁忌
长成具体姿态，鱼划着凤头雀身船
载着树木石头，在时间的金色通道游走

人形物侍立两端，面部木讷
谁也不知道去往哪里，水面平静无风

无形抽出内心，刻画符号
不能破译的咒语，伸出卷须和藤蔓
缠绕不安分的思想，万物透明如虚
放弃捆缚挣扎，梦境只有不连贯的动作
丧失言语，转换突兀陡峭

丢失了自我，看他人登台又退场
我在人群与大地中穿梭
期望捡到从前的片段，储存婴儿初生的气味
沾满少年冲动的汗液，为心之所往
尽全力一搏的勇气，我顶起狂浪逆游

渡过壁立岩石，拱门自然打开
沉降深潭的碧绿色中心，旋流分列两侧
忘记自身是水，是这浩渺的一滴难以割舍
怎会在意冷霜侵袭，白雪覆没
庞然大物的神秘力量，格外疲惫

第三界

天堂地狱之间，存在一个真实虚无
为之生，为之死的灵肉体验
为之失，为之得的无尽忧患
命中注定相遇，过于完美的梦境

日光长久不退的白昼，让内心不安
让疑惑沉入更深的旋流，无法化解
需要一些黄昏缓冲，一片星空思考
一抹黎明之光，燃起希望

月光在天上寻找树影和深井
一支长剑挑起迷雾，触探底线
懦弱如同黑暗，让血温降到冰点
恐惧的黑手切开胸膛，抓走心脏

身体的幽灵没有目的，四处飘荡
爱衍生慈悲同情，也酿造嫉妒与疯狂
风险潜伏脚下，踏不出第一步
现在将永远止于过去，未来无法抵达

不能忍受心动的微笑，成为模糊

春天无法苏醒记忆，影像消失
细节灰飞，变成透明，归于无形
不可撼动的物事，虚实难测

聚散是风的过程，开满鲜花的原野
泛滥臭气的沼泽，所见都是内心映射
你只存在于自己的意志
哭泣压垮最后的支撑
初生的火焰萌动永恒的人性

波浪谷

一条暗伤让完整成为互补的两岸
面对面的凸显与含蓄
流水最先攻陷薄弱，心里嫌隙
逃不过审视，一粒不确定的空洞
逐渐塌落，裂隙被放大呈现

风迂回绕行，雕凿不止
到处碰壁，千疮百孔的身体一次次
挂上突出的尖角，摔落、爬起、撤离
再进攻，把无形刻成水纹理

让声音起伏流动，让力量固化

形成需要忍耐，稳定是短暂
永恒只是想象的拓展，阳光弯曲穿行
不错过每一寸发生，暴露潜藏
留下无法磨蚀的印记，直至散尽
时间消灭万事万物，终将消亡自身

木墩子

没有隐私，逆行追溯的根源
清晰呈现眼前，横切一个个同心圆
纵裂成流水的曲线，蜿蜒生命轨迹
没有刻意修饰的谎言，薄衣掩不住本性
一切都赤裸在光线下

以停止剖白毕生经历的细节
分割好奇探寻，任由戕伐的不抵抗
蕴藏了多少不可触犯的禁忌
没有人在意绿色血液的诉求
谁会倾听一动不动之物的脚步

站立时捕捉风中之言，空中之水
倒下后只剩木讷，曾经垂爱的水色
化身成云，飘出身体
寻求再次依附的摇摆之舞
你回归了真实干巴的丑陋本性

漏出虚空妄想，遣散尾随的翠色
像一截自暴自弃的柴薪
思考离开的方式：以猛烈燃烧
还是以缓慢腐朽，每天关照它的老人
咳出最后一丝血迹，一同消失

条 石

这块石头再也回不去，它来自地心
人们从森林深处发现了它，雕凿凳子
它成为村子的一员，不再长出青苔

夜色低垂，它散发余热
温暖晚归的孩子，彻夜鸟鸣
这里似乎是个安静的归属地

日色刺痛它健忘的出身细节
月光清洗疲惫，没有人带着脚步声走近
越长越高的蒿草，淹没了石头全身

岁月好像遗忘了曾经的誓言
它撒开众多网罗，粘住少数有用器物
留下不会生长，也不会衰老的石头

一切似乎只是位移而成的幻象
突然造访的我们，让它惊奇苏醒
而后，再次深度睡眠

热爱生活（组诗）

桑 叶

童年时采摘的桑叶，是蚕宝的
成长，翻身就能变成月亮
拼命啃食，草色血液迅速循环

这样好看的植物，伸出手掌
试图遮蔽天地经纬，阳光总是
绕行脉络，给竹编箩筐注入斑驳

更多时候和草一样，被山羊吃掉
翠色经过咀嚼和消化，一团模糊
要怎样勾勒霓裳羽衣的姿色

让轻薄的身体，配得上触手柔滑
成年后黑暗的微妙，总是掩映在锦绣丛林
洁白如玉的无瑕宣言

像从复杂的程序里，拆出的一件

露肩礼服，穿起来竟这样风光得体
身体开裂的皱纹，纷纷逃逸无踪

几支伸出的纤维，不时牵动泪点
皮肤攒聚了许多黑痣
不痛不痒的从前，再也漂洗不净

爱

这受伤的世界的眼睛
疲倦奔走的亲人们、陌生人
黑暗中好奇打量的新月的睫毛
低垂幽谷的一株无名草
对明天的未知想象

洞开门前的今天
散落窗台拾不起的影子，跳荡的舞步
风播撒远方飘来的种子
在山坡上，在水流方向
与食草的牛羊一样幸福
与不能飞翔的石头抱头哭泣

贴切的雨淋湿初萌的绿意
投身宽广若虚的旷野，被溶化被吸纳的浮躁
长出常春藤卷须，攀着花香通道
散落一夜滴答的水珠
有些话要怎样说出，才能近乎于无
仍然被路过的风传诵

热爱生活

墙角温暖催开的婆婆纳
叶子翠绿，花朵那么小
却繁得认真庄严，像沉降人间的星星
闪烁幽蓝之光，充满喜悦

这美丽生命，让人赞叹
而不去想它的孤独，它可能的忧愁
既然选择这样，这就是它的向往
不再纠结高耸的可能，飞翔的自由

阳光无意识投射，走过不息的时间
没有生命的事物，蜷缩，干枯，腐朽
而生命从不浪费每一缕照拂

每一滴光顾，这是万物对降生的回应

热爱生活，爱它带来的伤痛
没有一物被抛弃在外，虚度的每天
都不是真的生活，夕阳倒映的余晖
让你愉悦，你就是幸福的人

这个世界，就是幸福的世界
你无足轻重的叹息，被风轻飘飘带走
风是幸福的风，它噙不住的泪
是幸福的雨，有一滴恰好落进你掌心

种 子

对一生保留多少记忆
树木草木费尽一切努力
盛放鲜艳香醇的花朵诱惑
缔结蜜汁紧紧包裹的瘦缩果实
满脸皱纹苍老如枯死

多少花空坐向阳枝头
上一季种子的歌戛然而止

多少青涩淹死在马蹄踩出的石窝
多少成熟夭折在大地子宫
好看的果实，也可能结出幼稚空瘪

先落地的不一定先发芽
时间会等一等走散的脚步
一年一次的轮回，始于同一起点
乔木灌木和禾草，此时平等
梦放逐在同一片天空

柳 笛

风的声音，融冰的声音
与来自柳条内心的春天，哪种更贴切

不成调子的重复，短促而止
悠远意境，比早晨的鸟鸣更空灵

高山流水，跌落成珍珠
拾起来，在手心碎成梦境的美

单调音阶，越不过故乡的炊烟

清脆空气，碰一碰就被染成绿色

野花般自在，有欢快体味
但我却总是莫名想哭，仿佛追着月亮的脚步

桑 葚

被咀嚼的叶柄长出新绿
被采摘的心思，浸染十指
一粒桑葚的柔软，就是一段
不能回头的梦，闪亮悦耳的叮当声

而泪水只能噙在舌下
我不能开口，说爱你是唯一出路
站在树下仰望成熟诱惑的羞涩
打开拳头顺手臂轻轻滑落

哪怕心已冷成石头
你叫我名字时，一只蚕虫破茧而出
长久倾注的构建，被向死的勇气
瞬息凿穿，甘愿蜷缩是伪装的低垂

不羁是青枝内壁的韧度
是理不清的无序缠绕，捻出一线
拽不动那团杂乱绵长，一生都是铺垫
掌上时光才开始，从碎地的残片起立

青苹果

悄悄成熟的果子，等待着色
被阳光抚慰的青果，优雅安静

寻常之外，总有不一般的思索
全都在这里了，一生的沟壑用青色填满
用青色抹平，要完成怎样的明示
近乎偏执的呈现，缺乏隐喻的婉转

清晨品尝着叹息，吐出黄昏的沉默
一生都在这里，归宿与出发一样平淡
没有嬗变的腾跃，没有最后一刻响亮的宣言

果园里，农人把它们与风落果
混装一起，成熟的青与尚未成熟的青
没有什么差异，它们相互拥挤

互不嫌弃，接受现实的存在

柿

青涩漫长，甜蜜短暂
你再不来吸吮，多汁的内部就要塌陷
徒留一躯空壳，悬垂梢头
仿佛弃物，被风轻薄

最好的红唇，啜饮昨日时光
梦依然是新鲜朱砂，一粒点上少年额头
他奔跑在夏日阳光的草场
一粒隐进小路，燃起熊熊烈焰

你荒凉的褶皱，藏着不羁的风
就像我，白发缠绕的少女柔荑
敲击窗棂，流泻一地春色
满腔心事等到最后，也说不出口

新年祝词

1

来不及握住你枯瘦的手指
告诉你我甜蜜的疼痛，来不及说出
积压心底半世纪的祝词
旧世界追着风，翻滚云霞记忆
无声退去，带着我忏悔的深夜独白
和不能言表的新年愿望

今天，要成为孩子
一本正经地梦想，异想天开地生活
踢着绊脚的石子，哭声与笑声一路明媚
对天空说，我，来了
每次遇见，都是天地间一次意外
每次接触，都是对拥有的一次响亮提示

星辰闪耀的夜空，与地平线交界的
橘黄色，缓慢升起紫色的时候
众多树木，山石，流瀑

迎着崭新寒凉，拥抱重生希望
复活的春天，此时黎明被赋予了无边
力量，一切生命所依附的希望

凝神倾听雪花，或是冰凌传达的曼妙
一支笔仍然婆娑白纸，续写梦的繁荣
看不见的事物，来了又走开
没有在石头刻画的痕迹，留下的足印
还将被另一些覆盖，仿佛我们从未来过
时间之浪追逐沙砾，带走众多欢呼和哀声

化解冰冻，给嫩芽以迸发空间
释放沉淀，给天性打开全部门窗
让倾斜的阳光，落满角落
让雨漂向旷野，让晨光把岁月的磨难
碾成碎片，化作万里沃土

种花种草种幸福，在风的妖娆里眺望
绿云缭绕的群山，怀抱蓝色新鲜
穿梭花香甬道，打开通向沉醉国度的幽谷
点亮灵魂不灭的灯盏，再续一千零一夜的故事
不屑谈及朽旧，生命还有更多可能
就要来临的春天，属于我们的将永远存在

2

沿着花香通道，走进你的国度
看见的颜色都是思想绽放的芽苞
气味飘浮，随手拈来崭新袭人
我确信远方的深潭，一定藏着发酵事物
触手燃烧，扑面心动

纵使遍野荒芜，兽群的蹄印也会
踩出一条曲径，敲击幽闭多年的小窗
漫长储蓄的孤芳，一泻如瀑
冰冻伤口的细密血流，要在阳光下暴晒
结晶的盐不再蜇疼旧疤痕

误入花蕊陷阱，坠进自己编织的茧屋
黯淡无声的青春随风而逝
蝴蝶身后只剩一堆废墟，只有
一片虚无，托举自由的坚持
诠释抛掉背负后，轻盈旋转的意义

想象的露珠转动眼睛，找不到
栖息的天空，谁在守护脱俗晶莹通透
根是细雨蒙蒙的伸展，翅是草尖上的飞跑

夜色如此辽远，今天种植的疆土
触手日益饱满

怀抱独善其身的雪，与影子对舞
过路盛放的拥挤熙攘，让身边
更加空旷，鲜红的皮刺升高蓝天
让狂风绕行，只接纳一种明媚照耀
戒不掉的心瘾，捧出高山流水的藏宝图

时间隐去的苍翠欲滴和浓烈火焰
再一次点燃被大地封存的酒窖
只有石头，能囚禁依恋
除此之外，甘愿为什么舍弃一生仅有的放纵
身体啊，锁不住自由灵魂

我不祈愿来世的圆满，更想握紧
此刻的萌动，牵引全身情爱
陪你走到最后，繁花落尽的大地
朽木暗结珠胎，月光播洒河流之上
我们继续仰望春天的温暖

3

以惆怅以希冀，以留恋
2019年终要走远，我们命名了时间
就承认了流动，把自己放逐在无法回头的旋流
高举收获的麦芒和灯盏
走在衣食无忧的雪花上，脚印纯粹而洁白

暗许的愿望，在冻土下深埋
等候春色流泻的晨光，把天涯托举眼前
一种永恒催迫，让沉睡的身体骚动
回暖的翅膀，扇动开敞的荒芜
给天空装饰炫彩，让大地响亮翠绿柳笛

很多看不见的事物，正在暗中升起
悠远空蒙的意境，鸟的鸣啭
比叶尖上的露珠更透亮，高山流水跌落成
一颗颗晶莹的珍珠，串起回忆
缠绕脖颈，谁不怀念刻骨铭心的温馨

隆冬的沉睡尚未苏醒，跨过冰层的花
可以追溯到一层细胞的厚度，依傍淡水而居
的雏形植物，不能重提往事

很多意外和惊讶，是永不属于我们的谜团

盘旋上升，谁能抵达通透的高度

盛放（组诗）

白鹃梅

素的白，开成惊心动魄的美
不是一朵朵，一树树
是一坡坡，一山山
盛大的冰洁世界迎面走来
住进眼眸，屏蔽我们的全部思考

它们骄傲地活着
飞扬跋扈地占据一切靠近，不能说看见
是身不由己被吸收，放飞又飘落
彻底消失灵与肉的纠结
如同一次生死体验，涅槃重生

轻如一瓣馨香，净如一弯初月
它们放低自身，与大地深度交融
切入理解，因而层层叠叠
美得豪放无遮，大地给生命同样空间
我们把旷远活成狭隘

感觉辜负了太多时间，最怕
卧在手心的光，从指缝漏成风雨
以深鞠躬的虔诚，也拾不起来
而额头的皱纹，生长不息

蔷 薇

那些尖锐皮刺，更像虚张声势的过度防护
经历过什么，总是放不下戒备
提起一丝脉络，就牵动回忆的触角
已经木质的痛点，一一浮现
不能说出的隐秘，在众多注目下裸奔

一路走来，不断丢弃
不敢说出活着的真实目的，春色凋谢又盛放
薄衫打开又收藏，皱纹一天天深刻
等待的热土，种进期冀
身心俱焚的夜晚，抽出半弯新芽

两弯半圆，吸引，合扣
激情褪色，爱深潜内层

香气与心一样纯真，浅笑比月光还要干净
我以低头的温柔，对你再次妥协
今生仅此一次，一次贯穿此生

流 苏

旺盛的哀愁，开成另类的繁荣
相视瞬间，胸口飞出众多鸽子
丰满了翅羽，洗白了想象
空虚之花自来自去，自生自灭

远方承载的无言，让眼前的荒凉夺路而逃
月心剥落的漫溢，飘落成雪
沉降到底，还有什么可以担忧
提起是花，放下便不是花

木香藤

的确，院子里没有缠藤
曾经，我多么想种一棵木香
压弯你搭起的棚架，四月突然涌进新鲜

有暗香沁入裙摆

花们热热闹闹，挤在一起
让覆压变成陶醉姿态，流泻蓄藏许久的诺言
真爱低垂着欢喜
风一样柔腻的触感，鸟鸣一样
清脆的滑翔，叠成雨后湿润的水汽

纯粹干净，若有若无
比生活美好，比理想多了斑驳亮点
走出黑夜的人，能读懂白昼唇语
我循着一线天光，抚摸黎明的胡茬

荷包牡丹

从天幕抽出丝线，刺绣心情
绯红不能系上你腰间，随时召唤
垂坠枝头的浅笑，噙着露滴
无法言说的疼，滚动万物倒影

在万千姿态中，选择低伏
心口如一，垂首于往事记忆

新芽破壁突触的一刻，血液有声音
涌出，喷溅流水的年轮

裂叶悬着夕阳光晕
像岁月流逝下我深潜的细腻
一想到人世间还有温润如玉的歌曲
我就有勇气做个精致的聆听者

我虔诚祈祷，指尖流泻皎洁
啄开夜的封锁，让许久前种植的光
尽兴释放，给守望的时间加点甜
让魂魄往复循环，种植，管护，收割

常春藤

说出爱，就跌进了叙述的木讷
最初的勇气变成胆怯
缄默遮掩了喜悦，也埋葬了心碎的
裂片，我把绿云绾成万丈青丝
当作依托和赞美献给你

此刻，夜压得很低

思念摊薄了仅有的空间
亮从一点光明中心发散，影子
在背后浮泛片段，我们一起经历的
瞬间，往复温柔地闪现

交织着流泪的心事
我一往情深地与你相见，别离
不能预设时间夹角，每一步都在与
峭壁相切碰撞，溅起的斑斓
灿烂了午夜幽寂

走过荒原，种下瘦核
用干净的词语描述天空，弱风湿滑
赋予浮云崭新的意义，春天
正由花朵陷入青涩，光阴眼瞳里的
河流，从清澈变成混浊

第五辑　葱茏家园

秦岭书（组诗）

耗尽长冬，等枯树吐出嫩芽

风抚摸过的地方
山当然记得
秋天有丰富的辨识度
色彩，气味，方向，态度
正午的光倾泻热度，而我们
必须在傍晚前，烧起炉火取暖

这样的日子，树默默无声
或者微微抖动，曾经柔软的时刻
仰脸朝太阳，影子围着身体丈量尺寸
这种念头，最后都触及到隐痛
叶飘过脸颊，一片已尝到甜蜜的叶子
放弃回忆，内卷身体
回避某种无法掌控的生硬

微笑着走向废墟
如果注定无法回避一场又一场的暴风雪

那就在纯白覆盖的渊底
留一块领地，等你抚摸

在秦岭，你永远是被给予的人

一遍遍走进，还是被吸引
总有新鲜感触，在院坝留下足印
看着老房子旁侧的藤本植物
顺山墙攀上小瓦
让心安宁的一切
都有内坚外柔的力量

无所事事，默坐一整天
静看一整天，风倒树慢慢朽坏
苔花在石头表层吐露芳华
蚁群在腐朽木洞做窝，我们走累了
坐在枯树上，听木头内部吱呀呓语
心头掠过如水的滑柔

毛栗子充分成熟
放下戒备，却保留甲胄
绝不放弃最内层防卫

我们捡拾干果，木耳，蘑菇
重拾记忆，与土地相关的童年
生命芬芳的开端

突 破

清晨，浓雾弥漫
生活消失在眼前
对面风物，久久不能抵达身边

年轮里的小兽大口呼吸
草心的蜗牛急于行动
她们带着色香味和潮湿手感
让黑暗抑制不住，疯狂地向外突破

无数条门洞次第打开
没有秘密，她们公开行程
在热闹的围观中，听从内心指使
开辟领地，创造自我价值

孤独留在旧壳，成为经验的养分
崭新秩序在推倒的废墟地，有序生长

告诉你背离只为更快地回归

静心，听整夜鸟鸣

如风，拂过夜的鼻梁
如雨，打湿脉管里的激情
如晖光，显现叶腋包裹的芽尖

上山时，一只红腹山雀
在乱石缝隙进进出出，并不远飞
它一定把家安在附近
它有温暖的负担
自顾忙碌，暂时失声
它竭力呵护的是唯恐失去的忧患

成群大鸟在低空盘旋
触枝，化整为零
连同鸣声，散落黄叶背面柔软的部分
浓缩在浆果半透明的醇香里
目不暇接的事太多，我们在修正接纳的心情
众鸟在不断改写乐谱
我们与它们交集的方法是

一同看黎明，伸直腰身，缓缓抬眼

在秦岭之巅怀念

捻雨线，穿松针
披挂蓑衣斗笠，垂钓细鳞鲑鱼
以山茱萸红鲜的饵料
与合卺而眠的花苞藏进腋下的梦
共情，渡过清冽河流
占据高点，钓起我们门牙松动的早衰

静坐，虚度时光
趁万物收敛锋芒，回归柔软
醇熟味道，沁入肌体
某个部位颤抖时，世界都在颤抖
秦岭，豢养了这么多风物
不借助古老传说，不需要神话增色

我们当然不会并肩策马，十里相送
谈到古代时，看着眼前的汽车
沉醉在青山绿水的素食
放不下酒吧的喧闹

微微一笑，我们其实都身处山外的城市
习惯了街灯有别于白昼的暧昧

悄然萌动

给秋天一道优美弧线
允许山岭连在一起的高调咏叹
和落叶鸣虫的窃窃私语
共同奏响

从山脚往上蜿蜒
色彩稀释，见证了
种子的随遇而安
一片土地由松动而紧致的绝口不谈
途经的人疑惑，栖息的小兽
言辞闪烁，我们都觉察到衰竭的草色
向下弥漫，我们在悬崖尽头
等待恩赐的第一片雪
补白遗憾

萌动从冰下开始
不要在冬天休眠

不要，追着春天寻找春天
苏醒的凿空来自夜晚
不要与光明探讨光明的意义
你握着灯盏时，内心格外黑暗

叶子在风之先，落下

落下，是自主选择
经历过太多事情，它们先于节气成熟

不再逃避，挣扎
脉络清晰地把一生锁在闭合区域
命里注定，不再制造临时起意的突围
“丁香心形的叶子
对生两侧，高举并蒂宣言
水杉的梳齿，诉说着亿万年来的变迁”

岁月撕下日历
随手丢弃在某个角落
而时间轮回旋转，我们晾晒感伤时
有做作的嫌疑，以无所谓的态度淡忘时
有放纵的愧疚感

叶远去，数着它们留下的空枝
找不到准确的词语去填补
而与它们惺惺相惜的人
都在自己身上对应的部位，摸到了疼

默坐黄昏

秋日，水憔悴了很多
送别熟悉的事物，迎接一场又一场寒凉
温柔有令人心碎的凄美
风吹过眼前，身体里的漏洞嘶鸣不已

树撑起的青山落上肩头
山托举的天空落上翅膀
我们与大鸟都担负了相应责任
被忽略的绿与白，那些看似理所当然的轻与薄
在傍晚，沉重地压向峪口

还能在这里坐多久
光阴深刻地楔进火山岩
这些默不作声的巨大石体

把秘密藏在核心，时间剥落外层成为卵石，沙砾
它们也不会轻易给外人袒露自己的
悲欣交加，大起大落

荒凉只在浅表层

来过无数次，坐了太久
把春水坐瘦，把新芽坐成老藤
还是不够，与你的缘分
一旦开始，就不留退路
我知道每一处悬崖下，都有别样珍稀

树无需语言表达
它们活在光明下，耐阴的草也一样
袒露所有：悸动，喜悦，战栗，失落
这些悲欢离合的词，柔软善良
与星呼应，与心共振

多么容易满足命运安排
让夜晚掩饰内心的欲念与慌乱
磨掉生活棱角，越来越随和
接纳薄冷残缺，承认伤痕是身体与日俱增的资产

让怀念只为落下，单纯开放

满月的山顶

蛰伏的抒情，被唤醒
在秦岭梁，我们打开车顶窗
感受微凉月光，打在手上的力量
耳朵充满虫鸣，心里的鸣虫跃跃欲动
其余一切，排斥在外
我看见的事物逼真又虚幻，清晰又遥远
全都被皎洁淹没
包括欲言又止的旧话

初一到十五，明亮是圆满
十五到三十，全黑是圆满的另一面
寂寞并不失落，掏空的虚
填满了对称的那面，我选择沉默
把记忆撕开，让封闭许久的情感泛滥
把身体、思考、眺望，全部交出
让孤独成为高贵的风
成为众多注目下无法捡起的斑斓

我们来过，带着尘世的烟火
我们离开，带走无物启示
而身体，悄然完成了某种交换

露水辞

怎能预知命运
只是服从，在夜晚
以水的形状，呈现浮升再坠落的轨迹
掩盖内心抗拒的挣扎与无奈

来自根底，来自泥淖
也怀想花蕊里的震颤，云端上的咏叹
圆润，柔软，易碎又亲和
谁知道它们受什么主宰
翻来覆去地摔打，消失了性格
一腔热忱，在黑暗和荒野寻找河流

站在叶尖，世界干净得有点冷清
它热爱阳光，让它腾跃万物之上
它不敢直视阳光，一点私心被完全摊开晒干
天空是虚无的，时间是虚无的

偶尔灵光一闪的现实，也落于虚无

只有体验，谁也摘不走
不借助语言的表演，灯光的修饰
单纯地开放和消亡
守住最后芬芳，用身体同阳光一起演绎
一场盛大的灿烂

石头沿水路而来

因冷静而强硬
因热烈，而柔软
这是生命的经验与教训
心流波纹被镌刻在岩石上
纸一样一层一层揭开，书一样一页一页记录
沧海桑田的变迁

被撞击，磨蚀
它们互相之间，也在碰撞、推搡、销蚀
被水引领，走出峪口
流落渭河平原，有光滑耐看趋于一致的外表
和统一的命名：鹅卵石

一块挨着一块的石头
离开山里，裹进时代流速
它们借水路而来，为水修路，为脚修路
砌作堤岸，铺成路基
亲情设置障碍，让它们固守关中平原
终止了关于东海的联想

多少星子，在天空一圈一圈旋转
茫然地看着，它们失散的众多兄弟
有一天，它们终会在此汇合，在此湮灭

风从山口带出花香

脚下仅有的腐殖土
种植了鸟语，花香，种子和鱼卵
没有一处留白，陡峭岩石上
也爬满金黄苔藓，灰白地衣

每次进山，都小心行走
仿佛闯入思想禁地
拒绝喧哗与“精致利己主义者”的高论

拥挤了很久的内心，突然扩张
此刻的沉默是自主选择
风不经意说出了山梅花枯萎的秘密
让时间猛然紧缩一下

时间被抛向远方
植物世界在摇曳，鸟兽图腾随风抖动
骚动的在地下做巢，安静的在地上
死亡，我们必须呵护心灯
在大雪封山之前，走到开阔平原
收藏坎坷起伏，不再慌张失措

落　日

不会慢慢沉下去
它被飞过的鸟羽分割得支离破碎
光芒突然就丧失了热度，近谷幽冷
远山岩石明晃晃地，反射最后的明亮

拾起散落箭镞
给予或者收回，不带一丝功利
没有情绪色彩，不用吹

盛大的火苗会自己熄灭
无需赞美，它照耀时间的正面
也在它背面折射月光传说

靠近，伤害多过关爱
远离，寒凉了热情心意
它选择沉默，把爱恨融进模糊边界
孤独的少年，失去家园的射手
把高高在上的尊严一降到底
让走过的万物踩踏
永恒循环，永生，永在

信仰（组诗）

白衣

长坐空阶，自断来路与退路
繁华离落，长剑长满绿锈
摇曳与挥舞，都消散风中
入世与出世，不过低头眨眼
肉身与灵魂，被一袭白衣裹挟

微如尘埃，堕入烟火
来来回回，起起落落
一尊昨日木鱼，也是未来佛陀
口吐莲花，怀抱万千流水
这一日，夜太短
这一叹，情太晚

身处江湖

旗帜林立，帮派丛生

你想投靠一种护佑，还是自立门户
从万千水域分一盅药酒
所谓疗伤，不过是时间缓慢的自愈
你要感谢射向身体的箭镞
每一枝都是救命缠藤

没有刀光剑影，冷兵器时代被风
凉凉地吹散，从前浴血厮杀
以命搏击的呐喊助威，击鼓鸣金
如海市蜃楼在特定时间，声色丰满地回旋
日月恍惚，心有归属前
一落到底的触感

逼真，胜过现实
肩下时时生出飞翔羽翅
一路穿越秦汉，割据疆域，自立为王
垦田，放牧，捕鱼
用救急律令泡金环蛇酒，饮进人间悲辛
问，江湖在哪里
答，月在头顶，山水入怀

假设的隐居

无数次融化在山的怀抱
想到，就生出眷恋
无法抗拒枫杨与栗类花穗
柔荑披垂的姿态，木耳让朽木崇高的神异

逃离空虚人世
纵深潜入，到阒然处聆听心跳
任风声撩拨，山依然为你保持童贞
那些从远古而来的事物
恒守和背叛，都丧失了力气

留白心底广阔苍凉
鸣鸟掠过我的时候，划开一片天
白云静止，翻飞脆弱
我只想做一片羽毛，小心扇动空气
来证明时间流动，群山恒久

信 仰

忠于内心，就背叛了世界

臣服生活，就扼杀了初心誓言
带一身尘埃，走在狭窄人间
冷风吹起皱纹，迷离双眼
一滴泪，不知什么时候已经冷却

疲惫，丢失了方向
空旷比压低的天空更窒息
喊出枯萎，没有一滴水回响
燃烧烈焰，没有一河湿润慰藉
激情与冷寂周旋，短暂与永恒交互缠绕
纸上繁花落尽色香，种花人远在异乡

偶尔驻足，对与错
喜与悲，一身箭伤被时光隐藏
在角落独自疗养，背负江山再次上路
知行合一，远离凶险的勾连角斗
心底依有灯盏的温暖明亮
一路冲撞，一路跳荡

与山结拜

只闻声，不见人

那些陡峭密径，横架山头的原木桥
覆满青苔，弥合了冷硬

我来过，带着尘世的沉重
与空山换帖，结成一对兄弟
交出身体里的芜杂，它用妙不可言的美
填补空缺，我因此而丰盈
它付出风流，得到施与的满足
我们各取所需，这是一种双赢的永动力

万物如此，腐朽显见
传承的核心秘而不宣，被表象覆盖
你们挑出来的刺，流水带走的叶，都是箴言

确实如此

活在远古时代，空山更适合孤独
用大量时间寻找食物：嫩芽，青涩果实
源源不断的花朵和成熟榛子

用剩余的全部光阴，徒步而行
端详草木一生，高不可攀的云杉

微弱的子种，渺小禾草
筑造了一个庞大帝国
日夜在地下编织防御网络
制定蚕食策略
简单源于经历及记忆的筛选
植物攀着光的路径，落地就有性格

而我，也是一座江山
深爱的人，来过又离开
我藏起私心，不让同类和异族发现
这超越物种的热爱，同样地
被站立的这块土地，深深眷恋

树洞回声（组诗）

支撑木

一枝枝木棒，靠在巨石根底
撑起摇摇欲坠，仿佛它们
随时会被风飘走，或是自己滚落
多虑之人衍生的手臂附着魔力
接住了天空降落的一切

石头里蹦出的根，举起石头
土里诞生的静止事物，让时间流动
怀抱森林，走进古老的梦
回溯的行程，有着不断被追问的仓促

不见之前，走了多远
遗忘的碎片被时间磨成沙粒，散布河流
见到之后，虚构图腾拉直想象
天空垂落脚下，绿浪花漫溢
一挂瀑布躺倒，是条向低的纯净

我是个有洁癖的人，只允许
朴素的腐朽之物扎根心田
缔结并不好看，也不好吃的野果
悄悄存留下一季的胚芽
再做一回未竟之梦，与雪花同步

一个人的村庄

小村，只有一株树是古老物证
草木延续了春秋模样
布谷鸟如约，与农事不离不弃
风落在稀疏的木格窗台，空荡地回响

老屋出生的孩子越来越少
跨过石头的脚，出走坚定执着
躲过泥石流，避开过水的击打
固守村子的是劫后余生的人
不喜不悲，放弃文字语言
活成树的模样，眼睛里
日月之光交替起落，无声无息开合

他背负整座青山，柴门犬吠搅扰了

目光所及的安详，路过更像入侵
我们屏住呼吸，耳旁依然有树叶落下的喧嚷
从几株茄子苗间逃离，这宁静近乎死寂
如果他真的死了，草蔓很快就会占据破败的屋子
演绎盛大的覆盖

我们再次路过时
会遭遇怎样的一再追问

老 树

它们先于人类生长
在人类之后死亡，到目前为止
我们只看到它们一棵棵、一片片
被摧毁，幸存的个体见证过时间更迭
遗留的鲜花冢、青草丘

它们没有学会语言文字
用枝叶触摸土地天空
以斧钺重创无法自愈的后遗症
和年轮盈缺疏密，刻印沧桑世事
并以其中无穷的言外之意

阐述生命本质

每一棵树都是生动教义
暗喻曾经盛装的妖娆，万千宠爱聚集一身
陪衬物一代代死去
它们站成难以触及的孤独
不为赞美生长，不因遗忘而消亡
它们自有主张，无需众生理解
只占据世界的小小一隅

废弃村落

窄窄小道，把我们的好奇
引进一片绿意，穿梭于废弃的石板房间
不断还原生活的真实姿态，水是自流泉
风不夹杂尘霾，从远古持续吹送

没有路，和有众多岔路
我们不时陷入这样的选择
透过草木的眼光，审视行走方向
有溪水的时候，遵循它的指引拐弯绕行
山高水低的世界，山水是法则

在自然的怀抱，高端沦为无用
乐意做一回盲童，被驱动

食草的牛羊不紧不慢
盘旋的鸟悠然安逸，面对闯入
它们只流露最初的好奇，并不在意
它们的寂寞透明清澈
我们的孤清无法言说
以笑容展现

放下并非抛弃，山不转水转
风在深处播下的籽种，鲜花开满浅山坡
宿根兰草寄居树杈，看我们来去往返
困了你就歇一歇，烦了你就高声呐喊

是与非之间的原木桥，横架溪水两岸
渡与不渡没有对错，都是心愿
我们最终的落点，永远是未达之处
远方，或者眼下

榔榆古树

繁荣久了，站成孤独
这孤独茁壮成盛大，凝成永恒
心愿归尘，圆满归隐
一切都归于无形，如同塬面的风
刻录万物姿态，又散布于万物之中

它伸出众多手，接住降临
月光覆盖它，抓不住它
雨水冲刷它，被滑向不远处的沟谷
落到身上的季节，摇摆，扭曲
伤痛结疤，增生铁硬平静
每个生命都会被善待，时间不偏不倚

身披豹纹，舒展绿荫
灿烂时刻，自有风景投怀送抱
这支撑天地的铮铮傲骨
让邪恶与善良一同拜服
让秋风与春霖，交互缠绕
你何曾在乎日月转换，只是自然随心

万树成林，独木也擎举一片天

这是成长的教义，这是阳光孜孜不倦的耐心
温暖而严厉，随年轮向外扩散
随年轮腐败成泥，经历不留遗憾
黄金锻打的护身符，笼盖头顶

不为自证沧桑，承受香火
只是不能辜负胸中澎湃的奔涌
谁的心不是执锐披坚，呵护一点柔软
谁的情不是，在泥土下交错盘结
在天空沉默凝视，见过一眼
再不会从心尖抹去，余年久久震颤

走出一生，走不出绿意婆娑
那是原乡的坐标，血脉的不竭源流
天空之瞳的注目无处不在
天空之镜折射悲苦欢愉
天空之城包容呐喊，纯净的笑脸
一声召唤，飘荡的灵魂即可归还

没有一条河流贴身陪伴
千年风声，万年的黄土塬
被脚印一遍遍耕作，播撒，收割
哺育了童真青春，赡养了孤苦无依

心再高飞不出蔚蓝，命再低
凿不透沉默厚重，生生不息的土
是我们的父亲母亲和先祖

叩拜土地（组诗）

五味子

成熟的玲珑，在空中低垂
散落一地多汁鲜红
谁能把它与滋补的药性一起联想

手上沁满香味
心为柔善的脆弱而震撼
它们注定要散落一地
在饱满欲滴的果子恰好结满藤蔓的时候
注定要把烂漫遗失
在潮湿的荒草上，石缝里

浅山泛黄的记忆，留下水色
记住萦绕攀爬的梦里曙光
隐遁泥土的名字带着情与爱
成为治愈健忘的一味灵药

八月炸

微醉，等待醇熟
它是否记得春末黄昏
浓艳欲飞的蝶形翅膀
缠绕高树无所畏惧的野心
向光突围的决然

现在，它低垂身体
庞大的结局让人很难与柔韧的瘦藤
产生联想，成熟的谦逊
看起来柔善可欺，仿佛甘愿沉沦

它也许在八月的某个夜晚，突然炸响
拿起没有明显裂痕的果实
放在耳边，你可以想象激烈的破碎声
就像一个垂死的母亲
用尽气力把孩子推出即将倾倒的屋子前
最后的挣扎与呐喊

松 子

一袋炒熟的松子
到最后，总会剩下几粒磕不开的顽固
生活的硬壳送到嘴边
胡桃夹子夹不住细小颗粒
牙齿用力，会让果仁与碎壳混为一谈
丢弃，心有不甘
挑战，让自己陷入固执循环

没有果实紧紧包被
鳞片薄敷的膜，随时随风而去
它只建筑了一个硬壳，封裹不谙凶险的柔软
它在身上保留一条缝合线
给压抑的心空喘息裂隙
以便向坚不可摧的现实呼救

榛子宝贝

十月，榛子从壳斗的杯托出逃
壳斗已经老瘦，噙不住孩子们占据领地的向往

它们一直生活在她护佑下
尖刺，向靠近的觊觎发出警告的低吼
硕大的阴凉，给它们遮风挡雨
它们在衣食无忧里厌倦
需要反叛，需要证明独立行动力
青绿的挤压，让它们边顺从边挣脱
被宠溺的感觉是束缚也是刺痛
她给予它们全部，它们需要放手的自由

风满足一切
它们实现夙愿，她高举酒杯
缓慢倾斜，倒出满斟的金黄橙红
以及，最后一滴青绿色留恋

死，而后生

奋马扬鞭，来到此时的秋天
到处都是黄金风景
岁月刺眼的灯火，变得温润和善
生命最后乐章，在光芒的扇面奏响
记忆荡漾，打开的锦绣
在即将合闭的一刻

绽放华彩

到处都弥漫着醇香
谷物在酿造的酒里继续生长
丰盈让每一滴酒倒进瓷盅时，豪情溢流
舌头战栗，呼吸滚烫
随液体翻腾巨浪
谁能忘怀果实的形状
谁愿意理解，它们幻化成水的渴望

颠沛流离的泪水
就要风干，从春天逃逸的惆怅
正赶赴一场大雪覆压的约会
在洁白渊底酩酊大醉
醉成梅花的怒放
腐朽，而死，而后灿烂

善 果

一朵花的姿态，打开或合上
都是不朽传奇，从深蕴的泥土中醒来
春天是源流冰冻的原生地

走向炽热的过程，交出全部
灿烂转眼成泥，蕊珠孤立
无人顾念的寂寥，忍耐显而易见

风在燃情，雨在示弱
一朵花到一枚果实的距离
近在同枝，远隔前生与来世的不负承诺

神取走一切：开端，过程，走向
大地敞开怀抱，接纳圆满与残缺
它知道朽木返归尘埃的意义

阳光比星星博爱，定义幸福
光照耀耕耘的人，也点亮流浪汉的灯盏
守拙的心，总能得到高枝上的善果

借风的金笔，给大地写一封信

以收获的名义，写一封信
告诉土地，弯腰的丰满胜过重逢相拥
暖心的语言藏在赫赭与纯白的夹层

那些甘愿平淡的花穗子
以风为媒，凝霜为糖
那些狭窄、瘦长、枯干
近似于死亡的叶子们的献身
是稻子、玉米先于秋风领悟的教义
先于泥土体验的轮回
月月圆满，年年有余
时间锻造的弯刃，一茬茬回收春芽的承诺
埋下信念的誓词，真理的哲学

那些活跃了一生的爬虫
鼓噪而歌，它们安排好一切
高于云朵的绝唱，滚烫如初
被收割的鸣音，与破壁而出，同样酣畅
明年还会送来消融的汩汩流动
谁不因心愿达成而释怀

叩拜泥土

土粒一样的色泽，塑造肌肤
青铜一样的致密，锻打躯体

黄金一样的贵重，雕琢我们的信念

谁的一生，不是从土地索取
谁的身体，不是在不断地叩拜大地
用毕生经验，反哺恩泽

要怎样诉说脉管的汹涌澎湃
要怎样表白，胸膛里磅礴的风雨交加
泪水太肤浅，血液太浓烈
就以这铮铮骨骼，撑起亘古不灭的神话

在象形文字里，探求直观心愿
在典籍里，翻阅祖先刀耕火种的历程
在竹简里辨识，谷子与草禾的差异
尝过辛酸的口舌，尝试百草
洞察生命本源的先知，教民稼穑
厌烦生死颠沛的智慧，夯实家国基础
践行生活本质的开拓者
驯服险恶，指引水源
浇灌我们的命脉
每一枚瘦果，都是万世传承的善因

天下土地，托起江河湖海

负重阡陌沟壑，把埋藏、匍匐的弱小
举上仰视的高度，把天空拉低
赐予可以呼吸的浓度，能够饮食的成熟
鸟有刺穿的翅膀，兽有撕裂的爪牙
谁不是在土地的宽容里讨食
在它的胸怀跳跃

光要落地，雨要浮升
由浅入深的道理，被耕作一轮轮诠释
年年相似的景象与情感，交汇融合
今天，我们脚下踩着的
是昆仑山口的风吹来的黄土高原
是渭河水冲击的关中平原
是秦岭臂膀，温柔环绕的最美关中湾
是周秦汉唐废墟地重生的家园

天下土地，哺育天下苍生
天下的土地上厮杀不止，血雨腥风
生生不息的子民，倒伏、起立
地心，是无法遏制的生命萌动
谷粒与草籽，诚实与信仰
播下什么长出什么
微小的，静止的，蜷缩的，隐忍的

蓬勃壮大，势不可当

此时，风把秋天送往远方
此刻，万物镀上金光
礼赞生命，唱响前途
有担当的粮食，有责任的苹果
树立苦难历史的石碑，奋不顾身的死亡
无所事事的旋涡，偶尔的云影
所有沉没的、飘扬的
所有路过的、驻守的
一起低头，看满月
伏在波光的叩拜

后记：天空之下，泥土之上

要怎样叙说我对你的爱，语言无法表白，身轻似梦起飞；要怎样溯源而上，探求往事的细节，让厚重化为盘旋低舞，被风抚慰；要怎样仰望你的慈怀，让滚烫的滴落，被时间晒干；要怎样震荡脉管里的激浪，让你摸到心头搏击的力度。

一遍遍贴紧你胸前，只为印证我是你的一粒尘埃，一支血脉，一曲不息的颂歌，一首稚嫩的诗篇。

1

1989年，我从西北林学院（现在的西北农林科技大学）毕业，被分配到渭北山区一个贫困县的基层林业站工作，从技术员做起，自然的东西踏实温暖，从缄默的生命里解读成长的密码，令人神往。但日常看到的黄土高原只有一望无际的苍凉，没有想象中淹没一切的林海涛声，生活琐碎而具体，消磨了时间，也消磨了自我，翻滚的心戴着平静如水的面具。还能为光飞翔，为爱而歌吗？

第一次走进秦岭是毕业实习，在楼观台林场度过的一个月的初夏时光，每天完成学习任务后，就去竹林散步。地面被竹叶层层覆盖，只露出笋尖，经常有人告诫我不要走远，遇见蛇很危险，所以我每次都带根棍子防身。为什么大家这么恐惧自然的东西，我几次遇到蛇，都是蛇远远逃窜，或是与我对视后缓缓离开，万物之灵的我们，因恐惧贪婪不断扩张领地，把自己筑进四面围墙，隔离一切靠近，善意或是无意。走近老子讲经台旁2500岁的银杏树，抚摸它苍老而倔强的生命，顿生虔诚敬意。它坐落的这块福地半山半原，半隐半出，它就是半人半仙，躲过天灾人祸，历经生死劫难，树身一半已死，仅靠少半边树皮维持生命，依旧春华秋实，硕果累累。

后来我多次来到秦岭，路过时车窗匆匆掠过的浮影，让我除了惊讶于各种层次的绿，和温润的心里感触，更多的是遗憾，一直在等全身心投入秦岭的机会。有一段时间，我争取每个月都去爬山，几个人沿古道、栈道、山脊刀剑般削割的陡峭小路，蜿蜒行走，感受马蹄踩过的震动，自然鬼斧神工造化的奇巧。那些拼凑的石块、凿开的石窝，盛满数千年前的月光，树还是那时树的继续，花开花落平静如初，风还是那时的风，吹到脸上的清爽和割痛与从前没什么不同，那时的人却阒然无踪。

2

初春的秦岭，树木刚抽出淡黄浅绿的芽苞，山林像冬眠才苏醒的巨人般慵懒，身体的活力还没有被完全激发，等待几场落雨几天阳光照拂，恢复蓬勃。放眼望去，满目苍翠，层叠的绿，是松柏的凝重，杨柳、落叶松的稚嫩，漫山锦绣花团，是金银花、山梅花、栾树和椿树自然的条块分布，味蕾复活，我嗅到了母体的乳香。车子在山路行驶，进隧洞出隧洞，一会在左岸一会在右岸，流水不慌不忙，坚持着自己的方向。

浅山低处山脚，有住户零星种植的土豆玉米，偶尔还能看到弯腰干活的人，在这如画的风景里干活，他们也是风景。越深入，山势越陡峭，林木更加稠密，高大的松柏杉木骄傲地俯视河流，它们历经雷火山洪、人为破坏，长成自己期待的样子，足以傲视一切。越走越深，经过长长的秦岭隧道，到达最高点，河水流向变了，流来的方向转入流去的方向，植被更茂密，裸露的岩石全部被覆盖，什么地方都是植物，只要有种子，不管是播种的、风送来的、流水带来的、鸟雀衔来的，还是路人随手扔掉的，无论什么地方都会顶出植株。

秦岭就是一块吸水的海绵，稍微挤一挤，就是水，有水的地方就充满绿色，这是孕育生命的地方，是滋养生命的源泉，沉溺秦岭的怀抱，像在父亲的后背、母亲的怀抱一样安稳恬静。

3

三次登顶华山，一步一步从山脚出发，从傍晚出发，穿过黑夜，穿透迷雾，抵达峰顶，抵达晨光。壁立让惧怕无边放大，才知道心房有限的容纳，才知道生与死的边界参差交错，长空栈道通向生的痛苦，也通往死的极乐，云在头顶也在脚下，世界在身外也在心里，有什么不能放下，拼命争取的可能只是虚妄。

爬过太白山，知道了丰富的真正内涵，看到的不过表象，自身强盛无言，像抓不住的磁场，摸不到的暗物质旋流，身在其中不一定能感知。移步变换四季景致，垂直向上，风口的冷杉屹立不倒，抚摸老朽的死亡，并不悲哀，看到茁壮的生长，也只是微微一笑，一切都是自然的更替，自然的结果。又有什么值得庆幸或者感伤，像自然一样平静接受，像自然一样心怀感恩，像自然一样不加干预，就是最好的状态。没有抵达拔仙绝顶，但想象得出那片原始纯净，万亿年来，冰川消解成滚滚石海，无声流淌着时光，风过如同耳语。这里不需要呐喊，不需要宣告，语言苍白，抒情咏叹矫揉造作，无言凝望是最懂的爱，最深的情。

去过麦积山，这尊孤独的神，任风一年年剥蚀，依然微笑，泥胎彩塑之物一旦注入信念，就有了灵气神性。其实，终其一生我们都活在自己内心的佛国，肉身不过躯壳，它所衍生的一切财富，或是物质，或是聪慧，又有什么值得炫耀。

在晴朗的日子，驻足秦岭分水岭，星云格外清晰，带着万物逆行旋转。不止一次仰望那些亿万年前也许已经消亡的光芒，它们不会刺痛眼睛，却刺穿心底，我不知道存在意味着什么，是路过的死亡，还是驻扎的永恒？探究从未停止，却没有一个确切答案，走进像一滴水融入大海，一片叶落在许多叶中间，刹那消失狂妄，消解欲念，如果还有无法参透的纠结，流水的走向、叶脉的聚合，会告诉你一切。站立山巅，一片空蒙，想飞的冲动，想哭的满足，我写不出伟大崇高的献词，只为自己的渺小单薄、为琐碎生活曾经给自己留下的伤痛而沉默，还有什么能比得上灵魂的通达潇洒，还有什么能胜过让心平静的力量。站在山的胸怀，心野空旷又盈满，大口吸吮纯净，像一株从不思考死亡的草，只在春风里尽情葱茏；认真啜饮一捧清澈，被命名或者从未被发现的草，依然长成期待的模样，开放心里的花，散发自己的香，生生不息地繁衍，我们的忧愁它们不懂，它们的快乐我们不屑一顾。像一条褐色的冷水鱼，把时间压进细鳞片，不背负它的沉重，摇摆的尾翼不受驱使，像一朵造雨的云，在天地之间往复忠诚的本质。

深入过大峪小峪，爬过许多不知名的山坡，山巅之上空空如也，我们却总是怀抱圣洁之心，一步步登顶，因为确信山上住着神灵，附身在一株古树、一棵老藤、一块冰川纪的碎石，吹动亘古不息的风，流动时间的波纹。

也到过只有一两户人家的小村子，屋檐整齐地摞着劈柴，房顶晾晒着野菜，牛羊慢慢咀嚼青草，享受午后阳光，与主人一样，对外来的一切视而不见。到过很多农家乐，他们多数是当地村民，家已搬到山外或居民点，他们在原来靠路边的宅基地做起食宿服务，尝过地道的和改良的洋芋糍粑、神仙凉粉、虹鳟鱼、野干菜以及新鲜的野生辣椒苗等。他们在网上销售、预约，很多人注册了自己的品牌，夏季的忙碌足以让一家人衣食无忧。他们不再是翻越几十里路才能出山，售卖一点核桃、柿饼的山里人，发展给他们带来了空前机遇，也带来了极大挑战。

4

秦岭横亘历史和文明的眼眸下，呈现大气磅礴与悠然浩远的自然巍峨，历史的背影不断走远，百代的情怀镌刻远山近石，与日日常新的溪水细数点点浪花，片片落红，与高天白云寄心一处，与横断雾岚朝夕相依，与无边林涛神会明天。历史如同一个神秘微笑，秦岭文化出落成一幅美丽的文明画卷。

秦岭是中国的中央公园，是地理的南北分界线，也是气候的南北融合线，秦岭北麓的水汇入黄河，其南则汇入长江，秦岭被称为父亲山，是中华民族顶天立地的脊梁，古老文明的摇篮。

5

秦岭造就了关中生态的根脉，造就了许多世界级的地理生态文化传奇，造就了卓越的天府之国，周、秦、汉、隋、唐的辉煌，成就了享誉世界的中华千年帝都长安。秦岭不仅是一座山岭，更是精神高地，是中华民族命脉的旗帜和归属地。

早期人类因为生存，进山索取山货，或是借道秦岭，对生态系统造成了一定程度的破坏，损害了秦岭浅山植被，秦岭依靠自身修复力，便可以恢复。随着人口骤增，技术发展，人不再满足于索取山林资源，而是觊觎矿藏资源、深处的美景，以及城镇找不到的一切感官享受，攫取疯狂而持久，这容纳金木水火土的宝藏，漏洞百出，它裸露的肢体寸草不生，采摘狩猎的空间越来越大，森林越来越小，它们退缩陡峭，或者屈居一隅，站立山巅，勾连云霞。它们变幻形态进入人类生活，成为遮风挡雨躲避灾难的房屋，成为桌椅，成为柜橱，盛装逐渐积累的欲望，成为食物和柴薪，满足口腹之欲。出门时毫不留情，走了很远蓦然发现，心的归属早已深深扎进土壤。

斧锯锈迹剥落，举不起利落杀伐，重建步子大过破坏，我们拖欠秦岭太多。小心翼翼，捧举这些自然的天性，悔悟的余音拂之不去，剖开的年轮成为长进肉里的枝杈，弯腰或者下蹲时，隐隐牵扯周身神经，我们急需很多刺痛点，让一些过往深刻铭记。顿悟，彻底救赎，才算真正完成，把割裂的历史，用松针弥合，把中断的编年史，让水杉银杏和珙桐续写，没有什么比时间宝贵，伤口可以痊愈，疤痕一定要留在心室，膨胀放纵时揭开旧痂，让隐痛一一浮现。

6

必要的发展也不能放弃。发展带来机遇，让林区的人们摆脱地域贫穷，过上富足的新生活，道路交通建设是其中最为重要的基础工程。秦岭古道系统，是黄河流域与长江流域联系的通道，南北方的大动脉，东西部的大通道，意义非凡。二十世纪六十年代，秦岭中开始大规模的基础建设，相继建成一批高速公路，贯穿秦岭，让蜀道不难，畅通无阻，对地方经济发展作用巨大。这些道路以桥涵为主，最大限度地减少了对生态环境的人为干预，纵横交错的道路，也把以秦岭为中心的生物圈紧密连接，形成一个完整的大秦岭生态体系，具有战略性意义。

经济发展，脱贫致富要在不牺牲生态环境的前提下展开。我也去过很多家庭农场，以药材、菌类、经济林为主的种植加工企业蓬勃发展，合理适度的旅游开发如火如荼，森林康养等文化产品正逐步被大众接纳，成为一种时尚的生活方式，等等。

7

工业化发展让动植物消亡的速度急剧加快，人类以生来就具备的生存和持续进化能力，傲视一切，对低等的生命形式充满鄙视。第六次生物大灭绝的危险正一步步逼近，未来，世界的地质学家可能会说：“不幸的是，人类世界飞速的技术进步和人性中最卑劣的一面结合在一起，对人类和其他生物来说，那是一段可怕的时光。”

世界必将重归森林，亦如最初的原始，精神一旦站立高地，尊贵就不会滑坡，而敬畏必将引领意识流动，让自然成为天然存在，万物平等，人类的气息越来越淡，完全消融其中。自然所做的一切不需要诠释，以青苔的牙齿啃噬冷硬的岩石，那些曾经火热的废墟，剥离伪装，微小的事物悄然完成自己的使命。时间被分装进格子，它们同步进行着一个伟大的聚合，这就是秦岭：横卧是陡立思想，证明了时间的形状，沧海桑田的变迁；站直是一架天梯，从混沌通往通透，抵达不设界限；存在是一个世界，是高山流水的家园，是中华文明精神的图腾；损毁是心里的贯穿伤，无法弥补原罪的恶果。我们要以怎样的姿态，刻印秦岭记忆，让宽容和慈悲成为毕生安慰。

时代给万物都留下鲜明烙印，秦岭也不例外，我们的心灵更是千疮百孔，离开泥土，飘浮半空，失去了沉稳之气。我们，面对众多选择却无法选择，不如把自己赤裸放逐，来一次彻底的森林浴，打开每个毛孔，让阳光水雾淹没干渴的肌肤，从天地自然的精气中吸吮缺失的灵秀，让眼睛水润有光、心田充沛丰盈。

生活在这块绿色热土上是幸运的，生活在它的荫蔽之下是幸福的，担负的责任也是沉重的。

8

行动已经开始。城市化进程逐步科学完备，各项生态工程的实施，高海拔地区已经弃耕还林还草，山林得以休养生息，秦岭生态保护区群的建立，荒野的力量日益增加，无人区重归宁静，被迫迁徙的动物重返栖息地，分层而居，完善丰满了秦岭生物的整体架构。

从1998年开始，秦岭停止了森林采伐，全面实施天然林保护和退耕还林工程。曾经兼备采伐和培育森林双重目标的数百个国有林场，整体转制为以保护和培育为主要目的的国家公益类事业单位，建立了森林公园、秦岭国家植物园、大熊猫国家公园。

然而，修复秦岭生态系统，这是第一步，以后的路还很长，秦岭濒危珍稀动物栖息地的保护，让动物数量有了增长，但这个系统还不够稳定，集中连片的程度还不够高，栖息地碎片化、岛屿化问题依然突出，局部地区过度开发的问题，依然得不到有效治理。大秦岭的概念需要进行一场重大而深刻的体制机制改革，需要辖区六省一市的依法治理，上升为国家层面的依法治理。大秦岭的保护治理之路还需要假以时日，日臻美好。

秦岭的生态意义更在于涵养水、净化水、供给水，向黄河长江注入清流。在秦岭区域共建成三峡、丹江口、三门峡、刘家峡等四座水库，而南水北调中线工程的建成，丹江口水库蓄满秦岭水，输送到干渴的北方大地，秦岭水的甘甜滋润着中国腹心地带一亿多人，成为更广泛意义上真正的生命源泉。

9

时间不会倒流，所以万物也不必拼命往回跑，我们回头看，只是为了修正偏差，让脚步更稳健，给后来者以潇洒无忧的转身。

很多模糊往事清晰地浮现在眼前，当时的感受早已不复存在，但回忆温暖而宽容，替我过滤了浮游的腐朽，打捞了沉淀的凝固，所以我眼里只有和柔之光。我以善良的双手握住每一个走进的生命，那些在林中被我救助的从未记住过我的鸟，那些摔下石头拄着树枝的求助者，我不知道你是谁，你也不知道我是谁，但你一定记住了山里的婆娑绿意，知道了徒步独行并不孤独。山的褶皱一旦铺展，就是一个无际国度，任阳光畅通无阻，任雨水湮灭所有狂躁骚动，我们终极的获取就是安宁地消失，不打搅身外一切生命。

亲手种下的树苗，早已绿荫如盖，果香缭绕，暗淡岁月里不曾泯灭的华彩，时时都在突破，那是我们年轻的追求，是我们旺盛的情爱，是我们滴下的汗水、眼泪催开的花朵，是一生最美的颜色。而那些栽种的手皴裂干瘦，接近厨房柴薪，它们枯槁的眼睛偶尔转动，一些闪亮的片段像流星划过黑夜，拖着银河系的庞大光翼，要以怎样的表达，让心跃动胸膛，让你看到我鲜活的浓情、无语的深爱。

我们一起，致敬青春，致敬泪里的笑、笑里的泪，致敬把一生都献给绿色事业的前辈同仁，以及后继者。

群山之上，你们再造了一个山水世界，耸立精神家园，托举绿色风标，翻卷的旗帜飒飒作响，所有逝去的金黄落叶，都是根对阳光真切的渴望、诚挚的表白。

真诚感谢肖云儒先生为诗集作序，感谢老人对我这个无名小辈的厚爱。

再次感谢家人和朋友们为《秦岭，陡立的思想》成书付出的心血，感谢为诗集辛勤工作的各位编辑，无以回报，只好不舍追求，努力再努力。

赵剑颖

2020年5月17日